仿佛听见了辘轳的响声

宗仁发文学评论集

宗仁发◎著

长春出版社

全国百佳图书出版单位

图书在版编目（CIP）数据

仿佛听见了辘轳的响声：宗仁发文学评论集 / 宗仁发著. -- 长春：长春出版社, 2025. 1. -- ISBN 978-7-5445-7585-0

Ⅰ. I206.7-53

中国国家版本馆CIP数据核字第20246QE816号

仿佛听见了辘轳的响声——宗仁发文学评论集

著　　者　宗仁发
责任编辑　张　岚
封面设计　宁荣刚

出版发行　长春出版社
总 编 室　0431-88563443
市场营销　0431-88561180
网络营销　0431-88587345
地　　址　吉林省长春市南关区长春大街309号
邮　　编　130041
网　　址　www.cccbs.net

制　　版　长春出版社美术设计制作中心
印　　刷　长春天行健印刷有限公司

开　　本　880mm×1230mm　1/32
字　　数　186千字
印　　张　8.75
版　　次　2025年1月第1版
印　　次　2025年1月第1次印刷
定　　价　49.80元

目　录

公木传略

在素有森林之城称谓的长春市一条称得上美丽而僻静的街道上，有一座显得与周围漂亮的西式建筑、庭院不甚和谐的旧式黄楼，这座楼由几十户人家合居而住，其中就有中国著名诗人、《中国人民解放军军歌》等歌曲的词作者公木先生的家。

6月里的一天下午，我去公木家拜访，只见老人精神矍铄，面色红润，双目炯炯有神，只是牙齿多有脱落，说话有诸多不便。我想缩短话题，别让他太累了，可一谈起来，侃侃而谈的是他，有了倦意的却是我。然而在回家的路上，有关老人的人生经历和创作生涯却在我的脑海中形成了一幅幅明晰可见的图画。

他是《中国人民解放军军歌》的词作者，实际上，也是《东方红》的词作者之一。历史，可为他做证。

1930年春，公木加入中国共产主义青年团，1938年在延安抗大学习期间加入中国共产党。曾经两次被捕入狱，一次是1930年"八一"在北平参加反对军阀混战的游行示威，捣毁国民党党部，被捕入狱。与他一同被关进北平警备司令部监狱的前后有300多人。第二次是1932年3月18日因参加抗日救亡集会，被羁押在北平市公安局一个多月。从青年时代起，公木所关注的就是中国革命的出路在哪里。早期曾寄希望于北伐的国民革命军，后来才发现国民党与封建势力的合流和勾结，便开始自觉参加中国共产党领导的革命活动。从在北师大发起并参加"左联"等进步组织起，一直到20世纪70年代末，他的文学活动最基本的指向是革命宣传。在革命宣传方面，他的功绩是不容忽略的。最为典型的宣传代表作就是《八路军大合唱》歌词，其中的《军歌》和《进行曲》被中央军委政治部正式追认，定名为《中国人民解放军军歌》。一个国家的军歌，其重要性仅次于国歌。这首军歌，在各个革命时期，都起到了颇为持久的、极为广泛的动员、鼓舞、教育作用，成了一首我国军民喜听乐唱的不朽之歌。这首军歌曾被苏联、捷克、罗马尼亚、日本等许多国家翻译介绍过。对于如此高的成就，公木个人从不以此炫耀，只是把它看成为革命事业做了应该做的一件事而已。1989年，中央军委专门开了一个嘉奖会，嘉奖他的军歌歌词，他只是礼节性地出席了活动，然后就默默地返回长春，不热衷于张扬渲染。

著名的歌曲《东方红》，其词作者原来署名"李有源"，就连延安的革命博物馆里也是这样记录的，事实上这首歌的词作者，公木的名字也应该署上。《东方红》一歌脱胎于陕北的《移民歌》。《移民歌》原来共有9段，据1951年海燕书店出版的《陕北民歌选》记载，此歌为移民歌手李增正所作。李增正正是农民歌手李有源的侄子，他未正式上过学，只认二三百字，因从小随其叔学编秧歌、唱道情，后来也成了歌手。1944 年 2 月，一支 70 多人的移民队伍由葭县南下，移民延安，李增正为移民队副队长。当时路上有人想家，李增正说："咱们在路上红火些，咱编个毛主席领导穷人翻身的歌，来教大家唱吧！"果然，一路上由于唱着这首歌，大家热热闹闹，情绪非常好。所以这首歌又名为《毛主席领导穷人翻身》。不久，此歌差不多传遍了边区各地。李增正作此歌时 26 岁。1944 年冬天，公木与鲁艺戏音系孟波、刘炽、于澜、唐容枚 4 同志一同赴绥德地区，下乡闹秧歌并采录民歌。后来几个人又分为两路分别去采录。到延安后，采录民歌的两路同志与何其芳诸同志一同加以整理，编成了一本《陕北民歌选》。此书 1945 年已编定，新中国成立前也曾刊印过，1951 年又经过整理修订，署名为何其芳、张松如（即公木）选辑，正式由上海海燕书店出版。

1945 年，公木作为"东北文艺工作团"中的一员，随团开赴东北。工作团到了沈阳以后，以公木为核心，这些搞文艺的人共同揣摩，就移民歌进行了创编。创编时，公木等将原《移民歌》第一段改编后留下，又将自己行军途中写的诗《出发》中的诗句："共产党，像太阳，照到哪里，哪里亮；哪里有了共产党，哪里人民得解放。"加进去，完成了后两段歌词的创作，此后这首歌才形成了三叠。去年有人在长春市旧书市上购得名为《青年文娱手册》的书，系 1947 年 1 月东北书局于佳木斯出版的，编者为东北大学学生会。书内收有《东方红》一歌，上面歌词作者署名为"张松如"。当时公木在东大任教育长，校址即在佳木斯。另外，1949 年在《大家唱》第 2 集中发表的歌曲《东方红》，其署名为张松如改词。由此可见，这首歌的词作者应该署上公木的名字，至于另外的一位作者是李增正还是李有源尚需考证，究竟是李增正自己编唱的《移民歌》，还是从其叔叔李有源那里学唱来的，就不容易搞清楚了。当有研究者要就这个问题较起真来时，公木则说，李有源已经不在了，这首歌词署谁的名不必细究了。它已成为历史，伴随着这首歌更多的是乾坤的颠来倒去，个人何足挂齿。

作为学者，他的著作与他等身；作为教育家，他培育出许多我国新一代诗人。而他与鲁迅、萧三等人的交谊，更可谓传世佳话。

如果说公木迄今为止所做过的一切是一条大河，那么像创作军歌歌词这样的工作不过只能算作汇入这条大河的一条小溪；如果把他的整个学问比作一棵根深叶茂的大树，那么像改编《东方红》歌词这样的区区小事不过只能算作一节细枝末杈。

有人曾提出作家要学者化，但真的选起来，称得上学者化的作家可谓寥若晨星。公木不仅是学者化的作家，而且是涉猎范围极为广泛的集大成者。

从文学角度看他，他的文学活动和文学创作都是在文学史上占有一席之地的。1932 年冬天，通过北师大左联的关系，公木作为学生代表与王志之、潘炳皋一同访问从外地回到北京的鲁迅先生，他们与鲁迅就文学与时局问题畅谈了许久，并邀请鲁迅在 11 月 27 日到北师大作了题为《再论“第三种人”》的著名演讲。此后，鲁迅先生还将自己的文稿以及帮助拉到的茅盾的文稿、张天翼的文稿寄给公木他们办的文学刊物《文学雅志》。

1942年5月，他以军委政治部主任的身份，聆听了毛泽东同志关于文艺问题的重要讲话。在延安期间，公木与萧三等文人交往甚密，还读过英文版的惠特曼《草叶集》。民歌的营养、古典诗词的基础加之外国文学的影响，使公木的诗歌创作具有较高的审美价值。从20世纪30年代到现在，他先后出版的诗集有《鸟枪的故事》《哈喽，胡子》《中华人民共和国颂歌》《十里盐湾》《黄花集》《崩溃》《公木诗选》《我爱》等。今天，公木已基本上不写诗了，他谦虚地说："我想编一本自选诗集，收它个不过20首就够了，凡是收进去的作品能代表我各个时期的创作特征就行。"谈起诗歌创作来，他认为假大空是必须反对的，但大而不空、不假的诗还是有价值的。

那天在公木家，我向他提出一个刨根问底的问题，我说："公木老师，您做过多种多样的工作，搞过各个方面的创作，搞过各个方面的学术研究，您认为您最主要的身份是什么呢？"老人略加思索，然后告诉我"首先是个教员，其次是个诗人"。说到教员，应该换成教育家更准确，他当过抗大的教育干事，当过鲁艺文学院文学系的教师。在3年解放战争期间，他接受东北局的委派着手筹办东北大学，担任东大的教育长、教育学院院长及东北师大的教授兼副教务长、第二部主任、第三部主任等职。新中国成立后，他又奉命去鞍钢创办职业教育，任鞍钢教育处处长。1954年，他又到北京任中国文学讲习所副所长、所长，粉碎"四人帮"以后，他又担任吉林大学的中文系教授兼系主任、副校长。

作为一个学者，他的著作是等身的，而且范围十分宽泛，有诗歌理论，中国诗歌通史、中国文学史，也有先秦文学研究、寓言研究、老庄研究，还有毛泽东诗词研究，在公木先生的境界中是“游泳憩息。悲欢激赏、流连忘返”，在这种境界中可以“尚友古人，结交来者，曾久别，接新欢，得到至高的启迪与最大的满足”。

不惜化泥土，舍命润花根。这是邵燕祥、流沙河、公刘、未央、雁翼、张永枚、胡昭等许多人对公木先生的共同感受，也应是新一代青年诗人对他的由衷评价。

公木认为“青年拥有未来，相信青年就是相信未来，我们不要因为青年人的某些不成熟和有些片面、偏激就不信任他们，甚至排挤他们，瞧不起他们。”

他的这种观点处处落实在他的具体行动上。1957 年初春，流沙河的《草木篇》遭到批判，这时流沙河已从公木先生主持的文讲所结业回到了四川，公木给他写信，鼓励他树立信心。几十年过去后，流沙河仍铭记着公木在他身处逆境时对他的鼓励。而当时的这封信，成为公木后来被划为“右派”的重大证据之一。

1956 年 1 月，公木在《人民文学》上发表一篇文章，评论邵燕祥的诗，这时他们素不相识，后来有了许多交往。邵燕祥在回顾自己的诗歌创作道路时说：“我国当代诗坛人才辈出和公木老师的精心浇灌分不开，我的成长和公木老师的热情培育分不开，我终生感激公木老师。”这是邵燕祥的感受，也是张志民、公刘、未央、雁翼、张永枚、胡昭等许多受到过公木老师扶植的一代诗人的共同感受。

进入 20 世纪 80 年代，公木先生对年轻的一代青年诗人亦是关怀备至。在吉大读书的徐敬亚、王小妮、吕贵品都与公木老师多有联系。他还经常就一些诗歌问题与青年人平等讨论，求同存异。对舒婷的《双桅船》，公木专门写了篇文章进行学术分析，这篇文章几经周折，后来在上海的《书林》（1983 年第 6 期）上发表出来。

除了个别性的指导之外，最为集中的一次工作是在 1956 年，党中央批准召开的首次全国青年文学创作者大会上，他身为大会秘书长，主持了筹备的全过程。会议有 500 多名青年作者参加，像从维熙、刘绍棠、邓友梅、刘真等文学青年的佼佼者全都到会，会上周总理和茅盾都做了报告，公木作了长篇发言。这次会议开创了"青创会"的先河，到目前全国已开过四届。

不光是搞文学的青年与他接触，就是搞哲学研究的一些青年学者也常常去向他讨教。如吉大的青年教授、张海迪的研究生导师孟宪忠就和公木有着深厚的师生之谊。公木从不把与青年人的交往看成单向的输出，而认为是双向的交流，他总说，从年轻人身上可以学到许多宝贵的东西。

为了后生的成长，公木老师花费了不知多少心血，也浪费了不少时间，因为有些人慕名拜访，有些人请他为作品结集作序，有的文学院请他讲课，不论重要程度如何，使他常处在盛情难却的状态中。尤其是到了晚年，他还有许多待完成的计划需要思索、工作，对一些不合适的打扰，只能婉言谢绝了。

行文到此，我在心里祝福：公木老师，愿您健康长寿，愿更多的有为后生能从您这里汲取艺术滋养。

臆说王肯

扳起指头数来，与王肯老师相识已有七八年之久了，之间的往来也算频繁，也算随便。但我每每见他，内心都会涌动着一种莫名其妙的感觉。像是领受一件任务而没有完成的恐慌，又像是面对着自己崇敬的境界而感到无法接近的烦恼。究竟是什么，现在还说不清楚。

王肯老师是个渊博的学者，他读过清老遗少办的他山书院，专攻四书五经，从“桐城派”大家那里，继承下“文以气为主”的创作主张。他读过伪满时期的“建国大学”，“开放”的办学方针，使他有机会接触到马克思主义著作和孙中山的三民主义思想，以及鲁迅、巴金的文学作品。光复后，他进入东北大学理学院化学系学习，他还经常到文学院去听陆侃如、冯沅君先生的课。到了解放区，他又穿上军装，到东北军政大学学习，不久转到佳木斯“东大”，吴伯箫和公木是这所学校的教务长，蒋锡金、杨公骥在这所学校任教。1954 年他来到未名湖畔，成为北京大学文艺理论进修班的学员。古墨水、进步墨水、洋墨水，他都算蘸足了，可他还说，学者，应是永远的学习者。这意味着，在他的理解中，学者不是一种追求的固定位置，而是一种永远不知疲倦地补充自己的行动状态。

土墨水，他蘸得更透。用他自己的话来说，“我要永远吃民间艺术这口奶。在艺人面前，我始终是学生”，“民间大学是永远毕不了业的。如果同民间艺术的联系断了，我也就枯竭了”。这些认识，促使他选择了二人转这个土研究题目，促使他跟随着民间艺人们转遍了白山黑水之间的土村落，掌握了民间艺术的土调调，他也有幸成了民间艺术最重要的一位再度创造者。

王肯老师的学识和造诣，我辈只是艳羡有份，效法无能无缘了。

一个有趣的问题是，那么多研究民间艺术的人，而与民间艺人结成像王肯老师与他们那么深厚情谊的非常鲜见。除了民间艺术的强大吸引力之外，还有没有其他东西牵扯着他们之间的情感呢？最近我读到王肯老师记录他与这些艺人交往的系列散文，方才除疑解惑。他把这些民间艺人昵称为“关东吉普赛人”，系列的题记就是“我爱这种人”。

他们和农民的本质不同是没有家园意识，他们敢于离开土地去冒险（这一点和闯关东的早期移民的勇气很像）。他们能歌善舞，身怀绝技，有自信心。在他们眼中，浪漫的艺术和现实的生存是并重的，有时甚至是向艺术倾斜的。他们豪放、坦荡，他们狡黠、真诚。与他们结交要有一种力度、厚度，要碰撞，要持久。“你把心掏给他，他就把心掏给你，那心秤砣般地实，火炉般地烫。”这便是王肯老师与他们相交的极境。

在艺术、道德层次之外，这些民间艺人的自律体系中是不是还蕴藏着一种净化力量，即他们的原始规范与社会文明发展中那泥沙俱下混浊和丑恶形成鲜明对照，构成精神抗衡？从社会学角度，对此进行考察也不乏意义。

作为师长的王肯老师，对年轻一代作者所给予的爱护和帮助也是超乎寻常的。记得1986年我来省里参加一个会议，中午在餐厅里吃饭时，王肯老师在餐桌上给辽源的市委书记写信，让我带回，目的是要为作家进修学院的两位学员争取工资，以使他们安心学习。其中一位是县城的作者，生活遇到了波折，想改变一下周围环境，王肯老师又不遗余力地设法联系，终于遂了这位作者的心愿。王肯老师有时也和年轻人进行讨论，这种讨论他不是以前辈或老师的姿态出现，而是平等的交流，他首先要求自己要尽量多理解青年人，在与洪峰的交往中就是这样。用不同的眼光看洪峰，就会得出不同结论。王肯老师把自己的目光放在老读者、老朋友的角度上，这样就有了坦诚争论的可能。他一面甘愿以绊脚石的形式出现，以迫使年轻一代作家的脚步迈得高一些、大一些；一面则希望年轻一代作家的观点在他的心灵的冻层上，炸开几道裂缝。他反对棒杀，也反对捧杀。他对青年作者爱护，不是溺爱；他对青年作者的批评，不是斥责。在我和他的每一次长谈中，尽管他没有丝毫苛责我，但我都会体味出他的真挚的希望。

王肯老师家里的方厅中有一幅油画，这幅画的创作过程，他已写进那篇叫作《散步》的散文中。说这幅画是现实主义或者自然主义的作品可以，说它是现代派作品也不为过。在一块纤维板上涂上厚厚的颜料，然后穿上平时散步穿的鞋踩上去，留下一个重重的脚印，再用树枝歪歪扭扭地围成一个框，作品就完成了。这类似游戏行为的背后潜含着他对自己过去脚步的检索。这种检索和审视是苛刻的。明明是写过《呼玛河小曲集》那样富有感染力的诗集，他却说“写过浅薄的诗”；明明是编过《包公赔情》《燕青卖线》这等中国当代戏剧史中不可多得的戏，他却说“编过平庸的戏”。这般谦逊，绝不是故作姿态，欲扬先抑，而是因为他的心目中有一个年轻时立的标杆。谜底都藏在他的名字之中，王肯的肯是取与骨字相像的字形，取政治家林肯、艺术家邓肯的名字合起来的。他的人格约束、政治抱负、艺术追求三方面都包括在这个名字之中。由此，我们才不难破译他在悼念北大同窗好友时写下的一段话，“想到的还没有做到，想写的还没有写完，回顾走过的路，脚印太浅、太浅。今后，你走了，我要数着来日迈步……”

童年生活的辛酸，在一个人的心里难免留下重重阴影，但那些苦楚、艰辛也会磨炼人的意志。有了这种意志，才可能在迈向既定的目标时，宠辱不惊，矢志不移。按说，王肯老师对于吉剧的建树可以称得上是大功告成了。它从无到有，从粗到精，使中国戏剧种类中增加了一个新剧种。它已立足吉林，震惊京城，饮誉海外，轰动东瀛，对民族文化的发展有了新贡献。可王肯老师却没有感到满足，也没有想松一口气。他不但自身这样要求，还担心同行们不够清醒，常讲些“思危与思变”“冷暖应自知”之类的戒言。他的笔也从不停歇，吉剧中缺少什么东西，他便设法补充什么，有了武戏不够，他又写了手绢戏；有了手绢戏不够，他又写水袖戏。光有戏，有剧本，有演员不够，他又将多年的艺术学习和实践归纳成理论，于是就有了一本洋洋洒洒 20 多万言的《土野的美学》。

一个人要把精力集中起来，需要进入一种境界，五花八门的世俗社会中可以诱人误入歧途的机会无时无处不在，即便是饱经风霜，尝遍酸甜苦辣的过来人，有时也可能被一些杂念纠缠不休。耐学术之寂寞，就需要隔绝外界与学术无关的影响，耳净、眼净，才可能心净。我还不能肯定，王肯老师家里的书橱上摆放着几十尊佛像意味着什么，仅凭猜度，庶几与他保持良好的心态不无关系。

柯灵先生在《墨磨人》序言中写下这样一段话："文字生涯，冷暖甜酸，休咎得失，际遇万千。象牙塔，十字街，青云路，地狱门，相隔一层纸。我最向往这样的境界：只问耕耘，不问收获，清湛似水，不动如山，什么疾风骤雨，嬉笑怒骂，桂冠荣名，一例处之泰然。但这需要大智大慧大学问，不是随便什么人能够企及的。"我认为王肯老师已经进入这种境界，不知大家以为然否？

1991 年 10 月末

鄂华：巨人式的写作

重读鄂华的作品，深深觉得他的创作在当代文学史上的地位并没有受到应有的重视，究其原因可能是多方面的。首先是20世纪80年代文学的繁荣大势里，鄂华的写作并没有成为那些貌似显赫的各种思潮的代表。不能说他的创作属于伤痕文学、改革文学、反思文学、寻根文学、先锋文学等等之中的哪一类。对一个才华横溢的作家的忽略，往往就会在文学史以思潮为脉络的梳理中造成。

当然，文坛都知道吉林有个写国际题材小说的作家叫鄂华，可当改革开放的国门轰然打开以后，一个并没有出过国的作家所写的国际题材小说，很容易就被铺天盖地、眼见为实的现实景观所淹没。“自由神的眼泪”也好，“证词”也好，都成了阅读者文化饥渴时的特殊记忆。或许人们也会承认这些作品是文学匮乏年代里最吸引人的一部分。但毕竟受到那个时代的局限，是在某种观念笼罩下的想象。尽管在五六十年代一个作家能对西方世界用完全文学的方式作出如此描述，所需要的才气和能力要远远高于写自己熟悉的生活，可是仍然不能不留下许多遗憾。

实际上鄂华的写作从一开始就是标新立异的，他的视野和志趣都决定了他不能接受平庸的写作，选择国际题材创作其出发点也正是要独辟蹊径，使自己不和五六十年代的大多数作家一样在一条道上挤，扎堆往“土”里钻。

视鄂华为巨人式的写作，主要是应该看到他是一位有勇气始终不渝、追求真理的作家。20 世纪 80 年代初期，他写下了一批以西方中世纪及近现代伟大思想家、科学家、作家为原型的短篇小说，有写弥尔顿寻访伽利略的《阿尔切特里的林中小屋》，有写布鲁诺生命中重要旅程的《走向生命的星辰》，有写 70 岁高龄前往罗马宗教法庭自己为自己辩护的伽利略在船上传播真理的《亚诺河之舟》。这些作品今天读来，仍使人无法平静，仍会受到心灵的冲击和震撼，非但丝毫没有过时之感，反倒颇有些振聋发聩的意味。毫不夸张地说，鄂华称得上是一位留下了不朽作品的作家。相信时间和历史会不断证明这一点。其实鄂华这一组作品早在 20 世纪 60 年代就已酝酿好，且已完成了一篇写培根的《虹》，发表在辽宁的《文艺红旗》（1962 年第 7 期）上。这篇小说发表后，鄂华遭到了批判，被扣上了“反对个人迷信”的帽子，《虹》也被打成了毒草，这一组其他作品也随之夭折。直到 1978 年“三中全会”前后，在全国展开实践是检验真理的唯一标准大讨论期间，鄂华才又得以将这一组作品完成。在《虹》中，教皇尼古拉三世和他的亲信们看到培根被囚禁在巴黎修道院高塔里，在没有任何书籍和参考资料的情况下花一年半的时间写下的三大卷《大创作》时，吓得目瞪口呆。他们不能接受把“虹”这种在他们看来是“上帝的手指在天空划过的痕迹”，说成是“一种壮丽的自然现象，是雨水所反映的太阳光”。他们不能接受在玻璃镜片的作用下，“我们可以使大的东西显得很小，反过来，也可以使小的东西显得很大；使远的东西显得很近，使隐藏着的可以看见。”培根因为捍卫科学和真理说出了“要证明！要实验！不要盲从”，而遭到了宗教法庭的审判。甚至在他死去以后，他的著作也被搜集焚毁。“他的著作在黑夜中被焚烧，人们只能看到残存的几点火花。但是就从这些随风飘散的闪光的片段中，我们也能看到一颗科学巨星的难以掩盖的光辉，他超出他的时代三四个世纪。在整个中世纪，他是能在精神上接近他以后的文艺复兴时期的那些科学巨人——（无论在思想能力和热情方面，在多才多艺和学识渊博方面）——的唯一人物。”鄂华 1997 年曾对采访他的香港《文汇报》记者说过：“人类战胜自己的疯狂要靠理性，文学的使命是呼唤人类的良知和理性。”今天，回过头来看，正是从 20 世纪 50 年代到 80 年代，鄂华的这一系列闪耀着思想光芒的作品占据了当代文学史的一块空白。它远远超越了那些仅仅述说个人苦难、仅仅抚慰历史伤痕、仅仅面对眼前困惑等视角狭隘的明日黄花般的作品。为了盗天火给人类，为了捍卫真理，鄂华不仅给我们塑造出了培根、布鲁诺、伽利略等代表人类文明与进步的先驱者形象，同时，他的目光也关注到一个普通人在黑暗的野蛮压制中是如何为了说真话而献出了年轻宝贵生命的，这就是他饱含泪水写下的报告文学《又为斯民哭健儿——他死在上升的太阳下》。这篇发表在《长春》(《作家》的前身）1980年第4期的作品，是鄂华对发生在身边的邪恶势力所实施的暴行的控诉和声讨。

巴金先生1991年在给参加全国青年作家创作会议的青年作家题词时写道：“讲真话，把心交给读者。”当时，我们这些年轻人还不是太明白老人家这句大白话里面的含义，现在想来，这是对青年作家的一种深深的厚望啊，能做到并非易事。鄂华为他的真诚写作，也曾受到极“左”路线的残酷迫害，有六七年的时间里丧失了人身自由，不能过正常人的生活。对鄂华非常了解的老朋友张笑天在怀念他的文章中，提到一段往事：“还记得当年你与我们的一位文学前辈的那场争论吗？你的言辞是那么激烈，寸步不让，一点不给长者留面子，我暗中拉过你的衣袖，你仍不肯罢休。过后你说，这是涉及人格和真理的争论，不是仨瓜俩枣的争端。你还说，弟子不必不如师，师不必贤于弟子。我认同你，你是对的，在那场关乎全民族命运的大讨论中，任何有良知的人都应当旗帜鲜明，只是你有时表现得疾恶如仇，甚至让朋友们为你捏一把汗。”

鄂华与张笑天、刘凤仪、芦萍能成为好朋友，并不令人意外。他与丁仁堂也是关系非常密切的挚友，其中的原因我还是一直好奇。两个人在有些人眼里，一个“土”，一个“洋”；一个写作得益于生活经验，一个写作靠“二手材料”；差异明显、迥异，趣味、风格大不相同。现在想来，我觉得鄂华是一个胸怀博大的作家，他既能坚持自己认准的写作道路，同时也不排斥与自己路数不同的作家。他和丁仁堂是吉林省20世纪60年代仅有的两位专业作家，两个人虽有时也会“煮酒论英雄”，争论得脖粗脸红，但更多的是惺惺相惜。1997 年在丁仁堂逝世 15 周年的时候，我们《作家》杂志社组织了一次到大安“寻找丁仁堂的足迹”的全省青年作家笔会，杂志社特意邀请鄂华来参加这个主题笔会。在大安的几天时间里，鄂华和青年作家们一同深入到丁仁堂当年长期深入生活的乡镇、农舍、渔场，与和丁仁堂共事、劳动的一些老朋友座谈，引发出鄂华许多感慨。回来后，鄂华写下了《嫩江梦寻——丁仁堂逝世十五周年祭》。在这篇文章中，鄂华表达了对丁仁堂更深入的理解。鄂华认为，不用说让与会的青年作家来读懂丁仁堂这样的前辈作家，就是自己这样的老朋友，也是在丁仁堂逝世 15 周年后，有些谜团才慢慢解开。身边的文友提起丁仁堂，除了文名外，就是喝酒的名声了，甚至有时觉得他喝酒的名气更大。在别人看来，丁仁堂是个大大咧咧的人，对人也总是笑嘻嘻的，感觉没什么愁事。而在鄂华眼里，丁仁堂是个情感十分细腻、内心十分脆弱的人。人生际遇与文学上的追求给这位富有才华的作家带来的一切不公和苦难，他心底里实际上并没有力量承受。丁仁堂一边长期在基层挂职深入生活，一边把自己的家庭生活过得一塌糊涂。本来开始去基层深入生活是自己创作的需要和意愿，后来成了深入生活的“典型”，家里有急事回来料理一下，也会被人诟病。尊重生活，真诚写下的作品《绿海雄鹰》，被扣上违背生活真实的帽子，遭到批判。而从虚假概念出发生编硬造的作品《嫩江风雪》却给他带来好评。连茅盾先生都在《谈最近的短篇小说》的文章中予以赞扬（当然，茅盾的赞扬主要还是从艺术技巧方面的评价）。无论是生活，还是写作，丁仁堂都充满困惑。鄂华不止一次听到丁仁堂对他说："酒简直是毒药啊！""它像马掌钉一样钉在我的脑袋上，疼得我脑袋瓜马上要爆炸。"丁仁堂不是喜欢酒，而是害怕酒，痛恨酒。实在是他内心中淤积的苦闷找不到更好的方式排解，才只能借助酒。鄂华已经渐渐弄懂了丁仁堂的内心纠结，他是丁仁堂的真正知己。当读鄂华写契诃夫晚年生活和创作的小说《樱桃园》时，我又一次被他所描摹出的异域作家契诃夫心底波澜的准确性所叹服。仿佛掌握了洞察人的内心秘密诀窍的鄂华，在这些性格复杂难以把握的人物面前，他下笔时有足够的自信。

重读鄂华的作品，隐约还会看到博物学与文学结合的写作方式的开拓性轨迹。博物学写作大都是由自然科学的学者、动植物学家以考察和工作的方式完成的。将文学与博物学写作结合起来进行的创作，也就是自然文学或生态文学写作，主要是在 19 世纪后从美国兴起，以梭罗的《瓦尔登湖》为代表。到了 20 世纪 40 年代有了利奥波德的《沙乡年鉴》、60 年代有了卡森的《寂静的春天》。中国的自然文学创作起步较晚，投入到这个领域写作并取得成就的作家寥若晨星。翻开鄂华的《生命的珊瑚》，相信哪一个读者都会被他的博物学与文学完美结合的写作才华所折服。作品中写到达尔文在伦敦丹恩村住宅周围占地 18 英亩的花园和树木时，那些文字真是美妙无比：

"靠近书房窗前，是一块五彩缤纷的花圃和碧绿的草地。花圃里，火红的杜鹃花，粉白色下垂的荷包牡丹，娇小的蓝色的半边莲，红色的蝶形的四季豆花……正在竞相开放，争奇斗妍。秀曼的含羞草，优雅的三色堇，妩媚的金雀花和窈窕的飞燕草，个个临风搔首，摇曳生姿。

“在这里，美丽的凤尾蝶围绕着花丛飞舞，辛勤的蜜蜂忙着在花心采蜜，连小小的蚂蚁也在地面上忙碌地来来去去。

“花圃后边，是一片枝叶扶疏的狭长林带，他给它起了一个诗意的名字:沙径。这里的每一棵树木:榛树，赤杨，菩提树，鹅耳枥，水蜡树，白桦，山茱萸，冬青，都是他在一八四二年刚刚迁居到这里来的时候亲手栽种的，如今已长成大树了。沙径旁边那一片蓊蓊森森的林莽是古老的自然林，那里生长着橡树、椤树、橹树、山毛榉，以及一大片落叶松林。它们把树冠高高地伸向天空，用密密的绿叶覆盖着大地。在它们的庇护下，嫩弱的花朵得以在它们的根部生长；在桧树中间，生长着捕蝇兰和麝兰；在山毛榉的树叶下，长出了头蕊兰和纽夏兰。那里是他散步时最喜爱去的地方，现在那里又传来了使他心醉的潇潇的风声和群鸟的啾鸣，时时还有啄木鸟‘梆！’‘梆！’的叩击声，给森林的合奏敲出了美妙的节奏。”

这样一大段关于花草树木鸟类的描写需要的博物学底蕴和文学想象力是十分具有挑战性的，就是在今天我们也很少能在作家的作品中阅读到如此热爱并懂得自然，准确、生动生命气息扑面而来的文字。在鄂华的心中，达尔文就是一个伟大的诗人，所以达尔文眼中的每一种动物和植物都是一个个鲜活可爱的生命。并且它们时时刻刻都在为自己的生存进行着殊死的搏斗。《生命的珊瑚》这样的小说写作需要作家充分熟悉达尔文一生的经历，比起依赖虚构完成的小说难度要大得多。鄂华完成的达尔文的形象是崇高而又细腻真实的。当达尔文收到奉他为楷模的年轻博物学者华莱斯寄给他的论文《论变种无限地离开其原始模式的倾向》时，感到一阵狂喜。华莱斯的每句话，每一个设想，几乎都和他 20 年来的研究结果不谋而合。面对华莱斯请他对论文判定并推荐给地质学会会长赖亦尔爵士的请求时，达尔文宁可牺牲自己关于物种起源研究的开创性成果公布的优先权，也一刻不迟疑地写了推荐信，并建议要将这篇论文马上发表在《林纳学会会报》上。达尔文的决定非同小可，鄂华对达尔文的认识和理解也非同凡俗，他发现了达尔文的心灵秘密："追求任何个人的优先和个人荣誉，对于他来讲，从来都是极其可耻的！他追求的只是真理的优先和科学的荣誉。"

鄂华能够驾驭以布鲁诺、培根、伽利略、弥尔顿、达尔文、契诃夫、居里夫人、爱因斯坦等一系列人类历史上里程碑式的人物为主人公的作品，所需要的积累不仅仅是各种学科知识方面的准备，也不光是要精通天文地理、物理化学、动植物学、戏剧文学等领域的研究，更需要创作者能走进他们的精神世界，走进他们的心灵。在文学意义上塑造好他们的形象与纪实性的写作是完全不同的，鄂华在当代文学史上的重要贡献我觉得主要在此，迄今为止，还没有人能超越他所达到的高度。

张笑天：凌云健笔意纵横

人的名字不过是一种标识符号，但对作家来讲，这个符号所承载的信息是和属于这个名字的作品多少、影响大小紧密联系在一起的。毫不夸张地说，张笑天是个能够创造奇迹的作家。他的创作速度之快、数量之大、质量之高这几个指标形成的综合指数恐怕很难有人可以与之相比。不能说他的人生经历中风云际会、坎坷起伏是最为典型的，但起码是非常独特的。更应提及的一点是，当人们十分惋惜地看到与张笑天年龄相仿的作家有不少不是停笔，就是写些应景小文时，他却一直保持着旺盛的创作生命力，动辄就是百万长卷，让人目不暇接。朋友们有时跟他开玩笑说，中国近现代史上所有重大的题材都被他一个人承包了。此话虽是一句戏言，但若点数一下也不算虚言，从《太平天国》到《孙中山》，从《抗日战争》到《重庆谈判》，从《开国大典》到《朝鲜战争》，这都是硬骨头，没点功夫是啃不下来的。不管写这些大东西是笑天早有深谋远虑，还是顺其自然，种瓜得瓜、种豆得豆，其手笔和气魄挂上个“大”字该不为过。

在中国古代文人中不乏像王勃那样出口成章、曹子建那样七步赋诗的诗人以及袁虎那样倚马可待的奇才，但在当代文学创作中，一个作家因为创作速度之快引起人们关注的大概除了张笑天之外，真是别无他人。有一次与乔迈一同参加一个采风活动期间，听乔迈说笑天在60周岁那一天还曾做过试验，一天写下16000字，仍是大气不喘。20世纪80年代初期，在一个笔会上，张笑天与邓友梅同住一个套间，邓友梅亲眼看见了张笑天在四五天的活动间隙里，既为笔会的主办者写好了一个短篇，又为《当代》杂志完成了一个近60000字的中篇，即当时在大学生中引起广泛讨论的《公开的内参》。邓友梅和同在笔会上的从维熙一边惊呼："不承认笑天同志是'怪才'是不现实的"，一边开始对张笑天创作现象进行条分缕析。"如果仅用'精力旺盛'和'年富力强'来探索张笑天同志的创作道路，或用'才思敏捷'以及'天赋厚实'等词汇来解释发生在笑天身上的文学现象，那显然是不够的，因为文坛上'年富力强'和'才思敏捷'的佼佼者，多如天上繁星，但在创作产量和作品表现生活幅度上，都是很难和笑天同志媲美的。"曾与张笑天多次合作过电影和小说的张天民，和笑天刚一接触就发现了他的秘密，"这个人可能是站着写东西"。

也有人对张笑天的写作速度不以为然，把他写作的"快"与"写作机器""粗制滥造"联系在一起，持这种观点的人如果不是对他的创作不够了解，就只能说这其中充满误解。事实上，快与慢与作品质量高低之间并没有必然联系，快不等于草率，慢不等于精致。况且张笑天在快的背后往往是烂熟于心，成竹在胸，快不过是他的写作习惯。

追溯张笑天的文学道路，最早该是初中二年级的一篇发表在《中国少年报》上的习作《新衣》。他的第一部长篇小说《白山曲》写于1958年，还不到20岁的时候，当时他是东北师大历史系的学生。“文革”后期，他写下了长篇小说《雁鸣湖畔》，这篇小说在文化饥渴的岁月里，产生轰动效应不足为怪。我个人认为，张笑天真正意义的创作应以长篇历史小说《永宁碑》为发端，1988年获第四届全国优秀中篇小说奖的《前市委书记的白昼和夜晚》是他20世纪80年代的创作高峰。进入80年代后期，他的主要创作成就体现在影视领域，至今他已完成了24部电影和300多集电视剧，不仅赢得了国内影视界所有重要奖项，还以《末代皇后》获得了巴西里约国际电影节评委特别奖，《开国大典》在参加奥斯卡金像奖角逐时成为入围作品。

在张笑天的人生经历中，不光有鲜花和掌声。文学给他提供了广阔的驰骋天地，文学也几次给他的命运带来阴影。大学期间写下的《白山曲》，曾使他被以走“白专道路”典型的名义发配到偏僻山区的小县城当中学教员。这段经历并不为多少人知晓，后来，1982年他的中篇小说《离离原上草》引起的风波，在当时可算是了不得的事件，要不然也不必把他的检讨书发表在《人民日报》上了。不用说他所在单位长影领导的寝食不安，连省委书记都亲自动手帮他“润色”检讨书。只有长影的洗印工人谈论此事时，让人感到了别具一格的幽默。检讨书发表以后的一天，张笑天在长影院里去往小白楼的路上走着，听背后两个工人议论。一个问：“张笑天发表检讨书也拿稿酬吗？”另一个思索了一下，说:“大概照样拿吧。”头一个问的人感慨道:“好事全叫他占了，写毒草赚稿费，挨批评写检查还挣稿费！”这一番议论提醒了张笑天将领来的检讨书稿酬30元交了特殊的党费。雨过天晴，笑天对在逆境中给予他理解关怀和仗义执言的人念念不忘。这样的人包括当年的长影党委书记纪叶，吉林省作协主席公木，还有一些并无权无势的文友，比如他在敦化一中教书时的同事李守田，以其天真纯朴的性格常令他感怀。忽而浪峰，忽而波谷;忽而领奖台，忽而禁闭室，这荣与辱的磨炼，最终都成为他心灵的财富。

当过几年长影的剧本厂长之后，1990年，笑天调到省作协，送他到任的省领导说，笑天的副主席属于副厅级，可以列席作协党组会。七八年的时间里，他就是顶着这么个不伦不类的说法过来的。一般人从门庭若市的领导岗位上下来，面对门可罗雀的冷落大多难以平衡，笑天对此非常清醒，他曾写下了一个条幅，曰：温不增华，寒不改叶，宠辱不惊。并在题款处特别注明“自律”二字。那一段时间里，他全部的心思都放在文学创作上，是一个名副其实的专业作家。2001年初，吉林省文联和作协合在了一起，笑天被省委破例任命为“超龄服役”的实职领导——行政一把手，上班、开会、处理繁杂事务自然要耗费掉他一些精力。好在笑天除了热爱写作没有什么别的爱好，他不会喝酒,也不会打牌,别人闲聊和游戏的时间,在他都可以是创作时间。

笑天洋洋洒洒的20卷本文集已经出版，很多人都会惊叹。要知道，在收选作品时，他是精益求精。别看20卷本听起来挺吓人，其实这只是他已写出的1800万字作品总量的三分之二。

永恒的母题：人性的崇高与卑劣

——评张笑天的长篇小说《太平天国》

长篇小说在不如人意的状态上徘徊得太久了，以至于人们已失去了对能否改变数量多质量差这一痼疾的热情期待。对史诗性大作品的呼唤之声，在一片缺少高峰耸立的丘陵地带中渐渐喑哑，不知不觉间长篇这种最受读者青睐的重头戏，已逊位给随笔杂文一类的轻骑兵。那些滥竽充数、徒有其表的长篇充其量可算作完成了自娱自乐，这且不论，就是少许几部被所谓的文学圈看好的长篇，有谁敢奢望它们会被大量的读者迫不及待地读完，同时让读者获得审美的愉悦呢？对长篇小说不可推诿的基本功能的漠视，必然会给长篇创作带来致命的伤害。这种令人忧虑的现象总不见改观，势必引起读者对当下的文学兴趣大减。或许在这样一个长篇创作较为疲软的背景下，张笑天的长篇新作《太平天国》面世后带给人们的惊喜和好评就不足为怪了。

《太平天国》共分三卷，全书洋洋洒洒120万字，由这本书中故事的发源地——广西的漓江出版社出版。作者尽管早年曾创作过《永宁碑》等书写历史的鸿篇巨制，但《太平天国》所达到的思想和艺术高度，完全是今非昔比，作者自己也充满信心地将它视为得意之作。这部长篇小说在重视古老艺术原则的魅力的同时，也非常及时地消除了笼罩在当前长篇创作领域的几分阴影。

一、追求真实的艺术

历史小说是小说中的特殊类型，它的特殊在于，它不能像一般小说那样，只尊崇艺术规律的要求，天马行空，行云流水，而必须承受来自历史真实和艺术真实两个方面的检验，有人称之为“带着镣铐跳舞”。在先天性的局限中寻求突破，必然是负重前行，其步履偶有踉跄，并不鲜见。有的作家在写历史小说时过分拘泥于史实，不敢越雷池一步，结果使作品陷入历史资料的窠臼。还有的作家在另一个方向上寻找出路，全然不顾历史真实的限制，在文学虚构中任意编排，名为“戏说”。这类作品好看归好看，但已很难再归入历史小说的正脉。要挖掘好历史小说创作的分寸，若没有丰厚的学养和充分的准备，是不可随意为之的。张笑天在面对太平天国这一题材时，不怕经历风险，善于迎接挑战，胸有成竹地要做到“绝不戏说”，显然怎样使历史真实和艺术真实浑然一体，他已胜券在握。

中国史学会会长戴逸看了张笑天的《太平天国》后，禁不住称赞：“在描写太平天国的文学作品中，这是最好的最成功的一部！”他认为这部《太平天国》在历史真实和艺术真实的把握上七分有依凭，三分为想象。这样的处理，史学界愿意认可，一般读者也乐于接受。《太平天国》中凡重要事件如金田起义、天京事变，主要的战役如永安突围、武昌之战，众多的人物如洪秀全、杨秀清、石达开、韦昌辉、洪宣娇、陈玉成、李秀成、傅善祥等，其事件基本的进展过程和人物行为脉络都是有案可稽的。但为了较多地触及心理真实，作者将傅善祥这个举足轻重的人物安排在洪秀全和杨秀清之间，杨秀清被韦昌辉诛杀后，傅善祥去为他收尸、缝头，这使人惊叹叫绝的艺术虚构，又是作者按照情节需要的大胆创造。当作家进入这种美妙的境界时，按一位英国批评家评价列夫·托尔斯泰写作《战争与和平》时的说法，就像是“一位愉快的上帝”。

太平天国运动作为中国近代史上及至世界历史上影响最大、参加人数最多、持续时间最长、情景最为壮烈、教训最为深刻、惨痛的农民战争，就史学研究的层面来讲，也是分歧甚多的一个领域，仅靠缝缀史料是无法构成气势恢宏的文学作品的，作者必须在宏观上有清晰的认识，抓住历史的纲目，建立广阔的艺术空间。笑天总结自己的历史题材作品创作，其中有一条叫作“有限真实”，这是他在为历史和文学之间搭设一条并行不悖的轨道的路基。“有限真实”的机智之处在于它摒弃了对待历史真实的狂妄和偏执，同时又为添补虚构留出了合理的余地。

历史是由人的行为构成的，文学是人学，“人”是作家在史学和文学之间协调的转码器，作为文学作品的《太平天国》紧紧抓住的思路是通过人来表现历史，又通过历史来表现人。《太平天国》在历史真实和艺术真实处理上天衣无缝，可以说是得益于作家的以人带史、以情写人。

二、挖掘人性的隐秘

希罗多德说，他的工作就是要永恒地掌握住人类的心灵。只有掌握了这一点，才能掌握人的世界和它的历史。基于此种认识，作为古希腊的历史学家，希罗多德已经把历史学家的工作引向了艺术化的边缘，他否定了“档案保管员”的工作方式，而试图进行重建过去，做一个地道的解释者。罗素的想法又向前推进了一步，他认为历史学所做的工作，就是要把错综复杂的历史现象，用人心之中最深邃的欲望作为一把钥匙来解开。史学家沿着这样的线索给出历史的答案，解开一个又一个谜团，而文学家却不想站在幕前循循善诱，而是通过创造艺术形象让人们嗅到香味来感知玫瑰的存在。

人性是什么呢？性本善、性本恶这两论其实目的是相同的，一个为了扬，一个为了抑。一半是天使、一半是魔鬼的描摹足以让人们意识到人性是由崇高和卑劣两方面组成的。事实上，在生活原状态中或者说在人的内心世界里很多时候是一片混沌的，并不总是条分缕析一片明亮的，那些藏在暗处的“魔鬼”常常要兴风作浪的。读《太平天国》时我偶或就产生一种冰冷的感觉，这种感觉源自作品中几个主要人物的内心搏斗的自戕，历史的局限往往藏在人的心灵局限之中。笑天以其史家和作家兼备的素质，目光中穿透了重重历史迷雾，在展现人物心灵的复杂性方面花费了大量的工夫。

太平天国对宗教的确立始终是虚幻的，它只表明一场自发的农民运动要想完成使命的确需要有某种合理的信仰作为支撑。作品中一着手就抓住了几个领袖人物在信仰选择上的尴尬，要开辟一个新天地，首先他们要尽可能地与官府的一套信仰体系划清界限，这种划清迫使他们不得不排斥那些有深远广泛基础的思想理论，而洋教的传播和扎根都有不可逾越的障碍。他们在利用洋教的同时，就为装神弄鬼这种民间巫术留出了可乘之机，直至愈演愈烈成为东王和天王勾心斗角的魔法。洪秀全最初对天父下凡的默认实际上是对内心欲望的一次屈服，他明知不是真的，但为了快些扩大势力已不去管天国的奠基石是否夯牢。这里已埋下了天国内讧的祸根。洪秀全对权术的意识远比对理想的意识来得自如，他很快就设计出一个萧朝贵扮演天兄下凡的场面，以此来抵消天父下凡的制约。为构置这个计谋，他不惜以妹妹的爱情作牺牲。伴随着太平天国势如破竹的一个又一个胜利，洪秀全身上的高贵品质却在一分一分地减弱。当年星夜追赶罗大纲、苏三娘的求贤若渴代人受过的宽广胸怀逐渐被猜忌、偏狭、权势欲等卑劣的成分所遮蔽。建都南京之后，杨秀清把早期号召民众、拥戴天王的手段纯粹转化成挟天父以令天王的手段，杨秀清的智慧在人性的美好缺失状态下都成了阴谋诡计。将爱妾程岭南送给洪秀全，用这样的方式架设一条天王府通向东王府的情报线，可见其心底所存的差不多只剩下邪恶。北王韦昌辉在奉密诏杀逆后，完全堕入了疯狂的境地，恐惧——作恶的恐惧将其推向无法自拔的渊薮，虚荣又使他重蹈东王专横招祸的覆辙。翼王在报家仇和维护天国大局之间也做不到不带私心，在得不到应得利益时绝不肯忍辱负重。到石达开的出走，太平天国的大厦已是风雨飘摇了。在获得一定范围的成功之后，太平天国中那种明朗健康的人际关系悄悄被尔虞我诈所替代，这种阴鸷的氛围渗入到几个称王者的全部生活之中，东王杨秀清连做爱时都不会露出笑脸，此时的杨秀清连人的本能都异化给了权欲，不可能在他身上再现那种昂扬向上的精神风貌了。内讧的产生追根溯源在于洪秀全、杨秀清等人人格弱点的暴露和恶性欲望的无限膨胀。《太平天国》一书作者通过勾画人物内心活动的轨迹，揭示了太平天国失败的悲剧之因，其反思和批判的力度入木三分，也自然衍生出以警后世的镜鉴作用。

《太平天国》中体现出作家冷峻深刻的笔调，在这样的一种笔调下，作品绝不放过那些不易察觉的人物心理活动，这种对人的内心的智性勘探，也是作品吸引读者的重要因素。作家对笔下的每一个主要人物的性格都拿捏得恰如其分，让人暗暗叫绝的老辣之处俯拾即是：左宗棠因自己写给太平军的条幅而放走汪海洋；李鸿章心知肚明地为不与老师抢功而不发打南京之兵；左宗棠上了参曾国藩的折子后，面对朝廷的离间计曾国藩智高一筹，他非但不从此与左宗棠势不两立，反倒将手里掌握的可以加害左宗棠的把柄当面还给左宗棠，化解了一场相互伤害的恶战，通过保全别人来保全自己，等等。作品里的戏中戏、智谋战一波三折，连李秀成就地被杀不押解到北京，其背后都藏着曾国藩怕其胞弟私吞南京库银、自己谎报战果等丑闻的败露等隐情。

三、寄托美好的理想

《太平天国》中几组爱情故事十分壮烈，感人至深。几个女性人物光彩夺目，血肉丰满。这之中蕴藏着作家人生美好理想的图景。张笑天对人性问题的关注由来已久，他已深得“文学是人学”之精髓。在鞭挞假、恶、丑时，他从不简单化；在歌颂真、善、美时，他又从不空泛化。

《太平天国》中写到的爱情故事都历尽坎坷曲折，但每个人所体验到的苦辣酸甜又都极富独特性。从洪宣娇和林凤祥、萧朝贵的感情纠葛开始，作品的描写细致入微，丝丝入扣。在这组尽管充满矛盾冲突的三角关系中，作家真实地展示出三个人心灵的美好侧面。洪宣娇爱林凤祥，萧朝贵爱洪宣娇，林凤祥也爱洪宣娇。洪宣娇和萧朝贵的婚姻由于洪秀全的介入而蒙上了一些沉重。洪宣娇的有限抗争，萧朝贵的无怨无悔，林凤祥的自我牺牲都是高尚的情怀，这种情怀绵延始终。萧朝贵死后洪宣娇的歉疚，林凤祥陷入北伐绝境时洪宣娇的不顾一切前去营救，直至大闹刑场、欲自杀殉葬。三个人都以超越生命的圣洁书写了壮丽的爱情诗篇。

陈宗扬和叶明珠的爱情是对太平天国内部制度中违背人性的荒谬成分的反抗，两个人刑场上的婚礼为后人赢得了爱的权利。

陈玉成与曾晚妹的爱情经得住种种考验，两个人在战火中结下的生死与共的友谊不断升华。陈玉成在长沙城绝境中遇上了胡玉蓉深情搭救，陈玉成内心曾荡起了几丝涟漪，但他仍忠实于自己与曾晚妹的神圣情感。后来洪秀全要招他做驸马，这考验的程度已到了极限，功利诱惑他均无动于衷，受惩受罚的压力他也无所畏惧，这一对的爱情可谓千古绝唱。

这几组爱情故事最终都以生命的终止为试金石，以超越肉欲、升华情感为结局，作者所要赞颂的是一种惊天地泣鬼神之壮、永恒不变之美。

在几个女性人物身上，作家所赋予的美好品格真是让人无法忘怀。文武兼备的苏三娘对罗大纲的坚贞不渝，竟能使洪秀全的浊念也不得不退避三舍；石益阳的聪明可爱和正气凛然，既让石达开视为知音，又让石达开自惭自悔。同是一家人，韦玉娟的善良慈悲与韦昌辉的穷凶极恶也构成鲜明对比。最光彩照人的女性当属女状元傅善祥，她才智超群，又是个美人，在太平天国两个顶尖人物之间，她殚精竭虑地为一种朴素的乌托邦理想的实现而献出一切。无论是在东王杨秀清身边，还是在天王洪秀全身边，她的智慧所抵达的地方已可以把这太平天国中的一、二号人物甩在后面，所以她最能猜透他们的心思，也能抓住他们的弱点，她巧妙地利用一切可以利用的机会，试图校正不断偏离正确航道的这艘巨舰的方向。她不但有政治头脑，而且作为一个女人，她还具有博爱精神，也重情重义，她称得上是一个引导人们前行的“永恒之女性”。作者一反历史上将权力旋涡中的女人看作祸水的陈习，而总是在这些“水做的女人”身上比“泥做的男人”更多地倾注真、善、美的希望。从洪宣娇到傅善祥、韦玉娟，个个女性都富有同情心，充满人情味，太平天国中每逢人有难处，包括千钧一发的关键时刻，救苦救难的事几乎让巾帼们包办了。洪秀全的妹妹是个完美的女性，洪秀全的女儿洪长金也是可圈可点的人物。她绝不愿利用家庭的权势强取爱情，又不因个人的一己之私而嫉恨报复，反倒去理解和成全陈玉成与曾晚妹，最后又为了葆有内心的纯洁之爱而悄然出走，她的冰清玉洁、无私高尚自然而然地在净化着人们的心灵。

一切历史都是当代史。《太平天国》这样的文学作品，其价值不仅限于历史学和历史小说方面，它对我们认识眼前正发生着的历史巨变，凝聚民族向心力，惩治腐败，都有着强烈的现实意义。在文学方面，作者所构筑的艺术殿堂和所塑造的人物性格迥异的群像，将会在当代文学画廊中占有重要的位置。这样一部优秀的长篇能够被越来越多的读者赏识，是毋庸怀疑的。

“诗人”乔迈

见了这个标题，首先请报告文学界诸君别误会。我知道乔迈已出过 10 本书,其中十分之九是报告文学集或长篇报告文学；我也知道，乔迈连续获过两届全国报告文学奖，那篇名声赫赫的《三门李轶闻》和那篇较早涉及廉政建设问题的《希望在燃烧》，都出自他的手笔；我还知道，他写报告文学写累了写顿了写腻了的时候，也搞过“副业”，譬如改剧本，就有了《不该发生的故事》，居然还拿了电影界的多项大奖。还写过散文，于是有散文集《冬之梦》，交给了时代文艺出版社。其次，又要请诗歌界的各路朋友别犯合计。我知道诗人队伍编制异常紧张，乔迈戴上这个头衔，是虚的，不会打了谁的饭碗。况且，我们诗人行列中已有一位叫乔迈的了，按照商标注册的规定，即便写报告文学的乔迈真想要加入诗人之中,也只能先更改姓名。据说，写诗的乔迈那些赠答诗，曾使写报告文学的乔迈被误解出种种浪漫。当然认起真来，乔迈与诗界也有若干瓜葛。他在做作家梦时，写的第一篇投寄出去的稿件就是组诗，当时《长春》的诗歌编辑关山险些给发表出来（若是发了，也许乔迈就会真的继续写诗，其后果会令诗人们不堪设想）。再则，乔迈是吉林大学63届毕业生，诗人公木是他的老师，名师出高徒，他对诗界真可以说是有所知的。

但不管我如何花说柳说，乔迈毕竟不是靠写诗在文坛立足的，我之所以给乔迈的名字前面冠以诗人二字，都是因为他的气质是诗人气质。

有人说，诗人的心永远是年轻的。这一点在乔迈身上比诗人体现得还明显。1990年秋天，我们一同去北戴河开会，途经锦州，吃晚饭时，锦州市文联的作家孙春平和我们坐在一张桌上。席间我们让孙猜我们的年龄，孙竟然将乔迈猜小了10岁，把我猜多了10岁，一减一加，我们俩居然差一点同岁。谜底一揭开，孙春平马上觉得对不起我。当时乔迈已五十有二，我才三十零一。乔迈的年龄被人猜小已不止一次，究其原因，是他的形象让人家无论如何和他的实际年龄联系不到一起，他仪表堂堂，风度翩翩，何老之有？他的言谈举止，也极少见到老态。登山，他可以捷足先登；下海，他能够击水千米，何老之有？文艺界经常有各种类型的座谈会约他参加，他在会上的发言，往往是直抒胸臆，无所顾忌。好心人背后也有劝他应小心才好，他却固执地认为当面讲实话有什么不好呢？这样的情况多了，就有人说他“不够成熟”。这句微妙的评价有多少意味姑且不去管它，取其一端，加以翻译，不就更证明乔迈是年轻的嘛。乔迈倘与年轻人混在一块儿，想从中挑出这个“老头”来是不可能的事情。乔迈似乎掌握着跨越代沟的语言密码，与他的沟通和交流，年轻人不感到有丝毫障碍。我不知道是不是因为这个原因，一个城市成立公关协会时，还把他请去讲课。

有人说，诗人是敏感的。乔迈比诗人还敏感。当松辽平原的小屯子里发生 5 名党员在划分承包作业组时，被群众拒之门外的事件之后，对此事有所耳闻的并非乔迈一个，但立即如获至宝，深入三门李采访，并写出那篇具有特殊价值的报告文学的，只有乔迈。这篇作品能够在全国评奖中名列榜首，并成为新时期文学发展史上唯被吉林、黑龙江两省下发红头文件指定为整党教材的文学作品，都证明乔迈对这个素材的认识是非同一般的。对乔迈这篇产生轰动效应的作品，我也听到过微词，有人说，乔迈运气好，碰上个好题材，又赶巧中央要整党。言下之意，这都是偶然因素在起作用。我不知道，有这种看法的人是否读过乔迈的《希望在燃烧》，倘若过去未读，今天读也不晚。一接触这篇作品你便会发现，对近一个时期我党提出的廉政建设的认识，乔迈也是先声夺人地提供了形象教材。难道这也是单靠运气可以碰上的吗？

愤怒出诗人。这似乎是被中国文学史证明了的一条规律。屈原的《离骚》、司马迁的《史记》都与他们愤世嫉俗相关。大兴安岭一把大火燃起，扑火英雄固然应予歌颂，但乔迈是不满足于仅仅歌颂扑火英雄的，这把大火烧得太惨了，损失太重了，后患太多了，他是要问问为什么的。他的长篇纪实报告文学是雄浑的交响乐，有英雄礼赞，也有怒不可遏；有对种种弊病的诘问，也有对上帝赐予我们的大自然的俯首哀告。分明那支笔在他的手中是颤抖的，他那颗心从登上奔向灾区的车时，也是颤抖着的。

诗人的感情世界是丰富的，许多人都这样说。李白送汪伦、哭晁卿，都已是千古佳话。乔迈与农民企业家相处得赛过兄弟，多少让人有些疑惑。他们怎么会产生这么深厚的友情呢？连那位全国十佳农民企业家之一卢志民，都与乔迈称兄道弟，这奥妙何在呢？乔迈曾有意无意地多次讲过，我是农民的儿子。能够在居住城市以后，并不以农民的血统为耻，这并不是人人都可以做得到的。乔迈对土地、对农民的情感是由来至深，持久不变的。在他的报告文学作品中，不难见出他对农民心理的理解是透彻精确的，为农民中出现的新生事物鼓与呼，也是他情不自禁的。洋洋洒洒 15 万字的《中国优秀农民企业家卢志民》，倾注了他无数的汗水和心血，甚至连卢志民所在的红嘴子的每一条胡同，都留下了乔迈反复走过的脚印。还有《鱼是怎样跃过龙门的》，将农民企业家起步的艰辛体会到那般程度，也是难能可贵的。他清醒地意识到，在古老的神州大地上，农民中出现企业家是一件破天荒的新生事物，写他们的悲欢喜怒、失败成功，不是给他们个人树碑立传，而是为中国的改革开放弹奏进行曲。他与农民企业家建立在这种理解之上的情谊，自然会超越功利之上、世俗之外。乔迈和农民朋友把酒话桑麻的融洽，不是五柳先生的逃避，而是实实在在的参与。

报告文学这种体裁，曾有人认为它不过是大一点的通讯而已。其原因是它缺少文采。乔迈写报告文学是像诗人一样讲究文采的。对报告文学这种文学样式的认识，他是有独特见地的。他认为：“报告文学是新闻和文学联姻的产儿，新闻是它的母体，文学是他的父亲，因此它姓‘文’，而不姓‘新’，无疑属于文学的范畴。”（见《三门李铁闻》后记）可见，乔氏报告文学理论是“父系理论”，是文学大男子主义。怎样将报告文学的文学性突出出来，这是一个难题。重文采，可以说是途径之一。文采文采，先文后采；文若是本，采则是末；文若是根，采则是叶；文之不存，采之焉附。要讲文，在乔迈的报告文学中则大多体现在结构上，结构是文的机制。在形成文的机制时，乔迈得益于赋、比、兴三法之处颇多。以赋为主者，有《不该发生的故事》；以比为主者，有《失去了，永不再有》，以兴为主者，有《面对挑战》。在采字上，乔迈则以渊博的学识，做到了以史绘今，旁征博引，用典传神。写山西运城发生的当代事件，他居然像史学家一样如数家珍般地点出这块古老土地上的历史人物和事端；又能像民俗学家一样娓娓讲出民间风物传说，而这些史籍和传说，不是平摆在文中作为外在的装饰物，而是与当代事件构成一种内在联系，互为参照，加强了当代事件的历史纵深感，读起来又觉得有文有采。

字斟句酌，是乔迈与一般报告文学作家只重刻画人物、描述事件的又一区别。甚至他每一篇报告文学的题目，都是诗一样的句子。《让他含笑远行》《星，在绿野上升起》《这里的深夜静悄悄》《失去了，永不再有》等等，若不看内容，都可以被当作诗题。

诗和情无法分开，乔迈的报告文学也是饱含激情的。他的那篇《失去了，永不再有》是较为典型的，文物的毁灭和文明的毁灭有着千丝万缕的联系，对失去的文明象征物的万般痛心使他的笔下溢满哀怒，他的惋惜，他的忧伤，他的愤懑，他的呼号，无时不追踪着事件主人公的命运。主人公的心理和他的情怀的重叠，使阅读者所受到的震撼，可以说是惊天动地的。

如果要我用一句话评价乔迈，我会毫不犹豫地说，他是具有诗人气质的报告文学家。

神笔乔迈

《中国之约》（四川人民出版社）这本新近出版的乔迈十余年来的报告文学精选集，几乎将他创作历程中辉煌的足迹一一珍藏了。早年乔迈曾写过诗，写过歌词，写报告文学带有一定的偶然性，这“偶然性”中就包括神秘性，否则为什么他那支充满灵气的笔只有在写报告文学时才大放异光呢。东北老百姓也管这叫作“命”，乔迈该着是写报告文学的“命”。《三门李轶闻》这篇作品因其在新时期中的历史影响所奠定的文学地位是非常耀眼的。三门李这个吉林省公主岭市辖区内的小村子，由于乔迈这篇报告文学的发表，几位普普通通的共产党员在自省后找回失去的精神的一幕已成为这里反复被口耳相传的大戏。这段“轶闻”，是“不该发生的故事”，在“不该发生的故事”里面乔迈找到了自己的创作灵感。从此无论是写该发生的还是不该发生的，就没有什么障碍他克服不了了。

翻看这本《中国之约》你不能不为乔迈的才气而惊叹，甚至隐约会有点嫉妒。在报告文学创作领域乔迈总是像个大英雄似的在挥洒着他的神来之笔。从土里土气的老农到学问惊人的教授，从最基层的平民百姓到最高层的举足轻重的人物，从我们熟悉的“国人”到我们陌生的“洋人”，在他的笔下都是有血有肉、活灵活现的。乔迈不怕写农民，他自称是农民的儿子，了解农民还有什么困难吗？乔迈也不怕写知识分子，从吉林大学毕业后就一直没有间断地与知识分子打交道。乔迈不怕写陈年旧事，他也算是阅过人间沧桑的，逢乱世也好，逢盛世也罢，该活出骨气，活出样来是含糊不得的。乔迈不怕写新鲜的事，外国专家局点乔迈的将，点得有准，换个人真不知道能不能应付了左一个格里希，右一个潘维廉的，把“非我族类”居然了解到“莫逆之交”的程度。有道是水火无情人有情,兴安岭大火中，乔迈一边参与扑火，一边采访思索留下了防止悲剧再度发生的《漠河大火记》；双阳发了大水，乔迈被困在大水中央，他抗洪抢险的事迹本身就成了报告文学中的报告文学。在天下第一屯的四平红嘴子，每一条小巷、每一户的主人差不多都熟悉乔迈，为写作长篇报告文学他曾把这里作为长期深入生活的基地。乔迈的笔下有神是与他始终不渝地追寻生活的脚步，把握时代的大脉搏密不可分的。

读乔迈的报告文学不累，而是有滋有味。乔迈下笔的时候早就胸有成竹，该省的省了，该略的略了，绝不多啰嗦一句。那些叫人心动的地方,不说让人声泪俱下,至少也不会无动于衷：写报告文学忌讳说教，忌讳板着面孔，乔迈的哲理都寓在实实在在的叙事之中，接受起来是潜移默化的。

有人轻视报告文学，其理由是怀疑报告文学算不算文学。

乔迈的报告文学在文学上下的功夫不亚于小说和散文，他的报告文学有时阅读到那些扣人心弦的段落，你会以为是在读小说，当阅读到那些引起情理交融的段落时，你会以为是在读散文。看见那些典雅、简洁的报告文学题目，包括小标题，那大多都是诗句。需要引经据典,乔迈既不卖弄,但又保证可以信手拈来。碰到尖端学术问题，乔迈也会通俗易懂地告诉你个一二三。

1993 年，在一次乔迈报告文学研讨会上，一位领导同志认为乔迈已开始了报告文学创作的第二个“青春期”，几年的实践证明，此言不谬。

真实的报告　艺术的创造

乔迈报告文学创作的成功是与他对这种体裁的特殊性清醒的认识分不开的。他认为:“报告文学是新闻和文学联姻的产儿，新闻是它的母体，文学是它的父亲，因此它姓‘文’，而不姓‘新’，无疑它属于文学的范畴。”（见《三门李轶闻》后记）这段话既形象又准确，差不多可以说是我们所能见到的对报告文学这种文体最明晰的解释了。

在创作实践中，乔迈怎样把握真实的人和事呢？已经发生了的一切，只要你细心严谨，是可以采访明白的，那么尚未发生的那部分,没有远见卓识则是无法预料的。对生活走向的判断，对人物将来的估计是乔迈面对真实而又超越真实的优长。当三门李轶事刚刚发生的时候，它并未引起文人中知情者的特别注意，可乔迈却盯住不放了，在抑制不住的兴奋中，他又十分冷静地等待了差不多一年的时间才动笔。他在等什么呢？他在等故事向着他已判断出来的结局发展，这样才构成一部完整的作品。否则一开始就草率成篇，绝不会带来那样巨大的成功。

乔迈报告文学创作的文学性是历来为人称道的，他在文学界获得各种显赫的荣誉完全是依靠作品的实力拼得的。具体说来，他的报告文学艺术成就主要有以下几个方面。

一、创造文化空间，给人物和事件提供大舞台

乔迈 20 世纪 60 年代初毕业于吉林大学中文系，是公木教授的得意门生，殷实的古典文学功底和丰富的外国文学修养以及数年来各类文体的创作实践，都为他后来的报告文学创作打下了良好的基础。乔迈在报告文学创作领域的成功绝非偶然，有人以为他是沾了题材的光，这纯属是对他的创作缺乏了解。对报告文学题材的选择固然重要，但过于依赖题材，则很难创作出优秀的作品来。对题材局限性的突破，乔迈所采取的艺术形式就是创造一个宽广的文化空间，让人物和故事都得到大舞台。作者的视角摆脱“身在此山中”的小家之气，而是立体化地从各个侧面切入。看他在《鱼是怎样跃过龙门的》中，先以《诗经》中比的手法引出人物，在开头的一小段文字中他所引用的典籍就有四种，即《水经注》《三秦记》《太平广记》和李白的诗。这几处引用不是掉书袋，而是恰到好处地开拓出人物和故事的文化蕴涵。接下来作家一下子把一个中国农民的聪明智慧机灵与马尔维纳斯岛的战争两方决策人物撒切尔和加尔铁里放在同一幅地图面前。他们共同对着那块“又潮湿，又多雾的小小地盘发愣”。这个农民的成功得益于文化知识，他知道世界上发生了局部战争，他知道打仗的地方出口大量的马肉，他还知道日

本人就是从那里进口马肉。只有在知道这些的前提下，他才有可能做出决策。作家对这个人物的刻画不是靠改变生活的原来面貌，而是凭借创造新的文化空间，来凸显人物形象。

二、增加历史厚度，为人物和故事提供大背景

人类的发展，民族的延续都有着漫长的历史，任何一桩现代故事，任何一个新的人物都无法一切从零开始，历史对人的制约作用，对事件的规定作用是显而易见的。不过上面的观点大多是用在历史教科书上，在报告文学作品中让主人公也进入历史表演，乔迈便是创新者中的一员。在乔迈的笔下，历史不是沉寂的过去，而是始终在现代生活中衍化，那些古老的影子仍然在我们的眼前不停地徘徊。《失去了，永不再有》的咏叹调起首就把人们的阅读带进历史大背景之中。“5000多年以前，我华夏民族的始祖轩辕黄帝最早活动的地区就在这儿”。这篇作品的主人公一个小人物在历史的回顾中和三皇五帝、金人玉佛、古寺荒丘发生了瓜葛。这个小人物从历史中来，为保护历史的不被割断而战，最终也被写进历史里面。构架历史背景是乔迈许多报告文学的共同特点，这种艺术方法使他的作品人物形象丰满，故事寓意深刻，同时又引起广泛的阅读联想，形成艺术魅力。

三、才气与激情相伴，善与美永存

一个作家有才气不值得大惊小怪，一个诗人有激情也属情

理之中，若将这两种素质融于一身，那实在是难能可贵的。才气是天赋和修养的结晶，激情则源于作家的一片爱心。灰色的人生观和视存在为地狱的思想与他无缘，他从生活的沃土中走来，他把才能和热情奉献给大地。读乔迈的报告文学作品，我有一种突出的感受，那就是作品中人物命运，事件的发展都仿佛与他的生命相牵连，善能不能战胜恶，美能不能抑制丑，每一相搏，都流着他的血和汗。这样的投入是全身心的投入，绝不是像有人所使用的那种零度感情。

乔迈的报告文学创作第一个高峰期已经过去，现在正面临着第二个高峰期的到来。生活依然向他绽开着笑靥，他也会依然风尘仆仆地行进。我们期待着他的下篇力作夺目而来。

施战军：从兴趣出发

写作和批评从本质上说都具有游戏的成分，它们不像做其他事情可以依凭外在的约束而机械地完成。也就是说，写作和批评对目的性的设计总是有很大的排斥力量，它们宁可无限放纵你的虚幻世界，而较少奖赏你的生存现实。因乐趣而写作，或许是由于作家更易于被人们理解的缘故，大家似乎并无异议。提到批评，人们往往总是与枯燥无味联系在一起。当然，的确有一些所谓的批评家，没少以他们的稿费败坏读者的胃口，日常生活中他们身上也散发着一种酸腐的气息。好在这并不代表文学批评家的全部，在一批才华横溢的青年批评家的辛勤浇灌下，理论之树也呈现出一片绿色生机。当我们从南到北，点数正在疆场上驰骋的小将名字的时候，施战军便是不会被漏掉的一员。

我认识战军的时候，大概是1990年吧，那时他已从四平师院中文系毕业后留校任教，来长春参加《作家》杂志一年一度的青年作家笔会。这一次见面留下的印象是很淡的，只知道后来他有两篇散文在《作家》杂志上发表，文字中透出几分清秀。彼此间往来增多是战军在《作家报》兼职做理论评论部主任之后。此时他已提前完成了山东大学现代文学专业研究生的学业，并又一次留校任教。如今《作家报》已停刊几年了，但战军所煞费苦心组织编发的那些文章，我相信会成为当代文学发展的一份珍贵资料。

追溯起来，战军从事文学批评的时间差不多有十几年了，他发表第一篇文章《我和我的祖国——当代爱国题材音乐文学史初探》时，还是本科刚刚毕业不久。这样的选题和文章在文学批评领域里算是空白，但恰恰是还无人光顾的原因，构成了战军探险者的乐趣。浏览战军的文学评论集《世纪末夜晚的手写》，不难形成一个印象，战军喜欢信马由缰，喜欢“杂食”，喜欢对当下文学现象的追踪。在他这本二十几万字的集子中，文章的类型十分驳杂，从时序上说，有研究文学史问题的，有扫描当代文学现象的。从文体上说，有研究小说的，有研究散文的。从对象上说，有个别作家论，也有群体性评论。从形式上说，有论文式的，也有问答式的和对谈式的，真是不拘一格。在这些看似散漫的轨迹中，若想寻找出一条内在的联系线索，我认为就是战军的文学批评是从自己的兴趣出发的。正因为是从兴趣出发，他写文章时那状态才是真正投入的，他的第一篇“像模像样”的文章就是“一边擦着眼泪一边写下”的。由于在某一个点上过多地停留会导致兴趣的丧失，战军只好不断地转移，通过转移又挑起新的兴趣。对当代文学现象的追踪，特别符合他的口味，这些现象变幻莫测，充满许多不可预设的因素，况且只有这些文学现象是最平等地呈现给每一个从事文学批评的人的。相反，那些现代文学史料是有先入为主的成分存在的。

依战军的学养和功底并非不能啃几块又大又硬的“骨头”，但他决不愿放弃偏好。这种状况的形成，不能说与他所师从的几位老师没有关系。不论是当年四平师院的杨朴，还是后来山东大学的李景彬、孔范今，乃至他在复旦访学期间的陈思和，几乎都是放手发动学生的风格，不愿自己的学生只会死读书、读死书。

我和战军除了文学方面的交谊之外，还有一层乡情。他的老家是吉林省的通榆县，那里有著名的湿地——向海自然保护区，是珍禽丹顶鹤的栖居地。细心的人或许会注意到小说家洪峰也是通榆人。我想战军的作家论中有一篇《欲望的话语与恐惧分布——90年代前半期洪峰小说论》，与他和洪峰同乡也是有些干系的。想描述清楚战军的性格，对于我来说是一件很困难的工作。虽然同是东北人，但战军并没有东北人常见的那种外在的粗犷和豪放。当然，这种地域文化渗透在人身上的影响已越来越抵不住现代文明对人的熏陶。进化也好，进步也好，总会留下点蛛丝马迹，只不过多用用高倍望远镜或显微镜察看就是了。战军对文友的情感有自己的表达方式，这方式中不乏东北人热情爽快的特质。我还清楚地记得吉林这边曾有两次省内的文学研讨活动，应朋友之约，战军从济南踏上火车，便奔波而来，这也算是一种朴素的情怀吧。吉林的青年评论家张钧去世后，他的遗著出版问题一直挂在战军的心上，几经周折，最近才落实到《南方文坛》的“南方批评”书系中。

其实战军也是性情中人，别看刚一接触，他不多说话，真的聊起来，未必你能说得比他多。今年 5 月在北京的万寿宾馆，我和潘军、战军三个人因为“读书时间”做节目聚在一起聊了一夜，战军和潘军两个人兴致和精神头难分高下，而我只是一个不大合格的听众。到了放松玩一玩的场合，战军也很洒脱。有一次在长春一帮文友聚会，边吃边唱，战军的歌声留给吉林人民的记忆是长久的。

战军的综合素质决定了他的创造潜力，如果说今天他在文学批评领域的建树还不够耀眼的话，那么对他有所期待肯定不会落空的。与文学创作的实际相对应的文学批评在今天显露出滞后的疲惫，这样的时候，特别需要像战军这样的能够冲锋陷阵的多面手。丰厚的积累、成熟的阅历为他产生更大的兴趣铺就了一条自然的道路，在宽广的舞台上，他的自由施展既给自己带来满足，也给文学界带来愉快。

2000 年 11 月 28 日于感冒中写就

无法遏止的牺牲

——评洪峰《第六日下午或晚上》

作为一个历史上曾经辉煌灿烂过的种族的遗后是不幸的，作为一个既无能为力又不甘寂寞的民族群体中的一分子是可怜的。我们是羸弱不堪的一代人却要担负巨人的责任，我们已影影绰绰地嗅到一些人的生活气息，但又无法把向往变成现实，一场无边无际的牺牲是注定了的。洪峰的小说《第六日下午或晚上》则是这场牺牲的一个片断的记录。

在众多的牺牲者之中洪峰是优秀的一个，他总算隐隐约约地意识到生活是不对劲的，潜意识总在提醒他：不该那么活着。然而在这样一个时空环境中你又能怎样活着呢？从童稚时期目睹父母性交所启蒙出的性认识就是残缺的、畸形的，到了青年时期小说中的“我”与砖厂女工的性遇，当然只能说是一次不成功的性尝试。“我”所表现出来的姿态是传统的、侠义的，而不可能是优雅的高贵的骑士风度。此后“我”进入所谓的高层文化环境之中，尽管不再有大龅牙似的俗不可耐的愚昧的家伙布满四周，但却不乏因女人给看看手相脸上就会泛起少见的红晕之士，表面的环境变迁不可能带来任何人生存条件的真正改善。于是“我”和若干个女人的罗曼史，我们还不能把它视为一个真正的人的有价值的生活史，而只能判定为一个过不着人生活的人的反抗史。因此也就难怪在这篇小说中，我们读不到卢梭的《忏悔录》中所表现出的人之天性的自然和纯真，也读不到劳伦斯在《查泰莱夫人的情人》中对性交场面描绘的可与音乐境界媲美的境界，更不能企及渡边淳一在《化身》中体现出的雍容大度、真实而又深刻。一种对抗性的笔调贯穿小说始终，作者把自己置于“别人”的反对派角度，似乎所作所为所言所行都与“别人”不同。并且用各种各样的形式表示区别，这种担心趋同的心理恰恰意味着无法摆脱趋同的恐惧。作者清楚地知道，一旦趋同就意味着毁灭，但由于诸种因素制约，他又无法不趋同。“我”好像已达到一种超然境界，可是仔细读来这种境界只是一种虚设，像舞台布景一样不可靠。以小说开头一段为例，“我”在那样的环境中能坐下来写小说：母亲在隔壁心脏病发作，妻子抱着不满周岁的儿子在哭泣,并且转着离婚念头。这时的“我”是做出来的一个“状”，或者说是在描述这个“状”的一个“状”。“我”不管不顾，敢作敢为，但仍然是在世俗的范畴中摔打，跳不出这无力更改的现实拘囿。也许作者意识到这一点，以《圣经》的直接或间接引入来强化圣洁色彩，力图将凡俗升向高尚，由此岸跨向彼岸，由炼狱进入天堂，但这种努力是不能奏效的。小说中这两种境界不是内在相连缀的，而是游离的，仿佛是在一件低质粗糙的工艺品外表镀上一层薄薄的黄金。

当代人受到的普遍困扰即是我们的确需要尊重个性但又的

确很少有值得尊重的个性产生。相对于那些道貌岸然的伪君子作品中的“我”则是不加假面具的，对异性的态度不是猥琐的，但也不能说是健康的。貌似天性的结合，其实与真正的天性的结合是有天壤之别的。行为的外表与行为的实质是不能随意等同的。什么都可以玩，当然个性也可以玩，但有时这种玩可能是儿童化倾向的一种体现，即我们面对无力把握的严峻现实，只好持玩的态度。

一切都是错位的，我们的理性世界和感性世界是错位的，我们的欲求和实际是错位的，我们真不该在这样一个时代生存，可我们既没有选择的可能又没有自我告别世界的勇气。按说性方面的感受应该是人最丰富、最细腻、最有刺激性的感受，遗憾的是我们时下的文艺作品中凡涉足这个领域的描写大多是乏味的。要么俗不可耐，要么庄重滑稽，洪峰的这篇作品倒还不属于这两种状况，但在作品中一碰到需将那些珍贵的感受传达出来时，作者的笔就移开了，我们可以从各个事件中了解事件的过程，却无法很好地领略事件主人公最根本性的情感世界，而这恰好是小说重点要表达的部分。我曾在一次对话中提及性文化小说的概念，现在我仍认为性文化小说是中国当代小说的发展趋向，因为这个大母题下的小说是可以最清晰而又独特地显露作为错位环境中的中国人的精神境遇的。它绝不是那些西方文艺剩饭的模仿之作可比的；也不是那些寻根寻到深山老林、洪荒时代的远离 20 世纪尘嚣的只具有民俗价值的东西可比的；对于那种智力过剩的超消费性游戏小说，它更显现出生命意识的鲜活，武断地说大作品该源于此。我们已没有必要再兜道德问题的圈子，也没有必要将性问题披上一层圣洁的外衣，当然更不能庸俗化、动物化。而应该实实在在地将中国目前这种特定的时空中人所获得的性感受记录下来。这样说绝不意味着所有人的性感受都有价值，这只能是对少数的艺术天才而言的。

中国人的接受能力和拒绝能力一样壮阔，尽管我们经常强调不偏不倚，主张中庸之道，可实际遇到问题时更多的是偏激，或者说是盲目的，我们的确缺少自控能力。关于性问题的道听途说可以使众多的国人艳羡不已，效法起来在量度上有过之无不及，但在质度上是人的水平线以下。因此我在担心作家传达感受的能力同时更多地担心产生感受的能力，想方设法地弥补是无济于事的，不亮亮真相是不行的。从这个角度说，为一个不能企及的目的而做的努力也是一种无谓的牺牲。

我历来不相信庸众的起哄和追逐，而相信自身的感觉。我非常怜悯那些在虚假的喝彩中眩晕的作家，自己竟连自己的作品值几个大钱都无能判断，难怪他感觉的细胞是僵滞的。洪峰当然是极清醒的，这从他几年来创作的不断变化可以见出。他已经逐步趋近自己的目标，但离完成还有一段艰苦的距离。是大师还是工匠，也许仅差一步之遥，大师不是仅靠汗水，不是只靠学识,更重要的是靠才气。才气是人的素质中最致命的因素，是先天的禀赋和后天的修养最恰到好处的融合，有才气的人才可能碰到艺术的运气。

关于述平的ABCD

A. 述平其人

想不起来认识述平的准确时间，显然我们的初次见面一定是非常平常，否则不会在记忆中没有划痕。听到述平的名字大约是在1987年，那时，我还在辽源办《关东文学》，《作家》主编成刚老师和编辑洪峰先生从省城到辽源看望作者，离开辽源时要去的地方是述平的老家梅河口，临行前，成刚老师和洪峰就提到梅河有个“新人”叫述平。再后来，我们先后都跑到了长春，彼此间见面的机会就多了许多。不过，了解十分有限。

据我所知，述平的小说大多发在《作家》和《上海文学》上，可以说还算不上遍地开花或者一发而不可收之类。述平发过的小说，既没上过《选刊》，也没载过《月报》，与那些大大小小的各种奖励缘分甚薄，可以说还够不上“述平现象”或者产生轰动效应。但在私下里，我倒是听到有人说，述平是吉林最有希望最有潜力的小说家，这个评价不算低，好在仅仅是在私下里讲，也不会引起什么人追究。有一点可以肯定，讲这话的人是真诚的，不会有什么功利目的，因为述平手头上没有什么搞世俗交易的资本，可应不时之需。混来混去，他的公职不过由甲报编辑变成乙刊编辑而已，看不出在仕途上短期内能有什么大出息。再说述平从梅河口调进长春，并没有什么背景。大概是因为写了几篇小说，前辈们看了认为是个人才，改换一下环境，可能更便于成长，于是就有人帮忙疏通渠道，三下五除二，述平走在长春宽阔的马路上很快就有了主人翁的责任感。

述平是本科毕业生，不过读的不是中文系，而是学的电气自动化专业。我不知道人写小说能和电气自动化扯上什么关系，如果能有什么联系的话，述平就会比学中文的弟兄们优越了。

述平的日子过得挺随便，各种各样的制约到他身边时均成为微不足道的末梢。当别人正在设计人生时，或者赌场战犹酣时，他则不是去逛逛书店，就是躲在一个僻静处操练小说。偶尔碰见他，总不会见他为什么事办不成而焦头烂额，或者为了赚点钱而东奔西走忙三火四。他总能够坐下来，点上一两支烟，拣个话题与你聊聊天。他聊的内容也比较纯粹，从来就没有人世纷争、你长我短之类。

述平的活法归类很困难，你说他不是事业型，可他的小说写得很认真怎么解释；你说他不是娱乐型，可他又的确干什么事都够得上洒脱，反正就表象言之，述平可以说世俗的羁绊不多，但他的意识深处该是隐藏着不少形而上的痛苦吧！

B. 述平的神话——柴马的象征性

在述平的早期小说中，有两篇的主人公名字是重复使用的，这两篇小说是《北方迷幻》和《想起那一年》，这个主人公的名字叫柴马。从字面上拆解，柴者，草木类中可以供人燃烧使用的物质；马者，畜类中可以供人耕田使用载货使用的伙伴。柴马的名字，象征着一种人与自然相互依存的和谐。这两篇小说所筑的神秘变幻中，可以透视出一旦人与自然的和谐境界被打破，悲剧便无法遏止。在《北方迷幻》里，柴马忽然接受了神示，以惊人之举，离开了过于文化、有悖自然状态的人群，开始了猎人村的新生活。猎人村的生活，使柴马有机会恢复一个活得自然的人的膂力，同时他又能够自律。在猎人村中，柴马获得了声誉和尊重，同时又以最逼近情感的自然方式建立了家庭。到此为止，他的生活是达成了一种人与自然的和谐，而从此以后，当他被"一种很远很古的声音"击中时，他又有了一次迁徙。这一次是离开了猎人村，开始了以一个家庭为单位的生存状态。这种生存状态更加原始，甚至和动物的生存状态十分相似。这时悲剧发生了。妻子的失踪和变成熊，儿子也就是小熊和柴马的短期相处乃至最终弑父，这一连串的事件，都是因为柴马走入极端而种下的祸根。人已从纯粹的自然界中走出来，就不应该毫无保留地返回去，如果像柴马后期那样，那么一切动物界的原则就会扫荡掉人间的原则。但人又不可被现代文明吞噬掉自然属性，猎人村可以说是一个福祉，或者说是一个中和地带。

与《北方迷幻》以柴马回返后的生活情境为主不同，《想起那一年》则是以柴马在文明社会中的生活情境为主。这个柴马是在人间牢笼中备受无聊的折磨和困扰。柴马一直在盼望下雨，可是雨就是不下。下雨的意念反复出现，仿佛暗示着柴马的生存状态已远离了自然。寝室内泡在盆里的脏衣服和那股死人气味，都让人感悟到毫无生气是多么糟糕。人们试图用恶作剧的方式来摆脱窘境，于是几个人七手八脚开始让柴马暴露人体原形。偶然性的戏谑，最后出现了十分严肃的结局，柴马在被污损中恢复了自然力的崇高，这时雨也骤然而下，柴马便淹没在雨水之中，人和自然的和谐又出现了。

人类与自然的关系是十分微妙的，人们对于这一关系的认识也是逐步趋于合理的，人们强调人和自然之间的冲突，强调人对自然界的征服力。但也逐渐意识到，人类更需要与自然界和睦相处，需要达成平衡和和谐。但不论就人的自我开掘而言或者就人对外在世界的了解而言，理性的成分并不是可以左右一切的，那么在理性之光无法照耀的地方，人类的践踏自然也等于自我戕害的行为仍是屡屡发生。从这个角度说，似乎真有一种力量在引诱着人们去验证那个诺查丹马斯的恐怖大预言。

人类在对自然界长久的施暴和索取中渐渐对自我的自然属性形成了一种遗忘，对和谐的人与自然的状态也丧失了范本。述平的另外两篇小说，《一只怪鸟在屋顶上盘旋》和《盯住野狼》便与这类遗忘有关。

怪鸟对一个城市的突然造访，引起了居民们的新奇和恐慌，怪鸟的被枪杀乃至成为腹中之物，是人由对鸟的形象到本质的遗忘深入。独有“我”对鸟有着特殊的感应能力，怪鸟的厄运与

“我”的预感有联系，可以说在“我”身上自然的属性和感应力还有着残存迹象，还未被文明制造的一切消磨殆尽。“我”到了后来还能够产生去找寻与自然和谐接近的景象的意绪。

《盯住野狼》的故事，可以解释为人的自然力量的异化，也可以解释为人类创造的文明物也不是完全可以用理智驾驭的。不论是人体内还是物质中，那种野性或者叫作神秘性总是要寻机冒出来显示其存在的。这种存在就会阻止人的遗忘。

C 述平的儿童故事和老人故事——隔绝、对抗与虚无

述平小说中的儿童故事和老人故事说到底都是写人的故事。这样使我们不至于与那些专门写给儿童和老人看的故事区别不开。在儿童故事中，年龄最小的主人公是《老头》中仅有四五岁的沈。这个小男孩完全沉湎于自我的幻想，他的思维和意识与父母们格格不入，他的自成世界的天地也不愿向父母披露，父母也未曾发现沈的内心另有所想。直到沈走出家门时，那个稀奇古怪的念头仍在缠绕着他、困惑着他。从这个故事中，我们可以领悟到，人与人之间的隔绝从小就注入了人的心中，那道墙只能越积越厚。到了《一切都仿佛很久以前》中，巴星与父亲的关系已由隔绝转变为仇恨，父亲既是他身体的给予者，同时也是致残人，更为重要的是巴星在身体致残的时候，他的心灵也受到了严重的伤害，最后仇恨又衍化成报复，把那个积闷在心里已久的故事讲给母亲，把那盆代表着父权的迷兰草掀下阳台，这些报复便是对压抑他的父辈的反抗。

《我是男人》《十六岁那年我暗地笑了一回》这两篇可以算作是准男人故事。在这两个故事中，“我”通过各种方式和途径进行自我确证，对女性的发现是对男性自我意识的强化，被打复仇以及寻求冒险等等都是想要成为男人的男孩把戏。作者对这类男孩心理体察入微，把握起来准确恰当。笼罩在这两个故事结尾处的一片阴影仍是神秘和不可知的世界，“我”这样的男孩要走进去，带着困惑走进去，无法回避和摆脱。

《名字》是述平小说中我所见到的唯一的一篇老人故事，这个故事初读时会感到十分荒诞。一个老头买上一双新鞋，用走路的方式把自己的名字涂写在一个大广场上，并以此为人生满足。这个故事写得表象越实，实际上它的蕴涵越虚。人的名字不过仅仅是一个符号，用那种方式写在广场上更是徒劳。抽象地说，个人的生存要被强大的群体繁衍所淹没，个人一生中以为最重要的事件，可相对于他人世界来说则是无足轻重的。小说以十分具象的外表包裹着十分抽象的内核。老人是人生道路的踏遍者，是体悟世间凉热的发言人，老人的虚无是以实有为参照的，因此老人虚无才有分量，才有上升到哲学境界的可能。

D. 述平的成人故事——打猎和爱情

《饮马河上的野鸭》是述平已经发表的第一部中篇小说。这部中篇以一个从前往后、一个从后往前的双线结构方式，讲述了两个故事，简而言之，一个是打猎的故事，一个是爱情故事。

不管是在饮马河上打猎，还是与小宁的恋爱，当远离事实、陷入想象之中时则是十分美好的。可一旦接触了实际，现实就会一点一点撕碎你美好想象的画面。且不说饮马河景致的稀松平常，也不论野鸭的千呼万唤不出现，只是那三个不明身份的人与“我”和阿冬遭遇，便已足够大煞风景和破坏情绪了。打猎——从原本意义上说应是一桩最能体现男人气概风度的威武行为，在饮马河上则成了滑稽和讽刺。爱情的触礁，也是随着了解的加深而使情感之船千疮百孔。老麦的出现，使“我”从爱情的幻觉中稍有醒悟，小宁的更加清醒又使“我”处在被抛弃的不利境地。在这两个故事中，“我”都是无可挽回的失败者。换句话说，是一种完美和纯粹的被破坏。

无奈的是一切都走样了。打猎的情趣变成一场暴力角斗，想看到野鸭美丽的翅膀，体验一下野鸭从空中栽落的快感，可能够打到的不过是两只不够刺激的小水鸡和一条无辜的家犬。人从自然中能够获得的美和快感只存在于人的幻想之中，无法真的兑现。但作品中的“我”仍无法从爱情的深谷里走出来，对爱情本身的执着已经使“我”险些放弃理想。当然最后还是不得不认可这不甘心承认的一切。

《饮马河上的野鸭》是述平一个时期创作的终结。它的叙述方式、结构框架以至表现的情绪都达到了某种精致和高峰。犹如一个拳手或一个歌星的告别演出，它流露出了辉煌，也让人预感到作者下一步可能会出现创作上的变移。那么画上一个句号的工作就必然交给野鸭的羽毛来完成了。

E. 述平的性故事——《凸凹》

《凸凹》是述平近期发表的一个中篇，它的篇幅比《饮马河上的野鸭》差不多要大一倍。小说中人物的故事都与性有关，对性心理的描写作者所达到的境界是艺术化的，而非庸俗化的。

小说从一个家庭发生危机写起，男主人发现了妻子在读大学期间的一段隐秘，线索是一本综合性杂志的一篇记者采访录。妻子无法向丈夫解释清楚事实真相，便离家出走去找那个胡编乱造的记者算账。由此衍发了两段性故事，一段是男主人孤身一人在家与一位到邻居家串门的外地女人闪电般接触，直到这个女人从公差地返家途中又特意下车找男主人幽会。另一段则是妻子找到了那个记者，可实际状况并非她以为的那样，记者的材料来源于她初恋的对象，她也企图去找那个人报复，但后来又打消了这个念头。在此期间，她和记者之间又有了一段性故事。

性的概念在文明社会里越来越复杂，它所承载的包袱也越来越重。爱情的深处是性，人格的屈辱关涉到性，道德与否牵连着性。从一定意义上说，今日的世界上并未出现什么“性解放”，因为包括提倡“性解放”者也是把性当作一种反叛规范的武器，而不是尊崇或还原性本身应有的状态。

《凸凹》中三个主要人物的性故事，都是与他们的初衷不一致的证明。男主人由于对妻子是否贞洁抱有怀疑态度而情感僵滞，但却在妻子不在身边时走向了偷情，甚至在这段短暂的情缘中获得了平衡。以自己实际的不贞平衡假想的妻子不贞。妻子毅然外出奔波，目的是为了戳穿玷污自己的假象，向那个丑化自己的人复仇，可最后却不知不觉地听凭身体的召唤，走上了那个人的床榻。证明纯洁的过程成了毁掉纯洁的过程。那个记者是一个老牌性战士，他对这个来找他复仇的女人的勾引，不过是当作一个富有刺激性的猎物而已。从表面形式上看，他把她带到了床上，似乎成功了，但就他的性心理来看，他则无疑是失败了。他没有能够用性征服这个女人，猎者的地位和心理都在尴尬面前失去。

今天，分工日益精细的学科，总是企图把我们所面对的世界以及我们人本身解释得条分缕析，头头是道。可是文学，或者说只有文学还没有放弃对人的理性荒芜地带的关注，没有放弃对人的幻觉的重视。对荒谬的有力提示大多是文学家所为。《凸凹》的产生，标志着述平小说创作已登上了一个新的台阶。

述平小说：迷惑与叩问

述平是20世纪60年代初期出生的作家，他没有直接的奇特的生活经历作为文学模仿的资本，他没有机会因18世纪或19世纪的文学营养过剩而身陷其中，“文革”中后期的所谓文学作品占据了他早年的阅读时光。故事——哪怕是并不高级的故事，对任何以文学方式存在的小说都是离不开的，这一点他很早就感觉到了。到了80年代中期，大量的20世纪文学大师的作品进入了他的视野，他如饥似渴地饱尝精神佳肴，避免了许多不必要的创作准备过程中的浪费。在写小说之前，他也有过一段短暂的鲜为人知的写诗的历史，在当时青年文学爱好者中颇有影响的《丑小鸭》和《绿风》上发表了三首，还被《诗选刊》选中了两首。这还不算，远在东北一座半山区城镇中的他，这期间还加盟到南京城的《他们》里边，《他们》聚拢的诗人中后来有好几位都成了写小说的高手，如苏童、韩东、朱文。这种看似偶然的联系，如今回溯起来恐怕也不难察觉到一些必然因素。述平的目光和行动从参与文学伊始就把那些按部就班的局限摆脱掉了。

1986年，中国文学正在超负荷释放着热量，文学的本真面目被罩在云里雾里，述平拿出了以放大心灵空间的方式写成的两个短篇《北方迷幻》和《山崩》，显现了他企图独辟蹊径的动议。此后一直到1992年，大约6年的时间里，他陆续发表了十几个短篇小说和两部中篇，尽管这些作品的写作，对述平来说是不可或缺的操练过程，但对中国小说的发展来说还只能认为无足轻重。这一时期述平的创作实力处在积蓄和开掘之中，每一篇作品还不能创造出综合性效果，能够动用的兵力和攻击的目标需要合理配置,形成了每篇有所侧重,整体累计拓展的局面。从主题寓意的捕捉，到对应故事的寻找；从人物心里荒芜处的开垦，到叙述语言基调的确立；从对欲望和偶然的关注，到浑然天成的小说结构搭建，他为日后的创作做好了种种铺垫。值得提及的是，即便是在练习阶段，述平在以下两个方面也与周围的作家不同，一方面是他对地域风俗不感兴趣，对那些外在化的小说倾向不屑一顾。另一方面是他从不盲目地进行小说实验，对那些形式上为了标新立异误入歧途的作品不以为然。

1992年到1994年这两年是述平创作的重要时期，他有5部中篇小说分别在《收获》《作家》和《钟山》刊载，使小说家同行、青年批评家和敏感的编辑都注意到他。1992年在《文艺争鸣》开设的“述平作品讨论会”栏目中，我曾在《关于述平的ABCD》中抱怨外界对述平未加关注，到了1993、1994年这种情况逐步有了较大的改观。《小说月报》转载了他的《晚报新闻》，《中华文学选刊》转载了他的《某》，1993年度的庄重文学奖和吉林省颁发的政府奖他都成为得主之一。当然大家都清楚，写作的目的与轰动与否，得奖与否并无关系。

五四以来，中国小说的发展始终未能让人感到乐观，也许还需要一些时间，尽管人们总是急躁不安，更引人担忧的是这种急躁不安的情绪和多少有些病态的心理只能以超速的形式来延宕演进的过程。小说的浪潮一阵平息一阵又袭来，社会问题、人道主义、文化或寻根、语言或形式，你方唱罢，我又登场，变化和交叉的确热闹非凡，但对人的存在终极性的追问，仅仅是近几年才集中的话题。述平的小说是属于这一话题范畴的发言。说到发言使我想到口头的发言，述平在大凡公开场合的会议上几乎总是沉默不语，有时被主持者点了将，也只是搪塞或转移目标。我揣摩他是不适应被限定在某种范围内发言，甚至会把这种发言看成是痛苦和折磨。而用笔（用电脑）写小说来发言，他就进入了一个可以自由驰骋的空间，他会感到巨大的安慰和享受。关于创作问题述平发表了两篇短文，一篇叫《搞文学》（载《文艺争鸣》1992 年第 6 期），一篇叫《小说的福音》（载《作家》1994 年 7 月号）。如果把前一篇文章视为抗拒媚俗习气的“决心书”，那么后一篇文章则表明他已真正接受了文学的“洗礼”。他写道：“所有时代的所有作家都在这个痛苦的世界上聆听着来自小说的福音。小说是需要作家虔诚信奉的，作家必须因此而抗拒无数诱惑，任何背离小说的功利性目的最终将对小说造成严重的损害。”由此可见，写作已成为他生命的有机组成部分，他把自己的命运与小说的发现捆在了一块儿。把小说当作一种应该而自愿忠于的信仰和为宣传鼓吹某种信仰而使用小说的形式，绝不是一回事。小说在信仰它的作家心目中既是作品，又是存在本身。正像伟大的作家们所认为的那样，世界是多重的、模糊的，是一个矛盾百出的混合体，小说就必然是未知的、多维的、多重的智慧载体。述平的小说已超越了外在的和表面的小说层次，也甩掉了历史和文化的包袱，就连语言和形式这两件一沾在作家手里就往往把作家牵进陷阱的东西，他居然也做到了不为所累。这是十分难能可贵的。

故事·迷惑·小说质

十几年来当代中国小说的写作仿佛是在一个大的实验场里进行的，用五花八门和热闹非凡来描述，一点也不为过。这样的写作利与弊都十分突出，利者在于节省了在岔路上徘徊的时间，弊者在于败坏了一部分读者的胃口。小说读者的减少已无法避免，新写实类的小说有意无意在修复作品和读者的关系方面做出了努力。如今的读者无非两种类型，一种是以寻求阅读刺激为主的生理满足者，一种是以寻求消遣欣赏为主的精神满足者。纯粹职业性读者（即作家、批评家）不在这两种读者之中。第一种读者以阅读纪实性的低层次的作品为主，第二种读者则以阅读有一定艺术性的层次高些的叙事体作品为主。作家创作的小说其主要读者对象就是第二种读者，一个作家在写作小说过程中没有任何对读者的考虑，那么这个作家的作品是不是小说便很值得怀疑，尽管它也可能以小说的面貌出现。小说家尊重读者的最古老也是最基本的方式还是讲述故事。

述平目前在小说故事性领域进行的冒险探索使小说向本体有了几乎到位的回归。引人入胜这个被滥用了多年的赞辞，清洗干净以后用来指称述平的小说是恰如其分的。述平的小说中故事的悬念具有充足的吸引力，“相遇”这种人们日常生活中屡见不鲜的方式，在他的笔下成为埋伏一切的最佳引线。《凸凹》中红玲与罗尼的相遇是一次真正的相遇，为了写好这次真正的相遇，作家前后分别用与旅游胜地讨好的摄影者和与大学时代的恋人的家人相见作为铺垫和补充。读者在阅读这种“相见”过程中的期待失落，更加引起了对真正相遇的期待升值。《晚报新闻》中一开头就写道：“一只男人的手和一只女人的手在人群来往的大街上握在一起的时候，突然就有了这样一个故事。”生活中任何常人都有可能在大街上与一位异性（一般认识的）发生握手的事情，由于这类握手的事情引发出进一步的故事是读者心目中的潜藏性期待，在这种悬念布置下的阅读，与其说是在纯粹观看别人的故事，还不如说是在将自己部分地加入到了故事之中。悬念的普通性带来了覆盖公众的普遍性，相遇的偶然性引导出来龙去脉的必然性。

述平小说引人入胜的另一个原因是故事的展开具有迷惑力。后期的几部中篇都有较多的性故事成分，这在表面上与一些通俗性的小说无甚区别，实际上这里的性故事与通俗小说中的性故事有着本质上的差异。性故事的展开就等于是对情欲中的无穷微妙的内容的显示。情欲方面的内容在日常生活中由于种种原因很少获得交流和讨论，神秘和未知自然会增强性故事的诱惑力。作家在这里不是为了写性而写性，他所看重的是“一个肉体之爱的场景产生出一道强光，它突然揭示了人物的本质并概括了他们的生活境况。……情欲场景是一个焦点，其中凝聚着故事所有的主题，埋下它最深的奥秘。”（见《笑忘书》后记，昆德拉语）《凸凹》中红玲与罗尼、周昆和林草的性行为从表层上看是情欲的表现，但述平由此指向了人类的一些根本性的问题。

昆德拉认为小说家有三种可能性：讲述一个故事；描述一个故事；思考一个故事。《某》创作伊始大概也是要描述一个故事，到了第七章述平终于按捺不住，思考这个故事的欲望到了不表达不足以平息的状态，导致了这部小说发生了质的变化。这种质的变化体现为三个方面，第一是情节由故事内部的复杂性向故事内部与外部的多向性转移，形成开放性小说结构；第二是作者的叙述方式由客观的不介入的单一式向既有客观叙述又有主观介入的混合式转移，形成了叙述的多声部效果；第三是在文体上由习惯的小说文体向打破界限的叙议结合的无限制的方面转移，形成了大小说文体。接下来再进了一步，已是驾轻就熟绰绰有余了。大胆地使用原始性的顶真格式，让一个故事被思考后成为无数个故事、无尽无休的故事，在旋转中停滞，在停滞中旋转，小说的常规性不复存在，小说的艺术性则大放异彩。

怀疑·叩问·某人物

新写实小说在描摹历史和现状真实方面赢得了不少喝彩声，

如苏童的长篇《米》、中篇《红粉》，刘震云的长篇《故乡天下黄花》、中篇《温故一九四二》等，这些小说所面对的是真实，准确与否，精确与否便成为作家写作时的追求，读者阅读时的要求。述平的小说所面对的不是真实，而是存在，这样在他的小说里就不必解决准确和精确的问题，而要将存在的不确定性揭示出来。莫里亚克认为“没有一种东西能像小说那样，真实地把人类生活的不确定性描绘得像我们所知道那样。”（引自《小说修辞学》第 25 页）从不可把握的角度去把握存在是更高层次上的把握，因此述平小说中不提供描写，描写在这样的小说中丧失了意义。探寻存在是基于对现象的怀疑，对现象的穿透力大小考验着作家的功力。述平小说由故事（即现象）导引出来的追问使现象的确定性受到瓦解，如果说没有这些追问，你有可能不会细加分辨出现在述平小说中的现象与其他小说中写到的故事的差别，有了这些追问，迫使你无法驻足于具体问题，而随从作家的思路抵达抽象极地。《一张白纸可以画最新最美的图画》以一种草稿的方式来叙写人生，这个草稿一遍一遍被反复涂改，最后也未能定稿。人类个别生存者的多种可能性命运与整体的无奈状态是难以抗拒的。《凸凹》里周昆和林草第二次相遇，两个人处于情感的燃烧的气氛里，作者插进了一大段对他们的行为分析，“这两个傻瓜互相凝视的时候，我们不妨来看看他们究竟是怎么回事……”他们面对的是把我们自己深深地遗忘。“是的，周昆和林草所面对的正是这样一个问题，遗忘意味着我们对现实世界的远离，成为一个绝对的彻底孤立的赤裸裸的人，这个人在这一时刻拥有巨大的自由，只忠实于他自己。

可是生活在我们身上留下的那些痕迹能在这一瞬间抹去吗？我们真的能够拥有那么一个纯净的自我吗？”这些理性成分的介入，暴露出人类处境的尴尬。

述平小说中的人物是真实与虚无的统一体，是类别中的一人，又是整个类别，我们不妨将他所创造的艺术形象命名为“某”。“某”这类人物的发现，带来了不可言说的微妙。《某》这篇小说的第七章关于某的精彩理解标志着述平在艺术方面所能站到的高度及所能驰骋的空间。近两年来述平小说的总体特征，用一个“某”字概括便可足矣，“凸凹”可以理解为某和某，“此人和彼人”不也还是某和某吗？即使是同一个人，在不同时地不同境遇中也会由此某变成彼某，“一张白纸”中的大学生就是这样的。“关于‘某’我们能说什么，你只能说某是某，问题是某，答案也是某。也许前后这两个某会有所不同，便是某终究是某。”（见《某》，《作家》1994 年 7 月号）“某”的创造是述平对当代小说艺术的一个贡献，一个建树。

述平的小说有非常好的故事，有最简洁顺畅的讲述方式，在结构上又是立体化的、多重的非单调的、线性的，他的思考与他的叙述相融汇，互为作用，相得益彰。这只是他的小说完成时。在他的小说进行时，那些意想不到的艰辛是避免不了的。他有时遇到了障碍需要绞尽脑汁去加以克服，他对下笔就洋洋洒洒，一挥而就式的小说质量如何抱有疑心。他的小说总要反复修改好多遍。读书、写作、思考是他艺术生命中的三件大事，精细的阅读、大量的阅读、广泛的阅读使他获益颇多。

把述平视为一个吉林的作家或东北的作家（指其居住地域），

他肯定是使人羡慕的佼佼者，如果把述平视为一个中国作家，他就会遇到不少操真刀实枪的敌手，几个回合下来，胜败尚未可知。倘若要扩大化，把述平视为一个 20 世纪的作家，向大师们看齐然后超越大师的目标，能否实现就不好轻易断言了。

刘庆小说的存在与可能

刘庆出道的方式和年龄与之相仿的作家不大一样，他是以一部长篇小说奠定基础的，尽管在写作这部长篇之前，他已发表了几十个中短篇，但充其量还只能算作练习。这部长篇就是1996年完成的《风过白榆》，大约是这一年的四五月间，刘庆将这部长篇的打印稿拿给我看，一直到七月份我才断断续续地读完。当读到三分之一的时候，他问过我的印象，我告诉他若往下的部分都能让我保持前面的感觉的话，那就是一部非常好的长篇。结果真让人兴奋,后面的三分之二更加精彩。后来《收获》在1997年第一期头条发表了这部长篇，再后来作家出版社也出了单行本。外边的青年作家朋友认识刘庆是从这部长篇开始的。如果说在这部长篇之前，刘庆的创作尚属摸索找寻的朦胧阶段，那么这部长篇之后，刘庆的方向可以说是渐趋明晰了。刘庆早期的短篇曾有《撕打》和《信使》给我留下印象,《撕打》孕育了刘庆小说中的荒诞感,“他人即地狱”成为无处不在的生活逻辑，人与人之间可沟通的部分是有限的，无足轻重的，而冲突的部分是无限的、致命的。这篇小说植根的环境是一个本土化的校园，它所涵盖的意义是具有现代性的。《信使》是刘庆虚构和想象力得以展现出来的小说，在将一个相对久远的历史故事逼真地讲述出来之外，对生存的残酷揭示更加令人触目惊心。这两个短篇小说的流向可视为长篇《风过白榆》的两条支脉。

刘庆擅写长篇，这是人们在读过《风过白榆》和他的其他中短篇后留下的印象，他自己也认为写长篇顺手，写长篇的兴趣更大，他甚至可以同时写几部长篇。这里面到底是什么因素左右作家对长度问题的把握恐怕谁也说不清楚。博尔赫斯的乐趣就在写作短篇方面，他对长篇却充满厌烦；汪曾祺同样没有长篇，写短篇本身是无所谓的，而写得怎么样对一个作家来说是关键的。或许刘庆对长篇的迷恋在一定程度上干扰着他对短篇的控制，尤其一写中篇他可能更糟糕，很容易弄成不伦不类。在《风过白榆》之后，刘庆曾有两个短篇发在《作家》的头题位置上，这两个短篇刘庆还是很用心写成的，但反响并不强烈，造成人们难以注意的原因是这两个短篇的创意性仍十分有限。这次参加联网的四个短篇又是他不是从个人兴趣出发进行的写作，原来计划是一中三短，后将给《山花》的中篇又换成短篇，比较而言，最后补写的《旅游地》比前面写的那三个短篇都好，这大概又是刻意为之和率性而为的差别。

四个短篇中作者用力最多的是发在《作家》上的《恶作剧》。“恶作剧”是刘庆小说的一个情结，它是一种过火的游戏，是一种动机模糊而后果明确的闹剧。在长篇《风过白榆》中，大二三在一些人的怂恿下，要以脱裤子亵渎罗小梅，就是一出恶作剧。

可以说恶作剧既是特别的吸引他人目光和注意力的方式，又是自我尴尬困窘排解和转移的渠道。在《恶作剧》中作者设置了两条线索，一条线是孩子的游戏，另一条线是成人的游戏，两条线时分时合，交替进展，互为映衬。男孩对自身的成长充满好奇也埋藏着困惑，从扔一小薄片肥皂滑倒浴室中的胖女人到他在街上为两个蒙面人拦出租车，直到最后恪守口红来历的秘密，他的规则与成人世界由父母和老师代表的规则是对抗和冲突的，当那两个蒙面人作为成人世界恶作剧的表演者时，男孩的规则与之相吻合，呈现出激动和兴奋。两个蒙面人为什么蒙面呢？这是一个不太可能发生的恶作剧。有意思的是，一对情人关系的男女，在男人脱去衣服后产生的陌生感，是包装的露馅和隐藏的失败。这种对男性虚张声势，外强中干的凸现，也是一种潜在的对男权社会的瓦解和重构。女性善解人意的宽容表现为对尴尬中男性的安慰和平抚。蒙面上街的提议勾起了男性的兴趣，这是为什么呢？因为蒙面是再一次隐藏，是恢复衣着隐藏之后加倍的隐藏，一旦进入双重的隐藏之中以后，情绪的转移便完成了一次跳跃，在跳跃时撇开了衣着恢复的难堪。由于这个短篇的形而上的追求，导致小说形式上的极不自然，甚至给人故弄玄虚的感觉。四篇小说中最好的是《旅游地》，我认为这是刘庆到目前为止写出的最好的短篇。如果说在这篇小说之前，我们对刘庆的认可更多来源于他对生活故事的发现方面，那么有了这样一个短篇之后，我们就会添加上对刘庆把握现代人微妙心理过程的信任。《旅游地》外的平淡和内里的张力相辅相成，产生的艺术效果是一波三折的。小说一开头那种叫作基调的东西就出来了。在旅游地等待丈夫朋友到来的夫妇俩，与来者一见面就出现了错位，夫妇俩中的妻子张玲故作热情夸张地跑向出租车时，自以为是地喊着朋友的妻子的名字，可下车的女人并不是她所认识的黄梅，而是这个男人带来的情人。张玲的心理受挫与下车的女人叶小萌的心理受伤在开始的瞬间便发生了。小说中四个人物之间的关系异常复杂，两个男人吴俊和汤文进曾是同学，三年前吴俊曾携恋人即现在的妻子黄梅来游览，那时也是汤文进夫妇接待的，三年后，吴俊故地重游，带来的不是妻子黄梅，而是情人叶小萌，这样一种关系的男女到来，构成了与汤文进和妻子张玲庸常疲惫生活的对比。汤文进原本淡而无味的生活秩序被打破了，他下意识地被叶小萌的青春气息所吸引，他与餐厅里外人的斗殴，与妻子间的打架都是另一种有别于他所厌烦了现存生活的逼迫所导致的。吴俊本欲到这里享受浪漫的旅程，使自己的生活不失去活力和刺激，但在汤文进与别人斗殴和遇见狼狗时，他没有男人应具备的勇气和胆魄，相反却暴露出怯懦、猥琐，这使他对自己感到绝望。作为汤文进的妻子，张玲对叶小萌的仇视是对她所认为的生活遭受侵犯的仇视，叶小萌对张玲而言意味着巨大的压力，张玲无力阻止但必须去阻止这类异端的冲击，最终她不仅失去了汤文进的情感也失去了她并不愿放弃的家庭。叶小萌是个最富有魅力的人物，她的敏感使她意识到作为情人的某种不适，她的清醒使她对生活的目标感到恍惚，她的好斗使她在报复张玲时无所顾忌，她的聪明使她在维持表面秩序时若无其事，她的果决使她迅速结束了对吴俊这种男人的依附而大胆地投入汤文进的怀抱。尽管小说的结局并没有写成叶小萌与汤文进的结合，但各自对原本生活状态的否定已完成得非常充分了。《旅游地》的信息量如此密集，的确给人带来阅读中的惊喜，而对那些不易抓住的人的漂移摇摆,作者不仅能够准确搜寻捕捉,而且表达时干净从容,非有一定的才气莫能如此。

《彩票》在这四篇小说中我给它列为第二，它是一个完整、严谨的短篇，故事的跌宕在两轮循环中展开，偶然，无常甚至赌博都是人生和命运的诠释，小说背后包藏着道家的福祸相倚思想，人入梦境，梦入人中，人的承受力被颠覆，然后又将其还原，但那破碎的裂纹无处不在。《彩票》的问题在于作者的意图太明确，直奔目的，虽然也设计了第二轮的峰回路转，但根子上的平面运作并未改观。这样的小说难以归入上品之中。《家庭妇女》是一篇表面平常，内里含混的小说，这个家庭妇女描摹出来的只是一些莫名其妙的神经兮兮，这也许是作者和读者之间的一次调侃，一次恶作剧，“当你有所期待的时候，也许故事毫无进展。”（引自《家庭妇女》）假设真的让一篇小说滞留在毫无进展又令人有所期待的状态上，说不定还会是一篇叫人拍案的小说。《家庭妇女》并不是这样的状态，而是在读者的期待中进展得别别扭扭，当然是有意为之的别别扭扭也可能不坏，问题是这种别扭是由于技术性的障碍造成的。若有若无，镜花水月，是小说的大境界，但残缺、偏离、失衡，在云里雾里遮蔽着也不能不让人感到是小说的病态。

联网给刘庆提供了一次短篇实验的机会，四个短篇间的技术差异，恰是他不同的技法所带来的，有成功的，有一般的，也有失败的。这种实验的意义在于刘庆的创作前景是宽阔的，埋伏着的多种可能性对刘庆是强烈的吸引，这是一种本质性的动力，它会使刘庆在冲动和刺激中对文学痴迷到底。

文本的开放与意义的清洁

——读长篇小说《风过白榆》

一部小说，作者把他花费许多精力写出来是为什么呢？首先也是最后都是为了给它的读者阅读的，当然在这“首先”和“最后”之间或许还会有许多其他附属目的获得实现，那不关作品本身的事。一个读者最基本的活动方式就是完全从阅读兴趣出发从头至尾自愿地把一部作品读完，可惜这样纯粹的阅读活动越来越少见，某种目的渗透进阅读之中，使阅读成为一种被干扰的行为。当那些目的性的想法牵引着阅读时，产生的感觉常常被肢解、被歪曲、被断定。说到阅读的权利恢复问题，多少会有人以为耸人听闻，但凡是人们沉湎于一种习惯状态而这习惯状态又属于戕害自我生命时，没有一点大声的疾呼恐怕是毫无作用的。

舞台背后看戏

刘庆是谁？啊，我们熟悉的，不就是那个瘦瘦的在大街上走路风要是大了都会刮倒的小伙子吗？刘庆写的小说我们“熟悉”他的人怎么读？我们因为“熟悉”他就占有了一种有利地位吗？好像是的，我们能看出《风过白榆》的榆树镇是吉林省的朝阳镇，我们知道白榆树是假与真的混合物，我们知道榆树镇博物馆的大火和吉林市的大火有关。甚至我们还知道起蛾子的事，还知道剪裤脚的事，等等，这样我们的一切有利条件其实在偷偷转化为一种不利状态，我们自动丧失了一个坐在观众席位上正常看戏的地位，而钻到舞台的背后或明或暗的角落指指点点。我们的兴致停留在那些琐细的真实面前，恍惚间把那些陌生的意象暗暗漏过。我们看到了演员上妆的脂粉和演出服饰内里裹着的衬衣，看到演员甲与演员乙在登台前在聊天的情景，看到了舞台监督急匆匆从幕布后走来走去，看到了司幕者拉起幕布时吃力的表情，看到了乐队中提琴手翻乐谱的慌乱，当这场戏结束的铃声响起的时候，我们对这出戏能说什么呢？答案是我们需要再重新看一遍。

开放的文本

《风过白榆》引起的种种反应多少有些与当年阿城的《棋王》相似，《棋王》在现代派眼里是现代到头的小说，在传统派眼里是现实到底的小说，真是应了仁者见仁智者见智的那句老话。

《风过白榆》写了什么？有人会依据作品中有关东北地域文化的内容指出它是一篇地道的东北文学作品；有人则会依据小

说中故事发生的主要时间正处于“文革”的起始和结束，认为它是一篇反思“文革”的小说，只不过故意将有些不熟悉的背景虚化了而已；也有人会依据作品中大二三脑袋爆炸，徐立群与帽子下边的鬼儿子对话，老鼠成群地登塔自杀塞住自来水管道等等荒诞的细节，指证它为魔幻现实主义小说；还会有人依据罗小梅与陶小米的复杂关系，将《风过白榆》看成是写同性恋的小说;或许可能有人会依据作品中涉及的残酷、残缺、死亡、灾难、罪恶、虚假、疯狂等等，把它当成是一部审丑的化腐朽为神奇的小说。一千个读者就会有一千个哈姆雷特。

《风过白榆》在大量的细节信息之中留下了充足的空白，这些空白有效地转换成阅读空间，对这些空间的填补导致了阅读的有趣游戏。小说中叙述时间的不断变化和人物活动的停停续续，造成了阅读的距离，具有某种结构上产生的提醒效果。

意义的清洁

对一部小说意义的寻找是阅读的僵化模式，有一些乖巧的作家总会让读者费一点曲折但总会找到潜在期待着的某种意义，不管是现实主义模样的作家还是先锋派头的作家都有不乏这种聪明的人。更多的情况下，意义是作家的有意设置，这种设置一方面正在意味着对文学本身的偏离，另一方面正在试图对世俗性需求进行投机。之所以这样的评价意义的设置并不是主张走向文学的无意义，根本的想法在于不使作品成为某种框框的束缚物，或是某种概念化意义的传声筒，这里所说的意义的缺失就是在这个角度上谈论的。

《风过白榆》的成功之处在于作者大胆地甩掉意义的包袱，越过了那些阻隔真实人生经验和创造性想象的樊篱，让生活就是生活，使文学回归文学。凡是定性的分析在这部作品中都容易碰壁。这部小说的创作过程是对习惯意义的一次挑战，也是对纯正小说本身意义的一次清洁。读这样的小说会使人们的感觉功能得到恢复，会调动起人们精神活动的高速运转。

《风过白榆》的小说命名是一个十分困难的过程，作者曾经想把它叫作《女孩》，也想叫作《毁损的音乐》，直到最后马上要发表时才确定了《风过白榆》这个题目，似乎作者对这个题目也觉得不尽人意，作品中时不时还出现一些黑体字，对题目概括中无法囊括的内容进行某种强调，这又体现出作者对意义缺失的犹疑，好在这种不彻底性已经淹没在异彩缤纷的细节真实之中了，败不了人们的胃口。

《风过白榆》的出现是国内长篇小说创作领域值得注意的一种新的状态萌芽，一个新的阶段的到来是以往各个阶段的调整和延续，一些多年来一直困扰我国文坛的写内心世界还是写外在生活，模仿西方还是关注本土等诸种矛盾冲突，或许在《风过白榆》这样的作品中已得到化解。

追求有趣的小说

让小说有趣些吧！这差不多是被其他方式瓜分之后剩下的为数有限的读者的一种祈盼。有趣与否可以说是衡量小说的一条基本标准，先要有趣，然后再谈其他。这些年来，我们在小说创作领域“西药”进补得太多了，补来补去使我们看到不少小说都是神经兮兮的。对所谓小说深度的过分迷恋导致了对小说基本要素的忽视，这不能不说是一个应该引起注意的偏差。有趣的小说的诞生首先取决于小说家的自信和从容，而自信和从容又源于小说家驾驭故事的技巧。换句话说，有趣与否实质上从小说家这方面看就是个技术性的问题。

一段时间里，人们议论 20 世纪 70 年代以后出生的作家时，注意力往往集中在他们的情绪化色彩上，尤其是对于 70 年代出生的女作家，人们对于小说表面和小说以外的成分的关心常常大于了对她们小说内里和小说本身的关心。在有媒体参与的话题滚动中，某种强调意味着某种遗漏，而耐心地发现则与随波逐流的方向恰恰相反，这种发现的目光会被那种技术含量的小说所吸引，会为小说的有趣而停留。以金仁顺的创作为例，她的《名叫马和》（《漓江》1998 年第 1 期）和《听音辨位》（《小说家》1999 年第 3 期）就是两篇由技术复杂性带来趣味性的小说。

面临小说的技术挑战，小说家可能沿着寻常的途径穿针引线，也可能在人们意想不到的地方巧设机关。小说家的高难动作完成程度决定着欣赏者的愉悦系数。《名叫马和》一开篇就将读者引入马和与“我”的危险关系之中，马和在强劲的虚构中一步一步涂改着“我”的真实记忆，“我”层层设防的拒绝最终无力抵御马和的金钱压力，当“我”向女友介绍说“他是我的小学同学”时，马和的意念已置入了“我”的意念之中，而“我”的真实记忆已逊位给虚构的霸权。马和和“我”之间的心理转换本来不具备可能性，这是艺术处理的“死亡地带”，但金仁顺魔术般地完成了他们的交叉换位，让眼看只能搁浅的悬念又移动开了。如果说《名叫马和》在施展技巧时采取的是不留痕迹的干净利落的话，那么《听音辨位》则与之相反，作者的大胆和气魄显露在翻出底牌的透明之中。《听音辨位》的一些章节对话后面加上了括号内的心理对话，像双声道效果一样，弦内之间与弦外间和盘托出，这是貌似稚拙、实则老练的手笔。利用一般想象内容填满小说常态中的空白，造成感觉的扩张和延伸，使文字的效果立体化，把读者带入多维空间。

设置疑问然后在读者预计的答案中再消解疑问，消解前一个疑问的同时又设置新的疑问，这是《名叫马和》气氛扑朔迷离的奥秘所在。马和逐渐从世俗中抽象出来，变成一个稀奇古怪的幽灵。马和给人的最深印象是他语言和行为的幽默，这种幽默建立在他对人的思维惯性的轻松把握上。他在街上遇到另一个马和时，追赶不上就喊人抓小偷，结果就有人帮助他抓到了那个马和。抓到后他又向人解释说另一个马和是精神病患者，别人就会相信。马和对人间事实的蔑视已超越了怀疑的姿态，在他的观念里，事实不过是一些名词的随意串联和不断更改，或者说是一种语言的事实，它所遵循的是语言的环境规律，它的成立与否关键在于语言运用者的力量。马和是一个语言的帝王，他不承认任何语言之外的逻辑。作者的意图不指向人物的形象和事件的寓意，而是留给语言任意发挥，确立从主题意义上升到艺术形式的构建。也可以说这是对道德化、意识形态化小说承载的一次彻底颠覆，以求充分将小说原初的趣味释放出来。《名叫马和》和《听音辨位》对待语言的监控呈现为两个不同的方向。前者是充分的放纵，“名”决定着“实”，“名”者即语言的构成，“实”即现实的构成。语言的野马奔跑起来，现实不得不随之扭曲变形。后者则是展示语言的尴尬，听到的声音是虚假，而辨析出的内容才多少接近某种事实。没有语言的生活是难以忍受的，有语言的生活所能进行的交流也是常常受阻的。语言的宫殿永远是一座贝伯尔塔，萨特的他人即地狱，说的就是语言构置的陷阱。

金仁顺的这两篇小说不断通过智性成分的渗入、破译、再渗入、再破译构成吸引阅读的磁场，在选择场景、情节时，她尽可能把人们带入熟悉的司空见惯的日常情态之中，但这只是一道门槛与下一道门槛间的过渡，它可以让读者小憩一下，然后再重新回到游戏里来。

尽管从总体上说《名叫马和》和《听音辨位》这样的小说，在金仁顺的创作中所占比重并不大，但这两篇小说文体意义上的创造性似应引起我们的充分重现。在探索中金仁顺试图从各种道路逼近小说的本质，重现小说的艺术魅力，这种冒险开拓的勇气是那些循规蹈矩的跟踪者望尘莫及的。我们还不能说金仁顺这类小说已经完成了什么，然而我们因此总还是有理由相信 20 世纪 70 年代出生的女作家并不像某些贬损者认为的在艺术方面那么简单。

金仁顺：认同与拒绝

金仁顺在很多场合里都是十分随和的，她不愿意格外引起别人的注意，这也许是她很长时间里形成的一种自我暗示，然而她的随和在一些时候总还会显现出某种静默着的不和谐。随身听是她的一件道具。乐曲和歌声可以将许多无聊的话题阻隔在听觉之外。她的衣着也不爱张扬，从色彩的选择上一点也不容易找到惹眼的醒目，但稍加品味又总觉得个性的成分在从众的外表掩盖下还是偷偷存在着的。在女性中像金仁顺这样节制情绪的人是少见的，尤其是当那些会干扰和破坏什么的情绪要冒头的时候，她总是让它们蛰伏在萌芽状态里。而那些单纯快乐的令人愉悦的气氛里，她的恰到好处的活跃并不缺乏。对于陌生的人和事物，金仁顺一般不会因为有更熟悉的人和事要打交道而轻易排斥，她会在好奇心和分析力的同步运动中做出直觉和理性共同的判断。这样世界的大门没有白白地为她敞开，尽管选择意味着投入的消耗，但谁又能说这不是丰富自己的有效途径呢？

与其他几位同年代出生的女作家相比，金仁顺的作品不带有非常强烈的“70 年代人”特征；躁动不安、狂放无羁、心灵疲惫、敏感脆弱……而是带有超出阅历的持重。她习惯于在自我心灵的勘探和外界环境的观察之间找到一块缓冲地带，既不是胸臆直抒，也不是客观自描，她喜欢让写作成为她与世界之间的桥梁一类的建筑物，距离和沟通两种状态永远并行不悖。人的天性中美好的成分不经意间的丧失，成为她早期创作较多关注的主题，这种丧失是丧失者对未丧失者的掠夺，被掠夺形成的恐惧将会成为记忆，像一条驱不走的阴影追随着可怜的人们。

金仁顺总是不愿别人由于她的写作把她常人的生活虚幻掉，她更愿意登山则情满于山，观海则情溢于海。另一方面，对于写作本身，她的确不能不满怀敬畏，这种敬畏使她常常对自己的能力提出怀疑，她深知在这广袤无垠的草原上，所有的道路都隐藏着迷失。

在北方的寒冷和干燥与金仁顺小说语言的清醒与洗练之间试图找到必然的联系，无疑是困难的，当我们不是机械地连缀时，自然环境，人文环境所凝结在她作品中的一切信息反倒在不停地放射和传达。在对待她的民族身份时，她充分认同传统风俗中所有的滋养，但她毫不犹豫地拒绝对此加以强调。

为他人多些着想这种朴素的观念给她增添了不少负累，同时避免了应由别人承受的合理的冷漠的发生。这只是她对于可以模糊的问题的态度，在另外一些问题上，她又立场明晰，从不暧昧，平和的表达透露出从容不迫的坚定，在回答朱文等人的问卷时，她绝不会受到世俗的制约言不由衷。

由《钟山》《大家》《作家》《山花》四家刊物联办的“联网四重奏”栏目，最近这一期推出的是金仁顺的四个短篇小说，此前她曾在《花城》《收获》《漓江》等刊物上发表过一些中短篇小说，她的小说创作轨迹呈现着上升的活跃的势态，这种上升和活跃的保持不断需要她的资源性补充，对她来讲，这也预示着新的机会和考验。

（原载《南方都市报》1999 年 6 月 9 日）

眺望人类生活的灰色图景

——评《失语——任白中短篇小说集》

《失语——任白中短篇小说集》中的作品几乎都是作者在七八年前写的，甚至是十年前的，时过境迁，今天重读或新读这些作品感慨良多。一方面觉得任白当年进行小说创作绝非一时冲动，的确是经过多种多样精心准备的，包括阅读分析、文字驾驭能力乃至结构、氛围的把握，无处不见其功底和功力，后来的长时间间断，令人扼腕。另一方面又会有很强的歉疚感，同是这些作品，起码就我个人而言当时所给予的评价是远远不够的，若不是有这个偶然的机会，任白小说在我心中保留的印象恐怕就定格在那儿了。这样一想，更觉汗颜。为什么会形成这样前后的反差呢？我隐约还记得曾同任白很认真地就他的创作谈过一两次话，试图从一个编辑的角度告诉他，应该使自己的小说生动起来，言下之意，把这种委婉的说法翻译过来，就等于说任白的小说有些呆板枯燥。这种看法与我当时小说理念上的某种偏狭有关。昆德拉曾把小说归纳为三个层次，一是讲述一个故事，二是叙述一个故事，三是思考一个故事。事实上在很长一段时间里，人们对前两个层次的小说的热衷远远高于后一个层次的小说。仅仅是热衷倒也无妨，可怕的是当这种热衷过度的时候，很容易产生排异反应。当然，这种对好的东西的漠视，除了表明漠视者的庸常之外，它丝毫也减弱不了作品本身所散发的光泽。我不知道一贯被人们赞颂着的对艺术多样性的包容背后隐藏着多大程度上对艺术原则性的贬损，这并不是说艺术多样性有错，而是说一定要警惕那些低劣的作品假多样性之名滥竽充数。

小说的存在价值是与其对存在的追问紧密联系在一起的，即是与对人的内心生活勘探的程度深与浅相对应的。对小说的基本认识也可以说是最高认识，它既制约着小说家的出发点，也左右着小说家的伸展空间。文坛上一些小说家不是昙花一现，就是江郎才尽，很致命的原因在于对文学资源的不当处置，或者说是一种高耗型写作，依赖于寻找生活中的故事与小说因素的吻合性，这不仅仅会使作者常常感到资源匮乏，也常常会使作者对写作的前景感到茫然。换句话说，原始的生活经验是需要作者的睿智去照亮它的。

任白的小说一出手的时候就已不打算在散发着陈腐气息的旧模式中徘徊，他果决地摒弃了由模仿生活、复制生活进而再现生活的一般小说路径，而是直接进入人物内心世界，由终端再接通诸个末端。这不仅仅是小说形式上的区别，根底里是小说意义上的区别，小说光是一个故事不够，是一个有趣的故事也不够，应该是一个既有趣又被提升了的故事才行。中篇小说《失语》讲的就是一个沟通的故事，或者说是一个沟通受阻的故事，进而说是一个沟通受阻意味着什么的故事。作者在题记中概括道："诉说和无法诉说都是不可避免的，正如不幸和对不幸的忍耐都不可避免一样。"显然将一篇小说的题旨直言不讳地摆在篇首，这是对读者的信任，也是对作者的挑战。任白的从容姿态背后有着对现代小说故事、情节、主题三个因素之间关系的均衡把握做支撑。萨特曾有过一句著名的话：他人即地狱。这是这位哲学家兼文学家对人与人之间关系的绝望判断。《失语》中的主人公"我"所遭遇的就是强烈的沟通渴望无法真正实现的困境。无论是上司、同事、老师、朋友、情人、妻子，甚至包括神父身边的任何一个对象，一旦"我"与之谈话到达"有意义"的边缘时，那"咔啦"一声标志着阻隔的响动必定出现，由此谈话陷入窘境。"我"的诉说的愿望一次次碰壁之后，在他人的眼里，已成为一个神经有毛病的人。把《失语》视为一篇充满荒诞感的小说也许是恰当的。它所塑造的人物"我"在世俗生活面前是一个"失败者"，但这种失败，"只是在寓言的意义上输了；实际上，亦即事实上，他们得胜了。"(《卡夫卡的天堂》，奥茨著，引自《20 世纪世界小说理论经典》下卷，291 页，华夏出版社，1995 年）从一定意义上说，"我"所做的一切努力都是对灵魂缺失的冷漠现实的反抗。当然，作者笔下的"小说世界只是按照人的深刻愿望对现实世界进行的修改。"(《置身于苦难与阳光之间》，加缪著，163 页，上海三联书店，1989 年）

我们都明白，所谓的哲学因素也好，或者说通俗地称之为思想因素也好，在多大程度上或者准确地说以什么样的方式介入到文学作品中，并非没有争议。其实如果我们能够心平气静地祛除某些拙劣之作留在印象中的恶感，总是不难发现，一旦文学作品达到智性与审美两者浑然一体的境界时，它带给读者的阅读刺激和愉悦才是非常充分的。一个有才气的作家总是不满足于单纯解决小说中故事层面的问题，而更力图让自己的作品具有多重功能。这多重功能中还包含着对时代的盲目与错乱的反省和批判，《电视时代的爱情》正是可以从这一角度进行理解和分析的一个短篇。电视作为大众生活的典型集合体，它在完成消费文化使命的同时，也在悄悄扭曲着人的心理，矫饰着本真。小说中的“我”与五年前电视中做嘉宾的“我”构成了恍恍惚惚的关系，你不能说那个在屏幕上卖弄和尴尬的林柏，不是如今生活在幽闭中的林柏，最要命的是他自身的不敢确认。从精神分析的理论上讲“现在的‘我’可以不同于以前的‘我’，以前的经验现在具有不同于它们原来发生时所具有的意义，我们就默认了自己的分裂：分裂成一个行动的自我和一个反应、判断、构造的自我。”（《当代叙事学》，华莱士·马丁著，86页，北京大学出版社，1990年）有趣的是，这个被隔离在媒体影像与现实境况之间的人物，并不认可这种两难处境，他要以找回爱情这一更好确认的私人化标记方式来证明“我”的实在性，最终当“我”与阿惠在露天咖啡座意外相遇时，媒体神话破灭了，生命意义的虚无感降临了。假如说《电视时代的爱情》其主人公的人格分裂还有着时间和空间上的藕断丝连、若即若离，那么在《梦游者的早晨》中，李华则进入了更加极端的不可控制的状态。人类现有秩序之内的生活在李华看来是充满污秽、罪恶的生活，他利用他残存的一点所谓的理性掩护自己退守到梦境之中。他对鸟的痴迷、对束缚的憎恨、对飞翔的渴望，所有在他人的眼里异常的举动，无一不在反衬着生活的荒谬。更为可悲的是，李华周围的人直到他变成一只飞鸟坠地而死亡时，仍是麻木不觉、无动于衷。也许质疑生活是上帝分派给作家的角色，作者从开始写作就自觉地背上了这个沉重的包袱，筚路蓝缕，以启山林。

索尔·贝娄在《洪堡的礼物》中反复提到一句话叫："奇特的脚需要奇特的鞋"，任白的小说从形式上说一直都在离经叛道，不受羁绊。但这不等于说作家需要以怪异的姿态哗众取宠，而是像康拉德认为的那样：一个人即使是现实地描写世界，他也是在写一篇奇幻故事，因为世界本身就是奇幻的、神秘的、深不可测的。理解任白的小说有一个关键词不可忽略，它就是"眺望"。眺望需要站到一个高处作为基点，站得上去还是站不上去全看作者的思想、知识、艺术积累作为梯子够不够用。一旦站在了高处，视野的开阔自不待言，但目光仍可能会是聚集在某一承载人类信息量更密集些的群体身上，比如知识分子。这大概也是为什么任白小说中主人公多有文化背景的原因。借助游刃有余的笔力，作者有时会精准地深入人物的内心世界，有时又会超乎人物之外，将距离推向远景放置在更宏大的系数参照中观察。尽管任白在现代小说的创作实践中所取得的成功并未很好地被外界了解，但保存在这本小说集中的作品将会作为长久的证明。

仿佛听见了辘轳的响声

在动笔写这篇文章的前一天晚上，我做了一个稀奇古怪的梦：场景好像是在很大的房子里，洪波一边带着我们几个人观看，一边神秘兮兮地遮掩，地面上有好几个庞大复杂的装置，在封闭的覆盖之下，时而可以听见汩汩的水流声。待我们几个人下决心准备去揭开这房间中的秘密时，一阵电话铃声将我的梦吵醒了。我无意将一个潜意识活动进行某种引申或牵强挂靠，但这些意象多少有点像发酵剂，触发了我对洪波诗歌创作介于常态与非常态之间的思考。

作为一个诗人，他的生活经历对其创作而言是财富还是束缚，是有效还是无效，人们都很容易找出相互冲突的例证。这至少把将经历当作进入诗人创造之门唯一的一把钥匙的想法否定了。众所周知，文学世界是由经验和想象构成的，经验固然会与经历相关，而想象则是天马行空，远远超出经历之上。如何把支离破碎的生活化作诗歌的材料，如何赋予诸多偶然的现象以存在的意义，更多时候是在磨炼着诗人的毅力。有人曾从懂得克服“灵感的天然惰性”的波德莱尔诗中“每一个微小的字眼里辨认出那种使他获得巨大成功的辛劳的痕迹。”（引自《发达资本主义时代的抒情诗人》85 页，本雅明著，三联书店，1992 年）对经历的清醒和深刻对大多数诗人来说是需要在不断累积和变换的经历中完成。这一过程起初的时候，“尽管已经品味到了咸味的海风，仿佛潮水也已经开始在体内翻腾，但毕竟还没有真实地体会到海浪的冲撞。”（《诗歌练习册上的手记》23 页，张洪波著，时代文艺出版社，2003 年）。洪波可能觉得这样描述他的体会还意犹未尽，又用诗句的形式写道：“找到了入海口 / 才知道 / 离海还远。”（出处同上）。看看眼前洪波这本《最后的公牛》，再看看洪波以往的作品，便不难发现，洪波突破某种局限的方式是以抵达其边缘的方式来实现的，这既是一种最踏实的实现，也是一种消耗最大的实现。对现象和意义之间关系的找寻一次次以满怀憧憬开始，而又一次次以确认其虚无结束，但这种情形与世俗性的失败无关，它是洪波不断超越自我的必经之路。从对某一类题材进行指定性开掘，比如石油诗、森林诗等等，这是“见山是山”的阶段。待到这种类型题材被他折腾一通之后，才发现这样的定位等于是给诗安上了枷锁，便进入了“见山不是山”的自我否定状态。等到走出题材的外在局囿，深入到诗歌的本质之中以后，进入了“见山还是山”的崭新境界，张洪波的诗才真正有了令人欣喜的发挥。

从那种主观意志控制下的疲惫写作转入由灵感导引下的顺畅写作，张洪波的创作转型期就是在不知不觉中暗渡了陈仓。假如把他的自然、有机的写作过程，为了分析的需要，予以拆解的话，首先遇到的是，诗人怎样“学会观看”（里尔克语）的问题。在弗罗斯特那里称之为“熟悉”。弗罗斯特“在《有那么一会儿，然后，某种东西》一诗里，他凝望着一口水井，他的头换了一个姿态，于是他看到的既不是白云的倒影，也不是他的脸的倒影，他究竟看到了什么，连自己也不清楚‘真相？一块石英圆石？有那么一会儿，然后，某种东西。’这种东西——他看见的这个东西，不管它多么不重要——就是他需要的一切慰藉。”（《现代主义》140 页，迈克尔·莱文森编，辽宁教育出版社，2002 年）。由注重宏大主题、史诗性情结转变为留心细微的事物、搜寻“真相”，这是当代中国诗歌创作美学倾向上的重要嬗变。虽然这一次诗歌观念的更迭，听不到摇旗呐喊，看不到山头和宣言，但它的冲击力是带有不容分说的力量的，诗人们在接受和抗拒中分蘖成前行者和落伍者两个阵营。我知道这样的划分是带有残酷色彩的，但艺术的苛刻规则本应不留情面。在实践诗歌新的美学观念的过程中，洪波将其已有的储备重新整合，并融入一些随机性发现，他成了一个尖刀班成员。

从那种高亢激进的抒写中摆脱出来，难免会留下些许的蜕变痕迹，也有时会徘徊不前。当你读到《马鞭抽伤了柳蒿芽》这样的新作时，总会觉得眼前一亮，知道洪波在这里找到了感觉。就诗句的铺排而言，这首诗多少还有点啰嗦，进入得稍嫌缓慢，或者说绕弯，当然这些枝节并不会影响这首诗的精髓。作者终于看到了“毫不相干事物中的突发事件”，想到了“在料想不到的一个瞬间 / 谁还能说欢乐是长久的”？从细小的事物中寻觅到本质的诗意，每一次动笔诗人都面临着严峻考验。

诗人的敏感程度往往高于普通人，当芸芸众生还痴迷于不管不顾地追求巨大的物质幸福之时，诗人们早已进入了生态忧患之中。说到底生态忧患还是人的忧患，诗歌必须警惕任何概念化的参与,不管它所参与的事情有多么重要和正确。由此看来，诗歌介入生态并非坦途和捷径，相反倒是十分容易落入主题的陷阱。能否找到一个适合的切入角度，是诗人成功与否的关键所在。以张洪波的《愤怒的鱼鹰》与《玻璃大厦》两首诗为比较，前者的生硬与后者的巧妙反差很大,《愤怒的鱼鹰》基本上停留在生物链遭到破坏这种现象的诗意化处理上，这种处理出来的诗意非常勉强，作者主观意图过于直露。而《玻璃大厦》则将人类工业文明的象征物——玻璃大厦与自然界在天空中自由飞翔的小鸟进行了悲剧性组合，小鸟唱着歌撞向玻璃大厦的瞬间所迸发出的撕心裂肺般的力量，给人留下的印象一定是绕梁三日的。除了对人类文明演进中造成对生态负面影响的问题反省或批判之外，洪波还注意到了忏悔后的人重拾和谐的努力,《正在输液的玉兰树》就是例证，被人疗救后的“南京的玉兰树和别的地方的玉兰树不同 / 它的叶子它的花瓣它的香气它的果实 / 都充满了人的感情。”

诗人的成熟是风格的成熟，而逼近风格的道路永远是布满荆棘、岔路重重。理解这一点之后，再来看《最后的公牛》集中作品风格的差异性，就能够意识到诗人的脚步犹疑源自于风格的迷惘。依我一个旁观者的浅见，洪波似应将探索的触角适当予以收缩，相对集中精力，并在写作时节制情绪的表达，给读者多留一点欣赏空间。

在诸种文学样式中，如今最难与卖钱搭边的莫过于诗歌了，它的确是文学中的纯文学，想俗都俗不了。小说近些年逐渐从凸显形式回归到讲究故事，重视“好看”，甚至连体裁也形成了趋长避短，于是市场慢慢热了起来。如果再算上影视改编这一块，小说家的日子越来越好过了。散文由于是真实的记录，对于一个民族已根深蒂固的崇实阅读习惯来说，自然也会具有魅力，况且散文家们对那种过时的抒情模式早已摒弃，出版的晴雨表上写散文的行价仍在看涨。姥姥不亲、舅舅不爱的时代弃儿就是诗歌了。诗人的称呼在许多人眼里、嘴里、心里几乎等同于疯子、神经病。这难免使人想起《洪堡的礼物》里所说的：“一首诗能在两小时之内把你从芝加哥送到纽约吗？它能计算出一项空间射程吗？它没有那样的能力。”“在古代，诗是一种力量，在那个物质世界里，诗人真是有力量的，当然，那时的物质世界跟现在大不一样。”（《洪堡的礼物》，索尔·贝娄著，江苏人民出版社，1985 年）这就是令人无可奈何的现实。在这样的背景下，如果谁还选择做一个诗人，谁就必须甘愿承受穷困和寂寞，没有什么功利可言，这是对诗人纯粹性的考验。然而诗人和诗歌荣耀绝不会因为世俗的藐视而减弱一丝一毫，相反它将在缺少光芒的晦暗中熠熠生辉。

在诗人张洪波的创作历程中已有十余部诗集摆在那里，它们除了证明诗人的才华之外，也在佐证着诗人对各种各样诱惑的拒绝。这里我无意敌视那些给人带来享乐的表象生活，但却有意对能够通过坚守诗歌家园来护卫精神价值的人表示敬重。

“你一直与诗相依为命”
——读张洪波组诗《它们从一颗心走过来》

张洪波在《文学港》2018 年 10 月号上首推诗歌栏目里发表了一组诗《它们从一颗心走过来》，这组诗的题目引起我的琢磨，读者能否找到一条路径再向着那颗心走过去呢？相信这个过程肯定是一千个读者就有一千个哈姆雷特的过程。这样的阅读属于寻求还原诗人原初创作想法的方式，在权威批评家看来这是根本不可能做得到的事情。布鲁姆告诫我们，文本意义是在阅读过程中产生的，它同作者原先写作文本时的意图是不可能完全吻合的，它总是一种延迟行为和意义偏转的结果。所以寻求文本原始意义的阅读是根本不存在的，也不可能存在。阅读在某种意义上也就是写作，就是创造意义。归根结底“阅读总是一种误读”。即便沿着这样一个前提来阅读诗歌，同样并不意味着阅读者就可以完全信马由缰，其中仍然横亘着不可忽略的又无法言说的游戏规则，同样是一场冒险之旅。或许阅读的乐趣也往往来源于此。

“张洪波的诗歌一直以平实的日常生活作为可靠的底色，在粗粝驳杂的镜像中找寻到偶或可以驰骋想象的艰难空间，每跨越一道语词意绪转换的栅栏时，都会有惊无险地给阅读者带来惊奇和赞叹。在持续多年的创作历程中，他的诗歌风骨依然承继着牛汉先生的血缘，其艺术气质仍坚守着北方诗人的大气与洗练。可以说他的诗如同长白山上的岳桦树一样，傲立在高山之巅，与风霜雪雨对话，呈现出集坚韧与弯曲于一身的独特景观。”这是我在《文学港》储吉旺文学奖评奖后给获得大奖的《它们从一颗心走过来》写的一段颁奖评语，也可以算是我给自己对这组诗的阅读定下的一个调子。因为是颁奖时用的话，难免调门会有点偏高，但大体上还没跑调。

说张洪波的诗以平实的日常生活作为可靠的底色，这也许是“50后”诗人们写作时的基本取向，他们过于丰富的生活阅历已经到了要淹没他们对生活思考的程度。“我‘活’便我在”，随便从生活中撷取点什么就可能构成有意味的形式。煮饺子这样的生活场景是人们熟悉得不能再熟悉的了：

锅里。水被烧开
饺子们拥挤着、打斗着
就都混熟了
——《煮饺子》

这样几句大白话，谁也不会说看不懂吧。可若是让你把看出来的诗意转述一下，还并非那么容易。在一个有限的空间里——“锅里”，水“被”烧开，暗示出这些境遇中的事物都是自身丧失了自我主宰的权利。可悲的是沸水中翻滚的饺子，并没有发出“煮豆燃豆萁，豆在釜中泣，本是同根生，相煎何太急”的哀鸣，却在拥挤中竟相互打斗着。结局没有意外——“就都混熟了”。顺着生活的常理讲，“饺子”通过这一过程，自然煮熟了。可我们都会心知肚明作者肯定是有言外之意的。这里的言外之意也是给读者留有足够开放的联想余地，并不是将其某种意义加以锁定。“混熟了”可以想到是这些“饺子们”的悲剧性命运的终结，也可以想到是“饺子”与“饺子”之间经历了“拥挤”和“打斗”之后，相互认知上的同类感产生了，彼此在心照不宣状态中一起浑浑噩噩随波逐流吧。还能想到哪里就看读者自己的心境了。

这顿“饺子”还没消化完，诗人迫不及待地又给咱煮出来一锅新的：

多数正内心膨胀
少数有些彷徨
个别已经露馅儿
——《还煮饺子》

如果说前一锅煮饺子，诗人有意拉开些距离，故作“温良恭俭让”状，对这一锅恐怕就不客气了，有点穷追猛打的意思。不过，我还是认为前一锅煮得比较正好，后一锅诗人有点“笑场”，有点自嗨，读者的参与乐趣恐被“剥夺”了一大块。组诗中还有一首《烙饼》，风格上与《煮饺子》十分相近。也是短为三句：

被揉搓够了！把心都揉搓软了
再加些不是自己的东西
翻来覆去。失眠

按照周作人关于小诗为一至四行的定义衡量是标准的小诗，前面两句紧扣题目，在貌似写实的句子中，形成了对人所承受的折磨与煎熬存在境遇的质疑。结尾从“烙饼”大跨度地跳跃到“失眠”，而情绪的衔接又是榫接卯合，一点也不突兀。“失眠”既像秤砣一样稳定地收束住了前面对“烙饼”过程的描述，也将人的生理性症状与现代性精神焦虑并置构成新一层次的复议。这样的小诗犹如攥紧的拳头，把周身的力量都收拢在手指的骨节处，它凝聚起来的震撼因为不必一定具体地击打某一个目标而在瞬间成了语词雕塑。

张洪波的父辈由山东移居河北时，说是曾生活在坝上草原一带。那个地方在很长时间里主要的交通运输工具就是“勒勒车”，他在组诗中有一首就写到了“勒勒车”。诗人借助“勒勒车”的行进，将阅读者的目光由室内狭小空间的凝视状态挪移到对“天苍苍，野茫茫”的远眺状态：

粗壮气息噗噗打脸
凸凹车辙流过力气
而这庞大响动
缓缓颤颤一蹄一点一花
雪原里散落着汗斑

大智若愚

这使我无法遗忘
路，那么漫长
车轴里那吱吱呼求
是在献给土地吗？
拿什么赞美你？
下一场大雪
你在其中
——《勒勒车》

这首诗有三节，第一节前面五句是对在雪原上艰难行走着的勒勒车画面的描摹，最先看到的是吃力的老牛喘息“粗壮”，在风的作用下喘出来的有温度的气息迅速地回扑到自己的脸上。接下来再往脚下看，荒野上凸凹不平的车辙是牛的力气流成的一条河流。如果说“庞大的响动”是粗犷的音乐，那“缓缓颤颤一蹄一点一花”就可视为原始的舞蹈。“大智若愚”即“大象无形”“大音希声”。在这个画面已深深触动你的思绪之后，诗人现身了，“这使我无法遗忘”，有点像是对前面描摹画面由来的一种交代，其实又可能是对历史记忆会有选择性的一种强调。“路，那么漫长”一句显得多少有些漫不经心，且更准确地传达出苍凉与无奈之感，而这正是执着的前行者才会有的孤寂与忍耐。“车轴里那吱吱呼求 / 是在献给土地吗？”是啊，不是献给土地又会献给谁呢？这悠长连绵不绝的声音不正是旷野中最能驱赶寂寞的呼号吗？不正是生灵万物对默默不语的大地宗教式的祈祷吗？诗的高潮在这里形成。接下来第三节以“拿什么赞美你”这样一个设问句开头，这个句子等于是把要来用于赞美之物快速筛选一遍，之所以可以快速筛选，是因为不可使用之物极容易判断。你要赞美天人合一的大境界，恐怕只有“下一场大雪”才是恰当的吧。结句“你在其中”利用提示的手段，先把人从被赞美的画面中拉出来，仿佛是诗人在确定人能否在其中时经历了短暂的犹疑，稍后才加以肯定，这样的肯定寄寓的成分应该是多于已经实现的成分。

牛汉先生在给张洪波的一本集子写的序言《疼痛的血印》中说：“美国诗人弗罗斯特把自己比作‘一匹独来独往的狼’。我以为弗罗斯特不是从狼的凶悍一面说的，他所指的是旷野上狼飞奔时那个诗意的姿态。我童年时不止一次见过狼的壮美而有节奏的奔跑姿态。闪亮闪亮的背部如起伏的波浪，既恐怖又美丽，异常有张力和旋律感，当狼跃起捕捉猎物的一刹那，真好似一首火花一样爆发的诗。几十年之后，每当在兴奋激动之中写下一首诗时，就常常想起狼捕捉猎物时，一秒钟之内形成的那个诗意的生命动态。”巧合的是，组诗《从一颗心走来》的末尾一首《唱，不是嚎》也写到了牛汉先生喜欢的狼。与牛汉先生对狼的奔跑和捕猎动态的赞叹不同，张洪波则捕捉到狼的声音和语言中的诗意。诗人在题目上就开始做出辨析，把通常人们所说的“狼嚎”纠正为“唱”。日常生活中人们对动物的语言歧视可谓是比比皆是，尤其在一些成语中运用最多：狼心狗肺、狐假虎威、鼠目寸光等等，这种人类中心主义视角下框定的说法，往往会破坏人本可以在动物身上发现更多的诗意：

夜晚，狼站在悬崖上
一声声长调，传遍山谷
有人说那是狼在嚎叫
嚎叫怎么会这么有力、回声深入？

那是在歌唱。在宣泄吧
乐音震颤夜空。悠扬直指心灵

一只狼比起一群疯狂野兔
狼。更具备英武。仰天高歌

它是在嘲笑所有胆怯者吗
还是让你打起精神，准备出击？
——《唱，不是嚎》

诗人把狼夜晚站在悬崖上发出的声音，听作游牧民族的“长调”，听作是震颤夜空的音乐，而且这样的“仰天高歌”，“悠扬直指心灵”。对于狼雄浑的歌唱中诉说的内容，诗人领会为是一支大气磅礴的勇猛精神的颂歌。

在阅读《它们从一颗心走过来》这组诗的时候，有人可能还会产生一种诧异，那就是这组诗里面的若干首诗风格上大多并不一致，写法上也有点五花八门。有的借物寓理，有的直抒胸臆，有的五味杂陈，有的刨根问底，甚至连诗行都是意到则止，不考虑整齐划一。这样的洒脱，完全可以理解为诗人并不愿意接受那些清规戒律的束缚，而是更喜欢听从内心的自然律动，在丰富多彩、跌宕起伏的世界里自由自在地漫游。希姆博尔斯卡有一首诗《在礼拜天对心说》是这样写的：

谢谢你，我的心！
你不急忙，也不偷闲，
你生性勤勉，
不用赞美也不用奖励。

你一分钟就立了六十件大功，
你每收缩一次，
都像把小船推向了大海，
让它去周游世界。

谢谢你，我的心！
你一次又一次，
把我从整体中抽出来，
使我在梦中也成了个别。

你关心的是，
别让我在梦中飞走，飞走，
不用翅膀就可以飞走。

谢谢你，我的心！
虽然是礼拜天，
虽然是休息日，
我依然从睡梦中醒来，
你在我的胸中，
依然像休息日前那样地跳动。

想想看，张洪波的这组诗不也正是从这样一颗心向我们走过来的吗?

2019 年 2 月 17 日

然到那时

《青羊消息》的结尾处所引用的印第安人古老的歌谣《只有到那时》中说："当最后一棵树被刨，最后一只动物被杀，最后一条鱼被捕，最后一道河中毒，人们啊，你们吃钱吗？"这首歌谣中所预言的情形在今天已快要应验了。这首歌谣透露出的是一种朴素而原始的生态意识。人类文明发展到今天，它为什么还是显得那么直接，那么透彻呢？只能说歌谣中警示的情形并未得到人们足够的重视和理解。回顾一下生态保护的历史，自始至终都是针锋相对的斗争史。《寂静的春天》的作者蕾切尔·卡森当时在美国受到的攻击用美国前副总统戈尔的话说"可与当年对出版《物种起源》的达尔文的恶毒诽谤相比"，其最令人诧异的是"卡森小姐坚持认为自然平衡是人类生存的主要力量；而当代化学家、生物学家和科学家坚信人类正牢牢地控制着大自然。"（罗伯特·怀特·斯蒂文语）戈尔在《寂静的春天》的引言中进而指出："这种世界观用现今眼光来看十分荒谬，但它正反衬出卡森当时是多么具有革命性。来自工业利益集团的攻击并不出乎人们的预料。但连美国医学学会也站在了化工公司一边。而且，发现滴滴涕的杀虫性的人还获得了诺贝尔奖。”那么,在如此艰难的维护真理的过程中,文学则更多是通过故事、细节，提供出具有感染力的形象和画面，来打动那些被物欲异化的麻木的心灵。《青羊消息》这篇散文就故事性而言，它完全是以真实性为基础的，用模拟亲历者的讲述和作者自身的讲述相穿插，构成了层层相叠的时空交错的独特效果。随着故事亲历的主人公的逝去，今天已再也找不到这样的亲历者了。而随着向作者转述这个故事的父亲的去世，今天我们已再也听不到这样的故事了。留给作者的只剩下三十年前的少年记忆：当时青羊的喉咙被人用刀切开了。刀口很深，周围凝结着一团血沫。然后就是对这个少年不解之谜的破解。尽管作者在结尾处写到了又有青羊消息的报道，但阅读者的低沉和忧郁的情绪此时已很难再为此产生多少兴奋了。读者仍沉浸在青羊首领身处绝境时，要誓死保护种群的坚毅目光和一只一岁大的青羊羔天真的湿漉漉的仿佛在流泪的双眼所营造的氛围之中。

《青羊消息》作为一篇散文，可以说是生态和文学融合的浑然一体的典范之作。“生态”在这里形象生动，“文学”在这里言之有物。所谓的生态文学也好，大自然文学也好，其含义至少应包括这样几个理念：它是具有史怀泽所代表的那种敬畏生命理念的文学，它是支持主张种群平等的利奥波德的土地伦理学的文学，它是像卡森一样勇敢与反生态的行为抗争的文学，它也是像梭罗一样能够改变人类生活方式的文学。近几年，胡冬林不畏艰辛，长期在长白山区深入大自然之中，收集积累动植物的素材，不断创作出分量更重的新作，这样的行为令人敬佩。就胡冬林已完成和将要完成的作品来说，我相信他一定是当代中国生态文学创作中最值得关注的作家。

2010 年 10 月 23 日

使那些变得幽暗的角色焕发光芒

一、先说说高君的人生选择。在我们身边的人当中，高君是一个非常特殊的例子。把很好的银行工作辞掉了，包括到长春来以后，还在长春电视台做过一段时间编剧。这两个职业从生存的角度来说，都是很令人羡慕的，可以获得很好的收入，过一种很优裕的生活，甚至可以买房子买车。可是，就在这种情况下，高君却做出了一种跟这个社会人群奋斗目标相反的选择——是一种逆向运动。他选择了文学，甚至是不惜一切地选择了文学。放弃了其他可能给生活带来很多便利的条件，过着一种很窘迫的生活。这一切都是为了文学，这也说明了高君的勇气和决心，可以用背水一战、置之死地而后生这样一些词来形容。所以我说这是一种精神。高君的这种精神是非常难能可贵的，尤其是在我们这样的时代背景下，有人对文学有这样一种执着的信念和追求的方式，来作为一种表达，我觉得这是一种很好的表达。

第二点，说说高君的文学成绩。今天开高君个人的小说研讨会，本身就是对他成绩的一种认可和判断。从高君小说作品目录来看，包括在《钟山》《作品》《山花》《中国作家》等外省的刊物（本省的就不说了），共发表中短篇小说 20 多篇，而且是在短短 4 年时间内，这对于一个作者，尤其是我省作者，能够有这么多作品写出来，并发出去，这本身就是非常困难的。因为现在文学一直是在很边缘化的环境中行进，文学界内部，包括杂志，打不起精神，不像 20 世纪 80、90 年代对文学的热情，和对作者的关注度那么高，没心思，也顾不上，处境不好，自身存在都在支离破碎，面临很多问题，哪还有心思去关注自然来稿？稿子发出去，不说石沉大海，也没有编辑会一篇篇细看。你也没法要求，因为社会给杂志社就是这样的条件，你也没法要求，这个要求是不合理的。就是在这样的条件下，高君的小说居然以很自然的方式投出去，并被从一堆堆不被注意的稿件中挑出来并发表，这本身就是一个奇迹，非常不容易。这也证明高君文学创作所走过的脚步是非常坚实的，所以，对高君的文学成绩应给予一个合适的评价和估计。

三、说说高君小说。我这几天想了想，觉得应该给高君小说做一个总体的定位。高君小说应该有这样一个定位。这里我借用托里 · 莫里森的一句话："它使那些变得幽暗的角色焕发光芒。"高君的小说是这样的小说，它是使那些变得幽暗的角色焕发光芒的小说。莫里森在 20 世纪 80 年代接受采访时说过这样一段话。他说："最近我开始把我写的东西称作乡村文学，即真正为乡村为部落写的小说，为我的人民写的农民文学。我对我的小说应该是什么样子考虑得很久，很仔细，它们应该是使那些变得幽暗的角色焕发光芒，它们应该认出那些在过去有用和没用的东西，它们应该提供养分。因为革命开始的时候，中产阶级需要自己的形象，因为旧的形象已经不适用这个新的阶级，小说正好起到了这个作用。今天，它应是如此，它讲述的是城市的价值。现在，我的人，也就是我的‘农民’来到城市，就是说我们和它的价值生活在一起，部落旧的价值观念和新的城市价值观念之间存在冲突，令人困惑。”

我觉得莫里森这段话很有意思，它确实可以跟高君的整个创作有一定可参照的关系。

高君的小说，从我看到的几篇，我觉得它是描写中国城市化进程中，“农民”的生活状态和精神困境；它勾勒的是中国社会转型时期的挣扎的一群人的心路历程；它铺就了一条深入人物内心隐曲之处的秘密通道。高君笔下的人物，是一群被高楼大厦、灯红酒绿遮蔽了的人物，所以是幽暗的，也可以说是社会底层，或说弱势的。我觉得他的小说总体上应该有这样的概括和描述，当然这是我个人的看法。

我觉得可以从这么几种情形描述和归纳高君的小说。

一、求学的艰难。

比如《流逝》(《山花》2006 年第 4 期)，据说，这个短篇头题是让主编看过后一夜没睡着觉的作品。被收入洪治刚主编的《2006 年度中国最佳短篇小说》等几个版本。高君把父亲对儿子读书的支持写成了反对，写成了一种绝对的冲突，这就让他找到了一种很好的角度，不是写父亲如何支持儿子上学，而是写父亲如何反对儿子上学,事实上,父亲在内心是支持儿子的。高君把这种绝对的矛盾关系用小说找到了，并很好地揭示了出来。把那种艰难程度和内心的绝望处境说得很清楚。再比如《你在哪里》(《山花》2005 年第 7 期)，一个 14 岁的小男孩把自己说成 16 岁，蹬三轮车挣学费。当然，小说中不仅仅是说这些。一会儿我再讲。求学本来应该是这个社会赋予人们的基本权利，但对于“农民”，或一些弱势群体，这些却是无法完成的。这不仅仅是文学的问题，当然也是一个社会问题。高君用小说很好地揭示了这个问题。

二、求爱的不自信。

《成长的代价》是高君的第二篇小说(《春风》2003 年第 8 期)，江小宫从农村出来，完成学业，并在小镇有了一份不错的工作，他在和城市女孩恋爱的过程中，内心是自卑和虚弱的，也可以说内心是极其不自信的。这些不是源于城乡的差别，而是源于城市移民——从农村进入到城市的第一代移民，面对城市的虚弱和茫然。一种深刻的自卑和不自信。

三、求家的不能得。

比如前面提到的《你在哪里》和《心中的话对谁说》(《鸭绿江》2004 年第 3 期)，其实都是写求家的问题。那个小男孩在蹬三轮车挣学费的同时，在寻找自己的母亲，在小说的最后他遇到了那位风尘女子，可能是他的母亲，或者说是和他母亲相似的一类人，在小说中并没做交代，却暧昧地传达了这样一种气息。其实，结局对于小说来讲，也并不是很重要。再说《心中的话对谁说》，从农村出来，读完师范大学并留在城市任教的罗亚珍，为彻底摆脱农村，或说为彻底融入城市，把名字改成了罗西。后来结婚。本来她已有了一个家，而且是一个应该算不错的城市的家，但却不是她内心想要的那个家。她究竟想要一个什么样的家？小说里写了她面对丈夫时，时时想到仍留在乡村任教的老同学强子，同时也写了她绝对不可能再回到农村。她是茫然的，无根的或说是无家可归的。高君小说表达了在城乡转换中，一些小人物的心理危机、起伏、动荡和焦虑。展现了时代变革、社会转型期，“农民”的境遇、挣扎和精神状况。

再说《如花的裙子》(《钟山》2004 年第 6 期,《小说选刊》2005 年第 1 期转载，同时入选《2005 中国年度短篇小说》等 7 个版本)，我觉得这是高君迄今为止最好的一篇作品，可以说是一篇非常完整,甚至可以说是一篇无可挑剔的作品,无论从故事、语言、人物到细节。像其他的小说，在某些方面完成得非常好，但某些瑕疵也非常明显。但《如花的裙子》不是这样，它是高君整体上完成得非常好的一篇作品。小说写一个叫鲍如花的农村女孩，她进城打工就是因为对一条裙子的向往。然后在一个叫“大家乐”的串店遇到了一个叫马兵的青年。小说巧妙而埋藏地写出了马兵的小偷身份。也写了鲍如花对他朦胧的，刚刚闪现的爱情。总体说这是一个很悲剧的小说，马兵的偷窃不是因为内心的恶，而是为了善，为了爱。是被逼迫的，无法选择的行为。小说揭示了尽管命运不公，但人心灵仍有一块美好的未被腐蚀的空间。最后，本应该歇手的马兵为了如花对一条裙子微末的渴望再一次走向犯罪。鲍如花重又回到农村后，收到了那个邮包——她朝思暮想的裙子。她之所以再回老家，之所以放弃那条裙子，是因为她在去买裙子的途中看见了被游街示众的马兵。小说写得含蓄，内敛，而且节制。可以用鲁迅当年对萧红《生死场》的评价："这是一部表现北方人民对生的渴望，对死的挣扎的力透纸背的作品。"也适用茅盾的一个评价："在特殊的风土人情之外，应当还有普遍性的与我们共同的对于命运的挣扎。只有一个游历家眼光的作者往往只能给予我们前者，即：他只能写出风土人情。而必须是一个具有一定的人生观和世界观的作者才方能把后者作为重要的一点给予我们。"

所以我说，高君的小说是在一座富矿里挖掘，他所运用的资源应该是取之不尽，用之不竭的。

另外，我还注意到，高君小说对民间因素的有益运用，使他的小说的层次感获得了一个更大更好的丰富。比如《荡漾的背景》(《钟山》2005 年第 2 期)，里面对虞美人做大酱的大段描写，我觉得很好。当然，这些东西应该跟小说更好地融为一体。要处理得恰当，不能作为一个单纯的民间知识的介绍。

说了这么多好话，下面说说高君小说值得注意的问题。

一、叙述上缺少节制，拖沓。

高君小说大部分都存在这方面的问题，除《如花的裙子》等少数几篇以外。叙述大多是不节制的，推着走。可能作者是为了呈现出特定生活的原生态，但即便是这样，仍然要注意到语言和叙述的精练。

二、语言调子。

尤其是在写城乡场景的转换时，不要随场景转换，而转换语言的调子，要注意语言的一致性和协调性。而关键的是，这种转换是作者无意的或说被迫的，并不是进行深入思考后有目的的考虑和把握。

三、人物走向迷失。

高君小说中，人物走向经常出现迷失。比如《成长的代价》中的叶妮，《心中的话对谁说》中的罗西，抛开作者的有意而为之以外，我觉得是作者没有把握好自己笔下的人物。这些都是在今后的写作中应该注意和值得注意的。

“双重困境中的生命状态”

——评薛立业的短篇小说《火上冰湖》

对地域文化的关注和开掘，是新时期小说创作的一个重要指向。似乎小说的每一拓进，都与作家对地域文化的认识升华程度相关。从一般层次的民间风俗故事，到加以去芜取精的文学加工；从单纯的地域象征意味，过渡为追溯文明与野蛮的冲突；从局限性地夸张铺排地域的个别特征，上升为在现代意识的观照下反映人的处境。这便是地域文化小说发展的简单轮廓。薛立业的短篇小说《火上冰湖》（载《作家》1990年6月号）也属此类探索小说中的一篇值得注意的作品。

人类征服自然的斗争，并不能像“喝令三山五岳开道”那样轻易，而是异常艰辛的，需要偿付一代代、一群群人的生命代价的。同样人类从茹毛饮血的原始状态进化到“宇宙的精华、万物的灵长”，也是需要通过一段段、一个个悠长昏暗的历史隧道的。能够直面这自然和人生双重困境，是《火上冰湖》与其他地域文化小说相比显露出的突出特征。

小说描写的自然环境和人生状态是作者所谙熟的。千百年来，大布苏湖上的黑烟，不知升腾了多少次，像羊粪便一样从四面八方涌来的打碱客，不知生生灭灭了多少群，那简易却神圣的由碱坨子垒成的供湖神的小庙前，不知跪破了多少个硬硬的膝盖。然而，60年前发生的雪盖湖面的绝境，今日碱锅爷率领的一班人马又无法回避地面临了。重演的自然困境是否意味着历史的停滞呢？通过作品中人物的活动我们便可谛听到沧桑变迁、时代发展沉重的脚步声。碱锅爷手里提着的毕竟是一只“日本军用望远镜”，他所率领的打碱队伍中还破天荒地吸收了一个女人——盘歧嫂。有了这样的背景，作品所着意刻画的人物——虎哨子的形象，就有了存在的历史依托。

虎哨子的悲剧命运是无法解脱的，在人与碱不分彼此的混淆状态中，在温饱生命均无保障的条件下，怎能奢谈生命的价值呢？一个被压抑的人性，一个不屈的灵魂，尽管其抗争，未必获得幸福，但不正是这样少数的抗争牺牲者，使众多麻木的同伴警觉起来，企图改变周遭的吗？从外表上看，虎哨子虎背熊腰，膀大体宽，从精神上说，他正处于精力旺盛的青春期，躁动不安，不甘自己熄灭浓烈的生命之火。但提供在他面前的环境，不会让他成为一个全面发展自己的英雄，而是连做一个普通人的要求也必须被扼止、被扭曲。虎哨子在走上湮没他的冰湖之前的行为都与他的生理和心理欲望有关。没有选择异性朋友的条件，也就丧失了进行相互创造的机遇，他在盘歧嫂面前引起的青春萌动是畸形的，不论是脱光膀子抡大镐，还是往盘歧嫂的被窝里塞蛤蟆，以至于发展到一大早冻在外面等盘歧嫂出来解手，都显得自卑而又猥琐，尽管是在一个没有什么文化氛围可言的环境中，一些多少年亘古不变的尺度，尤其是所谓道德尺度，仍会使许多本无恶意的人加入戕害人性的行列。惩罚虎哨子的行动就证明了这一点。在虎哨子的行为发展到极端之前，作品中的二老娘们，也有些神魂颠倒的流露，但这并没有超出人们所潜在的道德观可以容纳的范围，显然，虎哨子是出了“格”，那么，也正是这出“格”，才使他成为一个真实的被扭曲的抗争者。被人歧视是他的抗争结果，在被人歧视中，虎哨子有了自省，恰在这时一群人共同面临灭顶之灾，给他提供了一个再塑造自己形象的机会。他悄悄走上毁灭自己也就是创造自己的行程，他只有毁灭自己才可能创造自己，这即是他所存在的自然与人群双重环境的制约。由于他的毁灭，他身上的闪光之处才能被人看见，他的精神世界才会被人发现，他的处境才会由被歧视转化为被崇敬。

《火上冰湖》的作者，从事小说创作的时间尚不很长，但他的起点较高。此前的中篇小说《狼牙坝》就已引起省内文坛广泛的好评，这一篇在取材上属于《狼牙坝》的延续，但其故事的深层蕴涵已由闹剧性转向悲剧性。作者对语言的驾驭能力也明显提高。一个成熟的作者，在运用语言时，是知道控制和省略的，《火上冰湖》通篇的简洁和含蓄与其整体艺术目的是和谐一致的。与《狼牙坝》比较，另外一个变化，就是作者由偶露痕迹的讲述人转化为冷静、客观的叙述人。这个变化尽管是细微的，但也可见作者每走一步所做的严谨的调整。

点评李不空的短篇小说《打草》

打草，在呼伦贝尔草原上是一桩再普通不过的劳作，甚至可以说是枯燥无味使人腻烦的事情，然而《打草》的作者却独具慧眼，在这样的生活经历中猎获了人生发现和艺术领悟。

小说中除了必要的交代和一般性的结构所需篇幅之外，核心事件就是打草。打草行为的发生是自然推波助澜而形成的，其中潜涵着丰厚的历史内容和人生体验。对于劳动的不同分工的评价，在特定的历史环境中几乎成为对参加劳动者的人格评判，进而如果将那些劳动强度大，脏性多的活计派给谁，就等于是对谁的惩罚。这种荒唐的规则，导致人们不得不为保持自尊而避开参与这样有辱人格的劳动，打草事件的深层起因就在于此。

作者对打草事件发生前草甸子上情景的描摹，展示的是世外桃源景象。这里已远离尘嚣，不知有汉。尽管人们在这种低级条件下，所能自娱的方式只有原始的或者说是粗俗的，但其实质毕竟是尊崇人性的，这恰恰与尘世中那另一幅糟蹋人性的景象形成鲜明对照。虽然对后一种景象作者未着一字，但已可以说是“尽得风流”了。

好景不长，汤七爷捎来的信息一瞬间便给这天堂般优越美好的草甸子蒙上了浓厚的阴影。谁也不愿意返回那鸡争鹅斗的环境中去，谁也不愿意离开这其乐融融的小气候。人们先是动小心计，贿赂，威胁，施展怯懦和软弱以争取同情，进而沉不住气而极度绝望，最后终于爆发了“打草事件”。打草其实不过是另一种打赌的方式。对于汤虎子们其本意不过是一场“内部决斗”，他们无意把“我”跟他们放在一块儿比试，但由于“我”的虚荣心理导致了主动参与。悲剧的发生不能说与“我”的主动介入和导引没有瓜葛，这背后又有着不同文化和心理素质所造成的龃龉。在决定人格高低的竞技中，汤虎子们已顾不得像平时那样保全“我”的面子，而“我”又无法承受从虚假的日常尊严中突然被扯回的尴尬。打草事件的进一步延续是“我”为了恢复自尊而强迫汤虎子们参与的。就是这种延续最后导致了参加打草的人病、伤、残等生命耗损和生存困窘。小说中两种冲突，即尊崇人性和戕害人性的冲突，拙朴善良和虚伪自私的心理冲突都获得准确把握。

打草事件，具有人格自立和自虐的双重性。为了人格的自尊和自立，在特定环境中人们别无选择，只能选择自虐的方式，而自虐的方式目的是为了确立自尊。不论是汤虎子们或是“我”都无法逃脱这种拘囿。

对人的命运的关注，是这篇小说的视点；一段人生往事的印迹再现，构成了震颤人的灵魂的力量，悲剧性的崇高，达到了值得称道的审美境界。

词汇就是一切

——试读邓万鹏的一首诗《这里》

万鹏是少数几个令人敬佩的至今仍在坚持先锋立场的诗人之一。因此万鹏的诗并不多么引人关注就是十分自然的了。本来我们的诗歌基本上就是在圈子里打转转，何况你又总是不停地痴迷于诗歌的文本实验呢。费力不讨好，这是先锋诗人为了获得“先锋的自由”必须偿付的代价。不管你是顽固的老先锋，还是稚嫩的新先锋。前些日子旭旺兄发来一组万鹏的新作，嘱我写点什么，当时未及细想就应了下来。真到面对万鹏的作品时，不免感到困难重重。万鹏诗中的信息量太大，常常令人目不暇接，甚至会感到有些晦涩。想来想去，不得不偷点懒，我看读读万鹏的一首诗就够旭旺给的规定字数了。那就“擒贼先擒王”，奔开篇这首《这里》来置喙吧。

《这里》应该是万鹏在2010年参观西班牙巴伦西亚现代艺术博物馆馆藏品中国巡展后写下的一首诗吧。那年借世博会之机，难得的一场巴伦西亚的艺术展来到古老的中原城市郑州。这场艺术盛宴带来的冲击波即便对于已经开放了30年的中国仍能形成震撼。表面上看,《这里》有点像是一篇参观展览时有些漫不经心的记录，但细加品味，却觉得是包蕴无限啊。那里和这里，欧洲和亚洲，西方和东方，一座星球和另一座星球的艺术光辉交汇于此，人类所面临的各种精神困境也都呈现在此。

艺术家带领他的星球来到这里　在一座展览大厅

我们见到那位留胡须的西班牙男人　他的烟斗升起 1962 年的烟

保罗·毕加索　你的墨水在呼吸

巴伦西亚狂风

这里是哪里呢？就是诗人正处在的地方，城市的一个展览大厅。这里发生了什么呢？一批艺术家来了,带来的是他的星球。星球是何物呢？至少对我们来说，是惊叹、是陌生、是需要瞪大眼睛看个究竟的稀罕吧。诗人先带我们一起看到的是毕加索的《留胡须的西班牙男人》。看着，看着，那个留胡须的西班牙男人，他的烟斗中就看见有烟雾升腾了，而且烟雾的年份就是画家作画的年份——1962 年的，接着再想见的是毕加索的墨水在呼吸巴伦西亚的狂风。毕加索 1956 年见张大千时给张大千看过他临摹的齐白石的画，毕加索认为齐白石是他敬佩的艺术大师。这幅画中的墨水除了呼吸了巴伦西亚的狂风之外，是否也呼吸了东方中国齐白石的墨意呢？艺术品是活的生命，它需要有能欣赏的眼睛和能交流的心灵来把它从沉睡中唤醒。但这种唤醒只能从感受出发，昆德拉说过：“从来我都深深地激烈地憎恨那些想在一件艺术品中找到一种态度（政治的、哲学的、宗教的等等）的人们，他们不是去从中寻找一种认识的意图，去理解，去捉住现实中的这个或那个外观。”

埃尔南德说 一条蛇听见了光的召唤 挣扎
扭动卷曲 一个愿望抬起头

如果说在第一节诗人带我们看到的是毕加索作画时的情景，现在诗人直接让艺术家把他的作品讲述给我们。埃尔南德斯的《外面》被诗人赋予的意象颇耐人寻味，冷血的爬行动物听见了光的召唤，开始挣扎扭动身躯，一个愿望抬起头，何止是一个愿望会抬起头呢！所有的愿望在条件反射下都特别容易萌动。但就在向一个目标挺进的时候，挣脱也没那么简单。铁这时从一种材料变为一个隐喻，让人感到限制和困难。可即便如此，铁也用另一种超出坚硬刚直的铁的常态的事实，成为活灵活现的曲曲弯弯的蛇，代表着欲望的强烈比钢铁还顽强。当作为观者的我们离开这个作品后，回顾的时候，还看得见那种愿望是不会停顿下来的。

到了第三节，诗人的思路从受伤的鸽子开始移动到人类的灾难战争方面，鸽子的形象由想象的状态一眨眼便向构成材料的方向退化，人类的祈愿鸽子是无法承载的，最终它的翅膀和身体分离，羽毛也由布满窟窿的筛子转化成一张沉重的网，由网自然又想到了鱼，可突然又让鱼变成了鱼雷以致炮弹，这是一种子弹的速度。这样的疾风骤雨般的转换节奏，仿佛就如战火的蔓延一样，迅速而不听凭理性、良知。带着我们怎么办的永恒性疑问，观者的目光落到了布兰萨的作品《乞求》上面。数十年来，尽管没有世界大战发生，但世界从未太平，局部战争始终存在，这是人类无法遏止的情况。

诗的第四节中，胡里奥·冈萨雷斯·佩利赛尔在二战期间创作的熔铜的《举起的右手一号》，让人看到的更是触目惊心，一只生锈的手举起来在抗议，它来自翻滚的泥土，可见抗议是植根于大地的，是和地球上的生灵相关的。在诗人看来，这只右手举起的既是战争中的大爆炸，也是有关人类生存和毁灭的所有问题的大汇总。现实中人的器官已都像这只手一样残缺不全，甚至退化到有蹼的时代。而从《帝国之上的三朵云》中，诗人看到了人类历史残存的幽灵仍在今日世界的上空徘徊，权力的主宰者眼睛是被蒙蔽着的。诗人只好在跟随艺术家纳迪威尔特·纳瓦隆赶紧去寻找良心的影子。可在这件装置艺术作品中看到的图景更加可怕，人的心脏正被锈蚀的钢管穿透，良心或者良心的影子都是模糊不清的。至此人们似乎只能是充满绝望情绪，看不到转机。诗人却站出来说：

更多人穿越几个世纪 最后被良心发现了——
在学校的操场旁 或居民区
像单杠的金属架一样 实在 沉稳 挺拔
扎进大地 并且离我们很近

注意在这里诗人不是说发现了更多人的良心，而是被良心发现，且这些人在哪里呢？在学校的操场旁或居民区，这样的处所代表的人群无非是孩子及普通人，这也恰与成人世界或上流社会构成反差。这时那扎进心脏的钢管好像被重新安排了一次，那像单杠的金属架一样实在、沉稳、挺拔，扎进大地的提示物离我们很近，这样的距离构成了两种力量的对峙状态。

第五节，随着脚步和目光的移动，诗人的思绪又转到罗蒙·德·索托·阿兰迪加制作的沉默和寂静这两扇门上，诗人把它看作是两页打开的书。在这里发出的声音和没有来得及说出的话，都变成含有禅意的作品的组成部分，使你分不清生活与艺术之间的界限在什么地方。阿兰迪加是要通过这个作品向那个把音乐当成“无目的的游戏”的音乐家约翰·凯奇致敬，诗人在这里是在向他们表示双重的致敬。寂静由声音的感觉轻而易举地幻化为色彩，甚至还可以在寂静中抓住世界的形状。而世界的形状会是什么样子，那只能是靠无中生有了。然后又回到简化了的现实之中，打开门或打开书，也可能还包括打开我们。由沉默到寂静，这一切都是一种程序，由程序之间的关系联想到杜尚的下楼梯的女人——那个多重影子叠加的画面，似乎又把程序的清晰解构为模糊。这一节的结句颇为奇妙，寂静不仅不允许用声音破坏，也排斥视觉的介入，只有这样才可还原为原初的寂静。

整首诗的最后一节只有一行，在这一行诗中，显然是在描述看过展览后的诗人在归途中的情景。天在下着小雨，可诗人却把这雨称之为小型的雨，一定要赋予平时往往被忽略的雨滴一种形状感，似乎这雨也是上天创造的一种装置艺术品，它所落到的地方则是具体确凿的城市的一条著名的街路。嘭嘭的敲打声也因为车篷的呼应而被突出出来。诗人离开了这里，但是将艺术引发出来的所有感觉都已融进内心。时空上的变化，并没有中断艺术的继续感染和发酵，就如同那辆诗人所乘坐的车一样，在雨中行进着，交织着。巴特说，任何文本都是互文本。在这里或那里，艺术和诗歌形成互文，想象和现实形成互文，艺术中的他者和现实中真实的我们也形成互文。这里就构成了一个由多元因素组合的错综复杂的复义的文本世界。

布拉克墨尔在分析史蒂文斯的作品时说："阅读史蒂文斯的诗，你只需要了解那些词的意义，并且服从那些诗的条件。在这样的复义中，存在着一种更加精确的精确性，因为它非常紧密地依附于那诗的原料，倘若把它与原料分开，便失去了任何意义。"谈到史蒂文斯的《十点钟的幻灭》时，布拉克墨尔知道人们的阅读会产生疑问，他针对这首诗说："从字面看，诗句中没有令人惊骇的东西，没有任何复义，这样来安排诗句，它们表面上看起来似乎没有意义，却使各种各样可能的解释都变得可怕而明显，没有意义所带来的震惊和它所有的长处，是它迫使我们用发现每一短语、每一意象、每一字眼实质中的严重复义性这种方法，去仔细琢磨词汇。词汇越简单，复义便越给人以深刻印象，越确定无疑。我们沉睡的知识，一半都没有意义；而一旦写进诗里，知识便苏醒了。"这样的境界，也正如万鹏的诗句所说："那里就是这里 世界捡到了丢失很久的收据"。

大地与人类隐秘的颤抖

——评诗集《裸夜》

面对这本装帧精美的诗集《裸夜》(时代文艺出版社 1993年版),你的阅读准备显然会感到不足。不足的原因倒不是你缺乏知识,或者缺少分析能力,而可能是把感觉再度幻化成形的功夫。《奥义书》上说:“雷无身,电无身,火无身,风无身,当其吹息迸射之时而有其身。”在诗人的心灵中,蕴藏着雷,蕴藏着电,蕴藏着火,蕴藏着风,它们一经迸射,那便是艺术的创造。人们把握体悟这种艺术创造时必须具备艺术的感觉能力和再度幻化功夫。诗人冰妹在《裸夜》的自序中明晰地表达了她的诗歌创作见解,她说:“我信奉作为一种形而上的自由的艺术创造手段,它的‘无节制性’。”“艺术的魅力应是诱惑而非迎合”,“诗歌情绪从涌动到形成的瞬间里,应是彻底地丧失形式和主义,从而进入一个多维空间中去更深入地了解世界与自身的内在的美。”

我们眼前的世界,可以说是一个崇尚实利原则的世界。在这个世界中人的精神指数越来越低,文明发展的负面效应越来越多，人类自身对自身的不自觉的戕害不断发生。尤其是在一个还不够发达的现实环境中，物质累积和精神创造的矛盾就更加尖锐。真正的诗人在如此境遇中只有一种选择，那就是尽可能多地沉浸在自我构筑的幻觉世界里，以此来抵御世俗社会各种毒素的侵扰。冰妹关注死亡，在她的笔下，死神不是令人恐怖的对象，而是人类心灵活动的主宰者之一。有死神相陪伴，生者便应知什么可为，什么不可为；什么有价值，什么无价值。死亡是生存的一个前提，而不是生存的结果，人们局限在某种具体状态中时常忽略这个前提，为许多无聊的事情缠绕，且往往执迷不悟。甚至直到弥留之际才幡然醒悟，可为时已晚了。冰妹所关注的死亡，既不是肉体所进入的另一种状态，也不是一己灵魂的归宿，而是与每一个人的内心世界一直相连通着的若隐若现的神灵。在这里人们才有可能触摸到包藏死亡在内的生存世界的本真状态。

怎样处理时间，是一个诗人心胸博大或狭窄的一种检验尺码。不少写诗的人，往往是勉为其难地抓住某一瞬间，只见树木，而不见森林。少数优秀的诗人，即便从表象上看，他们也捕捉瞬间感受，但这种捕捉的背后是他们拥有时间的来龙去脉。冰妹的诗里几乎找不到时间被切断的痕迹，不论它怎样跳跃，怎样交错，都没有突兀、生硬之处。这种效果不是技巧可以解决的，而是诗人心灵的原状已限定的。“我一次踏入了两条河流，又无数次走出同一个源头。”（《平原》）类似的神来之笔，是仅靠后天修炼的人面壁三年也未必写得出来的。

也许有人会认为冰妹的诗远离现实，不贴近生活。直率地说，谁也没有权利用表象的现实作为现实的全部，谁也不应该以芜杂的生活之流混淆生命的内在律动，有两类诗人对表象现实中的缺憾都采取批判态度，一类是饱经沧桑的过来人，一类是拒绝进入俗世的“天外来客”，冰妹显然不属于前一类诗人。这两类诗人在批判的过程中差异是很大的，前者是倾向剖辩罪恶之源。后者则倾向创造自由王国。“满眼橘红色的城 / 满城的太阳 / 满太阳的水晶载着我的船”（《感激，云海之中的来客》）。在这样一些拥塞着幻觉的诗句中，是不会给琐屑的现实空出什么位置的。

一个诗人，要么是冰，坚硬透明；要么是火，灼热炙人。诗是诗人在极端状态下的产儿，极端是诗的襁褓，极端标志着边缘，标志着顶点，既无前方可延续，又无上空可拓展。冰妹的诗有相当一部分是在此种状态下产生的。这些诗激烈不已，汪洋恣肆，很难觅到平和、均衡，而撞击失控是屡见不鲜的。她的花不是孟浩然的“夜来风雨声，花落知多少”，而是“狂欢的花将深夜的面孔贴在我梦的石墙上 / 我在大街小巷上奔走 / 她们抓住了我的发辫”（《狂欢的花将深夜的面》）。

我们做一个有趣的游戏，即把我们所正要努力追索的目标一层层扩大，越扩大一圈，就会感到意义相对缩小了一些，无限制地扩大下去，它的意义就会消失得无影无踪。一旦所有具体的目标丧失掉了，人就只能在无边无际的大海上漂泊。漂泊是不知从何岸而来，也不知向何处而去。承受漂泊是诗人的一种勇气，漂泊排斥欲望，排斥享乐，排斥等待。漂泊的终极还是漂泊。“我的帆空空飘荡 / 环形屋顶下 / 我永无居中所”（《黄昏，环形屋顶》)，空空荡荡的帆中涨满的只有风，永无居所的诗人栖息的地方只有舢板。诗人在《地址》一诗中，进一步深化她的漂泊感，哪怕在陆地上，也不会停止漂泊。“我是自己点燃的/却无法吹灭/地址/随风飘零的漆黑的草帽”。漂泊感的降临，使冰妹的诗获得了超越。她不必再去耗费生命力，让各种诱惑去蚕食。她错开了众生芸芸拥挤的轨道，如天马行空一般地独来独往。与其说是冰妹在写诗，还不如说是上帝假她的手在向人类昭示着什么。

悬置的窘困

——读《回归村庄》系列诗

佟石的诗从《回归村庄》这150多首系列诗开始，进入了另一种艺术境界。当然，这不是说，他以前的诗不是艺术品，只是嫌与生活的表层和地域的一般特征联得太紧密，而缺少纵深的背景和心灵活动的空间。说《回归村庄》进入了另一种艺术境界，也不是说，他的这些诗远离了现实或者钻入象牙之塔，而是看出作者在一些平常事物和场面中有不少新鲜的感悟和情愫。在充分看到诗人抬起脚离开下面的台阶，迈向上面的台阶时，一个有趣的状态是这双脚并非沉稳地落下，而呈现出一个悬置的姿势。这种悬置的姿势保持的时间长度已经超过了正常的抬起到落下的长度，这已有悖自然，所以我把它称作是悬置的窘困。

一、冥想者的坐姿

冥想者不是行动者，所以说冥想者是以一种坐姿出现在他人面前的，而行动者则是以一种走姿出现在他人面前的。《回归村庄》是佟石这位冥想者的心灵运动记录。在这系列诗中，我们随处可见村庄的常见景物：草木、山石、河湾、花鸟、鱼虫，以至小路、茅屋，但这些景物并不能代表真实的村庄，它们不过是诗人在记忆中搬来搬去的盆景。回归村庄倘若作为一段凿实的历程，那么可以说诗人只完成了一半便停滞了。这一半就是回归的意向，标志着他已离开原来状态，否定了此前状态。人类社会物质文明的高速发展对生态环境的破坏越来越严重，人际关系的不断复杂化对原始的素朴心灵的侵扰已无法遏止。我们几乎都深陷其中，谁有勇气真的抛舍这充满荆棘和诱惑的世界呢？这样看来，冥想尽管只是短暂的与世隔断，尽管不具有货真价实的行动性，但也可以看作是一种积极的姿态。用冥想的方式构筑的一方虚幻境地，也会使人获得一些近似自由的快感。“即使天寒地冻的季节，在诗歌中仍会感到温暖；即使无边落木萧萧下的日子，在诗歌中仍会见到春花烂漫。”佟石在评价李琦诗歌创作时的一段表述可以视为他对这种快感已有所体验的佐证，冥想是对一些现实中不如人意的东西的背离，而不是参与。参与又应分为两种截然不同的性质，一种是同流合污，一种是祛邪扬正。冥想者在避免了同流合污的可能的同时，也丧失了抗争的可能。从这一角度说，对冥想者的姿态还不能不多少打些折扣。好在佟石这样的冥想者已有所觉悟，他认识到了冥想中的单纯、素朴、旷达固然美好，但它们只存在于幻觉之中，现实里是不易找到的。“哪条道路都布满尘土 / 哪双脚走过 / 能不沾染上尘土 / 你要坚持屋里的纯净 / 只有把尘土和人 / 一起拒之门外”（《如何纯净》，见《诗刊》1991 年第 7 期）。这位冥想者已到了一种临界状态，行动已向他呼唤，参与、抗争已必不可免，只是不是现在时，而是未来时。

二、客人式的僭越

《回归村庄》不能不说带有后顾意识。后顾意识是人在对现实有茫然感时最易产生的意识。人的精神不能承受飘移状态，它需要一处栖息地。后顾便可使精神的栖息地在记忆中出现，而且这块栖息地与作者的历史渊源和血缘都有千丝万缕的联系，这样使接纳显得义不容辞。佟石一意识到村庄，“便有一头黑牛神奇地跑来 / 把我驮向一面面涌动的黄土墙 / 墙缝如干枯的闪电 / 其中有先人遗落的种子 / 不知时节的发芽 / 意识到村庄 / 村街上尘土飞扬又沉落……此刻一切字宁静如初 / 猎狗们垂下尾巴 / 有农人的面孔不断地推出 / 我的祖父我的父亲”(《意识到村庄》,《萌芽》1991 年第 9 期)。作者企图蜕掉人的外表被城市文明镀上的铠甲，重新朴实敦厚起来。但由于他毕竟不属于村庄真正的成员，这种村民式的朴实和敦厚便显得是有意为之，而非浑然天成。不经意时又常常会夹带出破碎的铠甲片。他和村庄中的人相互误会。“此刻进入村庄你只是习惯地 / 微笑 / 然后就忘记就离去 / 并不知道你的笑容 / 可能会使某个村里人温暖一生”(《人的魅力》,《十月》1991 年第 4 期)。这位城市人已丧失了原是微小的能力，只会习惯地微笑，而那位村里人却膨胀了感动能力，被一个无意义动作温暖一生。他在村庄里的游逛迟早会在熟悉中发出陌生，在和谐中发现冲突。当他偶一驻足，头脑被某一现象弥漫时，他便使他的诗句变成了自言自语："这里的树可以不结果子 / 这里的树可以结各种滋味的果子"（《实验果园》,《上海文学》1991 年第 8 期）。"今天一点风也没有 / 会不会有谁不知这日子怎么过"（《风来风去》,《中国作家》1990 年第 6 期）。村庄的暗示在提醒他已僭越了主人的位置，他只好把这在海滩上精心堆砌的沙屋留给海流卷回。他放弃了城市人的方式，又回不到村民的方式之中去，他仍是被搁置着。因此，面对过去曾经属于他的房子，他不能不发出慨叹："房子还是原来的房子而你 / 已经不是主人是客人 / 客随主便 / 一个主人有一种方式 / 哪个主人都活在某种方式里面 / 现在你才看清那一切是或不是 / 现在你 / 已在任何方式之外。"(《你的房子》,《北方文学》1991 年第 3 期）。

三、蜻蜓们的飞舞

在天空中飞翔意味着对土地的揖别，意味着进入了自由自在的王国，然而有一种貌似飞翔的飞舞，与真正的飞翔相比，便显出尴尬来。对于飞翔者来说，没有什么能够阻挡，哪怕是狂风，哪怕是雷雨；而对于飞舞者来说，则要附加各种条件，诸如季节、气温等等。飞翔是一种生命层次运动，而飞舞多少带些表演意味，具有虚伪性。在某一些短暂的历史时刻，天空中看不见鸟群，而只有蜻蜓、蝴蝶之类，那便是时代的悲剧。假若那些飞舞者，不知道飞翔和飞舞的差别，那也会感到悲哀和凄凉。诗人的目光就定格在这不甘平庸又无法不平庸的场面上，用一种批判和解剖的力量对着它。“看每一棵树 / 上边都有与你相同的果子 / 相同的果子穿着相同的衣裳 / 你想脱掉 / 却难以脱掉 / 许多果子被一个名字覆盖着 / 一呼百应 / 谁都可以掩护谁 / 谁都可以代替谁”。(《一只苹果》,《绿风》1991 年第 2 期）是什么原因造成这样的平庸呢？是人格力量的羸弱，还是种族的退化？该怎样解救？这一系列问题一时尚无法断定和回答。但依作者看来，充足的个性是每个人基本应该具备的，只有有了个性，才可能不被淹没，而个性的塑造又十分需要崇尚个性的环境，需要避免被文化预制的可能。作为诗人的佟石也很难开出药方，他只能以嘶哑的喉咙呐喊、呼号。“茄子茄子我歌唱了好久 / 你还是原来模样 / 我一遍遍歌唱你还不如一棵棵地 / 拔掉你 / 你们生长得太多 / 你们自己埋没自己 / 作践自己 / 如果全世界只剩下一棵茄子 / 所有的人再看你一定是另一种眼光”。(《歌唱茄子》,《天津文学》1991 年第 2 期）

佟石的《回归村庄》系列诗，体现了他的精神探索历程，悬置的窘困已被他清醒意识到，这必然预示着他会摆脱掉这种窘困。而当摆脱变成现实时，他的诗乃至他的人格都会达到一个新的层次。

1992 年 3 月 10 日

平淡中出新意

——读佟石的系列组诗《回归村庄》

佟石的大型系列组诗《回归村庄》共150余首，其中130余首散发在《作家》《天津文学》《上海文学》《诗刊》《青年文学》《民族文学》《十月》《当代》《中国作家》等全国30余家刊物上，并已结集出版。在一年左右的时间里，佟石发表的诗歌数量恐怕可以和省内诸多青年诗人这一年发表的诗作总和相抵。是不是他粗制滥造呢？是不是他有什么特殊关系呢？回答只能是否定的。

诗坛这几年风多雨稠，山头林立，但笼统观之，其暗中涌动的流向可以说从未离开两大脉系。一脉是“为时而著，为事而发”；另一脉则是为艺术而艺术。这两脉都有走极端的时候，前者出现过“诗传单”“诗报告”，后者出现过各种各样的文字游戏。佟石是全面涉猎认真借鉴，不偏狭，不封闭，不标榜，不自诩。他早期起步时，也写过一些图解意念的诗作，但他很快便意识到这样的作品是没有长久的生命力的，此后他的抉择是明智的。他的双脚决不离开大地，同时又让自己的触须伸向广阔而又无垠的空间。功利不能诱惑他，噪声不能干扰他，他给自己找到了一块驰骋的天地。他虽然已身居城市，但他让想象的翅膀又飞回他熟稔的乡村大地。他知道，仅仅歌颂故乡，依恋自然的田园牧歌是不够的，而那些具有实验意义的农事诗又已经面目全非、走得太远了。而《回归村庄》这个母题，不管佟石是否意识到，它都意味着他内心世界在震荡之后的情感大迂回。他从村庄走来，在城市落脚 ，如今又神不守舍、归向始初。这不是一次逃避，而是一次叛逆。可以说是一次朴素与雕饰的抗争，是一次坦荡与狭隘的对峙，是一次平凡与高大的较量。所谓“回归村庄”，并非要重新回到愚昧的蛮荒状态，其真意在于“借尸还魂”。“村庄”是作者理想的对象物，它与作者所排斥所摈弃的世俗社会构成一种对比和反衬关系，“回归”标志着作者的精神价值取向。

用平实的语言，平常的结构表达平民化思想，是他这一系列诗的重要特征。在《回归村庄》系列组诗中，他的诗句几乎很少见雕琢的痕迹，如“现在蹚水过河你是第一次 / 你感到整整一条河都在哗响着 / 涮洗你身体里的一切”（见《蹚水过河》，载于《上海文学》1991 年第 8 期）。“秋后的田野已不见人的影子 / 你随意地 / 走来走去”（见《撒缰的马》，载于《福建文学》1991 年第 7 期）。从诗句表面上看，仅仅是描述或描摹一件事情或一种情态，语言平实得无可挑剔。在结构上，他又多少有些漫不经心，信马由缰，起句不陡，承句不紧，转句不惊，结句不收，这种平常是一种艺术追求。在表达平民化思想时，他与众不同的是往往采取责备态度，贬中含褒，明抑暗扬。比如

《歌唱茄子》(《天津文学》1991 年第 2 期）中写道："黯淡的东西被重要人物的声音拂过 / 也能神奇地光彩起来 / 茄子茄子我歌唱好久 / 你还是原来的样子。"高贵在作者的眼中是什么呢？不过是一种人为的设定，存在与否，全凭因人而异的感觉。平凡和高贵之间本不存在着鸿沟，甚至可以画上等号。

《回归村庄》这个系列组诗，几乎都是小处着眼，大处着手。每首诗的篇幅都不大，但每首诗都力求将感受写透彻。作者的取材，如入百果之园，随处采撷，拈来可写。从雪雨雷电，到山水林木；从午夜蛙鸣到秋日雁阵；从无言的石头到残破的老屋；从高壮的牛马到低矮的菜蔬。天成地就，平淡中出新意，熟视无睹处见神奇。

佟石的《回归村庄》系列组诗即将全部发出，他的这个创作阶段也随之画上了句号。《回归村庄》这种以一个母题为主旨、繁衍开来的写作方式，有其长处，也有其局限。长处是便于集中思考，便于举一反三，而局限则在于难免向度单一、削足适履。不断更新自己，不断超越自己，正是佟石眼下所面临的课题。

夜枕诗书梦亦香

——唐继东散文集《翅膀的痕迹》序

说实话，阅读这样一部书稿之前，我不会抱有多高的奢望，不过是为了做完一件朋友托付的事情罢了。可读着读着，竟然还真是饶有兴致地读了进去。一种有别于职业作家的写作让我有了和生活真真切切重获相逢的机会；一种向善向美的朴朴实实的文字让我在对文学形式的偏重中有所反思；一颗丰富、健康而美丽的心灵让我为现代人较为普遍的麻木、病态和冷漠的情绪而惭愧。

唐继东这本散文集《翅膀的痕迹》，名字很有诗意。翅膀是为了飞翔而存在的，而人是没有生长翅膀的。飞翔的痕迹其实也是看不见的，可作者为什么偏要说它有痕迹呢？或许因为这翅膀、这痕迹就在飞翔者内心记忆之中吧。

基斯洛夫斯基说过，每一个人的生命都值得仔细审视，都有属于自己的秘密和梦想。唐继东在对自我生命的仔细审视中，非常耐人寻味的是，她把贫穷和苦难作为人生的底色，并作为展翅飞翔的出发点，甚至还把这种有些人会回避的原初，当作人生旅途中汲取补给的停靠站。这对于一个在世俗社会里早已摆脱了生存的困扰，而成为出有车、食有鱼阶层的人来说，尤其显得难能可贵。唐继东的童年生活虽不免显得单调、寂寞，但在她的记忆中是非常温馨而美好的。那片家里的小菜园，简直就是一个聚宝盆。“妈妈会像魔法师一样，变出许多好吃的东西来，紫的茄子、红的辣椒、绿的黄瓜……而我童年时的最爱，就是做完功课的间歇时间，爬过矮矮的窗台，到菜园里去摘刚刚长成的黄瓜。新鲜的黄瓜，戴着黄色的皇冠，满身都是细细的刺。在夏日里，把新摘的黄瓜洗干净了，在冰冷的井水里泡一会儿，吃的时候，那种清新和凉爽，从舌尖到咽喉，再一直沁到心里去。”那个叫作“关通”的小村子，坐落在松花江畔。而那流淌不息的松花江水里,还隐藏着大自然更慷慨的馈赠。小时候的她，常常和家人去捕鱼捉虾，最有趣的要数摸蛤蜊了。“如果忽然感到松软的沙石江底有圆圆的、硬硬的东西，拿出来看时，大抵就是一个蛤蜊了。”“也有感觉错的时候，某个人忽然叫到‘停’，喜笑颜开地举起水下的宝贝，定睛看时，却原来是个圆圆的、扁扁的江石。”连东北乡村最不起眼的一铺土炕，都会成为她的童年乐园。“清晨醒来，兄弟几个就在那一铺土炕上，穿着小背心裤头，嬉戏打闹，互相扭住胳膊，揪住大腿，翻来滚去。”我们在作者的笔下看到可以构成对比的两种生活场景，一种是往昔的、乡土的、窘困的生活；另一种是当下的、都市的、优裕的生活。在这两种生活外在的转换之间有一条心灵的内部通道，始终被自信、自立、自爱、自省这样的意念牢牢地掌控着。而这种温不增华、寒不改叶，富贵不能淫、贫贱不能移的品质和力量在今天物欲横流的环境中是十分稀缺的。

很多年以前，作家余华在回答写作和故乡之间的联系的提问时就说：我只要写作，就是回家。可见故乡意识对于任何一个写作的人都是不可或缺的。《翅膀的痕迹》的作品中有许多是直接或间接书写故乡的，也有的时候这种对故乡的情怀又蕴藏在对家庭的、亲情的描述里。为了照顾好有病的父亲，她宁肯推迟自己的手术。读中师时，为了给读高中的哥哥送好吃的，不顾路远天黑。刚刚参加工作时，为了弟弟参军后的驻扎地点问题，风风火火地去向陌生人求情。与这些回忆性的叙事不同的是，在写到母女的情感时，作者是从现实的一幕母女一同过街的场景写起。这时已年老的母亲身体姿态更像一个孩子，而女儿是在牵着对城市的车水马龙恐惧的母亲的手。今日母女之间的亲昵关系，又等于是修复了当年严厉的母亲和自尊心极强的女儿之间的隔膜。还有的时候作者是在更大的空间里，透过南北方的对比来表达对故乡的挚爱。冷静思之，不排除作者的故乡意识中有某种强调的因素，但恰恰是这样的执拗，才有可能抵御住全球化、一体化浪潮对人的民族根系的侵蚀。

作者的文字中有不少处，都谈到安妮宝贝。在对安妮宝贝的喜欢中，渗透出的是自己的清醒。不是因为喜欢而陷入盲从和追随，而是更加坚持自己的方式和方向。《伊索寓言》中，有一则《北风和太阳》的故事，说的是北风和太阳争论谁的威力大。它们议定，谁能剥去行人的衣裳，就算谁胜利。北风开始猛烈地刮，行人把衣裳裹紧，北风就刮得更猛。后来，行人冷得厉害，又加上更多的衣裳。北风终于刮累了，就让位给太阳。太阳先温和地晒，行人脱掉了添加的衣裳；太阳越晒越猛，行人热得难受，就把衣裳脱光，跳到附近的河里洗澡去了。其实对于存在的困境、人生的悲凉、人性的负面这一切，作者并非缺少了解和体验，但她愿意传递给所有人的是阳光、快乐、喜悦和感恩。作者说："我的文字里没有也永不可能有颓废、流血、凄凉的一波三折的悲叹。"作者的内心蕴藏着一种无言的大爱，这从她和乡下来的做家务的小娟的相处中即可见一斑。小娟的婚姻不幸，始终构成她心底的牵挂，直到看见小娟已能够自己来面对时，才稍感释怀。更能体现她内心的悲悯情怀及对人的美好情愫珍视的是，连一个名字都记不起来的乡下女人，送给她的土里土气的蓝色碎花背心，她都作为象征物而一直珍藏着。

作为一个女性，她还有有别于男性的观察生活的视角。自然也就会有看到女友婉婉在晚会上的惊艳现身，而对"原本在办公环境被压抑的平板性格忽然间因由这个契机而绚烂了起来"惺惺相惜。也还会把一对可爱的泥塑摆放得妥帖与否和日常生活中的夫妻恩爱紧密联系起来。

作者的品格中还有一种值得称道的成分是，她的执着中是是非分明的。从小时候在育红班时的演出报幕，将"四个老汉颂育红班"说成了"上育红班"，然后，在知道说错了后一定要更正过来。直到后来参加工作之初，面对权势的压力而仍是不卑不亢，坚持说理。这些看似平凡的小事，事实上对于日益功利圆滑的人们来说，能做到的已是凤毛麟角了。

《翅膀的痕迹》中的篇章，可谓无一不是有感而发。这些作品也可以视为是带有一定自传色彩的心灵记录。作者由于是自为式的写作，自然也就不会受到文学界那些清规戒律的束缚，通篇看来几乎篇篇都是浑然天成，清水芙蓉，野趣横生。阅读这样的作品犹如走入了一片没有被污染、没有被破坏的草原湿地，里面有湖泊，有灌木丛；有鱼戏水，有鸟栖居，其景致是令人目不暇接的。从叙事伦理的角度讲，按刘小枫的分类它属于自由伦理的个体叙事。它所着重的是“个体生命的叹息或想象，是一个人活过的生命痕印或经历的人生变故”“自由伦理的叙事的教化是抱慰，是伸展个人的生命感觉”。

记得席勒在谈到人的主体性时说过，人受自然法则和社会法则的压迫，不是自由的主体，只有在审美的活动中才是。卢卡奇说得更明确，生活的全部内容只能在成为美学的时候才能不被扼杀。艺术代表着所有革命的终极目标：个体的自由和幸福。唐继东在题记中写道：岁月长空 / 匆匆掠过生命的羽翼 / 翩飞中有一个小小的奢望 / 用心灵的文字 / 记录下微渺的点滴 / 在茫茫天宇 / 留下一抹 / 翅膀的痕迹。这个题记所要表达的正是其创作的主要意义。

家乡的文友王德林

那是怎样的一座城市并没有多少人知晓，它处于长白山区和松辽大平原的过渡地带，确切地说是半山区加丘陵，城市的周围被一些不高不低的山峦环绕，城市的人群活动在一块方圆几十公里的盆地之中。站在东部的龙首山俯瞰，房屋和楼宇密密麻麻地堆积在一起，山脚下的一条河流蜿蜒流淌，水流一年比一年细，水的颜色一年比一年浑浊。穿过城区向北，人们会看到两个类似烟囱状的黑黢黢的怪物，那是发电厂的水塔。再向北就渐渐进入仿佛又是一座城市的矿区，这里的景观与一般的城区不同，井口、蚂蚁车、矸石山、煤堆以及简陋得不能再简陋的工棚，与那些轰鸣声很大的各种机器混杂在一起，构成一幅原始工业时代的图景。我上面所描述的城市就是我的家乡辽源，我的一位文友就生长在矿区和城区之间，他至今仍在这座城市中过着平静而激动的日子，他的名字叫王德林。

今天我甚至无法回忆最初是在什么时候什么场合下认识王德林的，这说明他不是一个喜欢张扬自己的人。他说话的节奏不快，说的内容也不多，对别人总是像没什么要求的样子。你面对他会感到自然和轻松。

王德林属于20世纪60年代以后出生的一代人，他的经历也颇多曲折，高考的不顺利，给他带来某种对欲望的克制力。他当过矿工，在黑暗中作业锻炼了他的摸索探求能力。他后来又当上了记者、编辑，与文字打交道，培养了他的细致和耐心。把小说写好是他一直孜孜以求的一个梦想。为了这个梦想，他投入了自己差不多全部的业余时间；为了这个梦想，他专门抽出一年多时间去参加省里的作家进修班学习；为了这个梦想，但凡有可能参与的各类文学活动他都一概不放过机会。在他的生命之中，文学是一种不可放弃的情结。

王德林知道从细微的地方开始，把小小说当作尝试写作的训练学校，他写下了百余篇短小的小说，有不少篇反复被转载、评价，他的语言和结构能力迅速提高。现实的艰辛、琐细、波澜、矛盾在他的小说中转化成具有喜剧色彩的展示。他的小说结构不拘一格，或从事件着手，或从人物着手，或从某种气氛着手，叙述中潜藏着一丝幽默，但又让你笑不出来。使用短句是他的一个习惯，似乎短句延伸的文字空间更大，那短句后面的句号不是收束性的效果，而是像水中的涟漪不断一环一环地扩张，对凡人小事的深入观察，形成了他捕捉艺术感觉的常用视角，人生不是轰轰烈烈，注定便是平平淡淡，而更多的人是用平平淡淡来书写人生的。朴实的描摹赋予他的小说聊天的特色，这一脉是承继《聊斋志异》而来。

对文学的迷恋，带给人许多愉快和享受，也需要人牺牲不少世俗性的乐趣，坐在桌前爬格子，目光中已不再存放窗外的流云和灯火。况且文学的成功是无止境的，文学史上的一代代大师既是丰碑又是高墙，丰碑可供后人敬仰和追随。高墙又使人畏惧和退缩。当代的大家虽然有时与我们“同台演出”，但那一招一式，一举手一投足，都让我辈绞尽脑汁，费九牛二虎之力也无法模拟。正是因为如此，又有多少人视文学为可远不可近的异物，同样投入精力，做其他事情结果具有可以预料性，而搞文学永远是未知数。创作的残酷弥散在神秘的虚幻过程之中，想象导引着对文字有非同一般组合能力的人们不断地跨过一道道阻隔身体的栅栏,进入没有边缘的迷宫。从终极意义上讲，一个文学大师、大家和一个一生痴迷于文学的普通人也没有什么可以对比的区别。

印刷术的发明把人类手写文字的千差万别统一成整齐的规范，面对报刊和书籍，作品在印刷后的文字中早已减除掉了人们对手写文字的注意力的分散和歪曲。谁也没有理由不对出版这种流布人间的传播方式加以看重。小说集《流年》的出版对于无以计数的已有小说集的人来说并不是什么大事，它就像任何城市中的一座产院每天都有不少的婴儿呱呱坠地一样，但对于精神生活还需要更多有价值的内容填充的芸芸众生来说，这个刚刚诞生的婴儿的啼哭也是一段亲切而动人的乐曲。

对这部小说集中的作品仔细品评的工作，我并没有能够完成，只能留待与这部小说集有缘分的朋友们去鉴赏吧。

1996 年 3 月 1 日于长春

洞听青春悲凉的叹声

——读《云朵飘飞昨日秋》

时下“80后作家”已成为媒体和市场出现频率颇高的一个炒作点，连刚刚揭晓的2004年中国十大文化人物评选中都有了他们一个合法席位，从吸引眼球的关注度衡量，这场由多重利益扭结而成的精神狂欢足以令一些人窃喜不已了。一旦某种现象进而染上事件的色彩，它的副产品或许就是人们的警觉、疑惑和反感。从这个角度考量，韩雨山这部新作《云朵飘飞昨日秋》的面世要承受的检验无形中被增添了不少不必要的因素，因为他也是“80后作家”。尽管“80后作家”不属于什么社团，也不是什么流派的称谓，它仅仅是作家年龄的划分而已，但有人习惯将个别和大堆混为一谈，你也只能是无可奈何。好在韩雨山的作品受人喜爱的指标早已是实实在在地体现在网上，他以“老韩头”为笔名所写的第一部长篇《长春垃圾》在天涯虚拟社区连载时，被网友追捧的人气很是说明问题。我看了不少帖子，无论是表达等待读下一节的焦急心情，还是让作品中人物的命运走向左右得寝食不安，无一不证明在这个“世外桃源”中，韩雨山的作品真的抓住了读者。还有一个佐证是口碑，在传播渠道充分高科技化的时代，口碑这种差点被大家遗忘的原始评价手段，可靠性几乎毋庸置疑。我最早听到关于韩雨山这个作者的议论就是述平、李卫几个长春的朋友在一起喝茶、聊天的时候，而且这之中没有一个与作者相熟，甚至连“老韩头”的名字叫啥都不知道。以这样一种方式被人发现、寻找，乃至产生后来的纸介的种种展示，若干年后，这也许会是一段文坛佳话。

按小说类型的划分，不排除有人会把《云朵飘飞昨日秋》当作“成长小说”阅读的可能，但若仔细斟酌总觉得如此框定似乎削足适履，更不用提什么“一千个观众就有一千个哈姆雷特”的老话了。从行文的笔调上搜寻,你或许又能联想到《在路上》《麦田守望者》，也许那玩世不恭的调侃还貌似亨利·米勒。可这都不重要,关键是作者勘探到的人生经验完全是自己的矿藏。当然，我这样说不意味着作者的生活阅历能够替代思想认知，我是要强调不管喧嚣骚动也好，世事如烟也好，作家绝不会在社会记录的层面上止步不前，他总是穿过层层屏障，找到那些内心的震颤和彷徨。

在《云朵飘飞昨日秋》于《作家》杂志2004年长篇冬季号上刊出时，我在杂志封面的介绍文字里写下了这两句话：“80年代出生的作家也可以饱经沧桑吗？他们的爱情故事也会让人体悟到悲凉和沉重吗？”的确这两方面都是韩雨山令我受到冲击的印象。如果说这部长篇中的主人公郑铭（铭子）在生意场上遭遇到的尔虞我诈、大起大落，给他带来的充其量是外表皮肤的划痕，那么他与米燕在爱情上的刻骨铭心、难解难分才是他内心深处无法排解的痛楚。其实有关爱情的最为基本的古老法则并不是可以轻易从现代社会中自动退出历史舞台的，虽然体现形式打上了许多当下的烙印，但内核里的成分几乎是恒定如初。反过来说，我们也可以将这种情形理解为是文化的遗传，仅仅凭借一些散乱的表象就惊呼一代人与另一代人之间有多么深的代沟，有多么严重的断裂，没准是掉进了思维的误区。这部小说的高潮部分就社会生活史而言正像一块搭建在历史与现实、传统与新派之间的跳板；就郑铭个人心灵史而言，此处便是他精神支撑面临的一次全面颠覆。从大学时代开始，郑铭对米燕的追求就无所不用其极。扯谎、吹牛、侃大山，凡是能博得米燕喜欢的招数全部使出，直到让生米煮成熟饭，这算所有爱情俗着的集大成会演。待两个人心里进行沟通和交流时，搬出来的不是雨果、海明威、萨特、波伏瓦，就是鲁迅、冰心这些人来唇枪舌剑。但真正打动米燕的是郑铭用心做的两件事：一是自己布置好的处处表达爱意的温馨小屋；二是为米燕准备的一场生日宴会。而米燕在郑铭遭遇车祸后所表现出来的一切也彰显出她外在美与内在美的一种统一。当这对有情人即将终成眷属的时候，米燕和丰子之间的暧昧关系暴露了，这让郑铭的完美爱情幻想化作了泡影，他内心的悲凉寒彻骨髓。作为“第三者”的丰子并不是偶然冒出来的，大学时代丰子就在同郑铭一样追求米燕，只不过是个爱情竞争的失败者罢了。可他埋藏在心底的对米燕的情感之火并未彻底熄灭，一遇到可能的时机它自会死灰复燃。郑铭、米燕、丰子三者的爱情冲突中纠缠着各种复杂矛盾，主要的是爱情的专一和友谊的纯洁都不容玷污，这在理论上讲是绝对正确的，可生活毕竟是生活，它根本就不会按照哪本教科书来循规蹈矩、不差毫厘。况且人本身就是一半是天使，一半是魔鬼，善恶美丑两种人性的自我斗争会伴随每个人的终生的。有趣的是，当你对他们三者间的龃龉追根溯源时，你会发现他们在情感的自私性方面态度竟是惊人的相像。郑铭自己可以寂寞时找别的女人，但不能接受米燕的出轨。米燕更为极端，事情被郑铭发现之后，当她与丰子一同来找郑铭认错的时候，一发现另一个女人陶丽在郑铭身边，米燕顿时火冒三丈，挥刀侍候。丰子与郑铭是情同手足的兄弟，可在对米燕的感情一关上怎么也过不来。假如说在郑铭与米燕分手的那一段出现的事情尚可原谅，那么在米燕和郑铭婚礼的序曲业已奏响的时候，为什么还藕断丝连呢？小说由此触摸到了在信仰、理性缺失的乾坤颠倒的时代里人还能否谨守底线这样一个不可回避的问题。正如刘小枫所说："恶是人生在世的基本问题。除非像道家、佛家那样让生命退出历史时间，生命不可能不沾恶。任何一种严肃的思想、一种真正的哲学，都不可能不认真对待恶。"（刘小枫《拯救与逍遥》，上海三联书店版，336 页）引申开来说，《云朵飘飞昨日秋》正是将题旨指向了人是否能够战胜自己身上的恶、是否可以从溃败的绝望中疗救好自己的伤这种生存与毁灭的终极性追问。这也许就暗合了略萨给文学的一个定位："凡是优秀文学都对我们生活的这个世界提出彻底的质问。"（《世界文学》2004 年第 2 期 252 页）

此外，在小说的非主线部分里，作者还塑造了陶丽这个温柔善良、为他人着想的放射出人性光辉的女性；也刻画出了成麻这类男性朋友如何珍视友情、勇于牺牲。好在作为一部小说的使命，在它能提供出“人的全部思想中使人的痛苦发生反响的信号”（加缪语）就足够了，它并不是要为精神痛苦指出一条出路。

这部小说中还涉及一个值得探讨的问题，就是地域性因素与超越地域性因素之间的关系该如何整合。作者并非有意完成某种技术层面的实验，可所有读着他这部作品的读者都会感觉到，在人物活动的情境中透露的东北特征。应该说《云朵飘飞昨日秋》是一部用东北话语写成的主流意识小说。这种状态的出现既是由于作者驾驭便利的自然选择，也非常吻合小说中几个主要人物的性格展现。我无从知道南方的读者读到个别的语句时会不会产生些许的障碍，不过依对强劲的东北文化的传播势头估计，这些陌生的东西可能更会让他们津津乐道。

总之，我相信《云朵飘飞昨日秋》能够赢得的读者面很宽，它不止能让年轻人喜欢，也会给不少人过中年的朋友带来审美的愉悦。

唤起星辰的清风，在我的血液中吹拂
——于国华诗集《想念麦子》序

在北方，每年经历了七个月的漫长冬天之后，才感受到春天迟疑的脚步。时而袭来的倒春寒，又令那些刚刚拱出芽苞的花花草草的探路者缩头缩脑。四季的转换无时不在提醒人生的有限，在这样的自然环境中对应出某种选择和忽略的禀赋，似乎很好理解。国华的诗集《想念麦子》开篇一首《北方的春天》，就是描摹一个北方诗人笔下的春天，地理特征的彰显并非刻意求取，而是诗人内心经验蓄积和酝酿过程的再现。“北方的春天还有多远 / 我在北方的居室 / 窥探玻璃以外的你 / 我的心情 / 滑落在零度以下”。对春天何时才会到来的焦虑，巧妙地以心情滑落的温度变化来表现，在不经意中完成了生活实景和诗意情境之间的过渡与交接。接下来继续铺展探究这未曾到来的春天时，诗人写到了南方水乡的少女和乌篷船，不过这只是北方春天的流连忘返。尽管这样的寓意有些“强词夺理”，但这也是诗人浓重的北方情结导致的变异和扭曲。经历了梦中的蝴蝶被折断翅膀，经历了水中的鱼儿三月里的相思，春天终于真的来了。于是，“牧羊女清脆的鞭声 / 醉了农田里耕耘的父亲”，荡秋千的小姐吸引了读书郎的目光，可这一切都是好景不长。一场冷雨过后，人们看见的是落红满地，听到的是幽怨琴声。春天的灵魂短暂地显现，又在不知不觉中悄悄溜走。这首诗后面的几节，按照季节的顺序，是在写着夏天和秋天，但沿着诗人的情绪线索寻查，不过是仍在写春的离去带来的种种失落和空虚。从对春来的企盼，写到春去的悲叹，诗人的情怀中物我相融，天人合一，繁华过后，更是平添了寂寞与空旷。波兰诗人希姆博尔斯卡说过：“我们既然得到了进入这个无限广阔的剧场的入场券，关于这个剧场我们就可以说点什么了，只可惜我们的入场券的有效期太短了，它只限定在两个决定性的日期内。关于这个世界我们还要说些什么呢？那就是它令人惊奇。”那么什么才称得上是令人惊奇呢？希姆博尔斯卡进一步解释说：“‘令人惊奇’这个定理隐藏着一个逻辑圈套，因为只有那些脱离了众所周知和普遍承认的规范的东西，那些不符合我们的习惯，因此也不是理所当然的东西才是令人惊奇的。这么说来，一个理所当然的世界根本就不存在，我们惊奇的是一个单独的存在，它并不是和什么比较而产生的。”诗人要完成的就是将日常生活转化为非同寻常，将普遍世界引入独特境界，让一般的事实获得哲学意义上的提升。我不是说国华的诗已达到了这种高度，但他对诗和世界的关系理解的方向是从自己出发的，这一点是再怎么肯定都不算过分的。在阅读国华抒写春天的诗作时，细心的读者会发现一个小小的秘密，那就是在貌似寻寻觅觅的婉约情境中，常常会出现一个古代书生的身影，而且在某个情绪转折处还埋伏着一位豪气干云的壮士。时空的转换，春光的短暂，美好情感的脆弱，名士的风度不再，英雄也只能是醉里挑灯看剑，透过这诸多若隐若现的蛛丝马迹，让人联想到诗人的内心世界是有一幅和现实世界相对照着的理想世界图景的，虽然它无法在生活中获得实现，但在虚幻的诗的世界中构筑一个乌有之乡总是了却了某种寄托，使郁积的情绪得到了一定的释放。起初，我也不太理解为什么诗人的作品中融入了那么多古典元素，甚至在《晨雨》等作品中，几乎完全就是运用词的写法了。后来终于明白这是诗人内心向后退的力量驱使，是自我感觉表达的极端强化,这也不宜于用什么写作的条条框框来束缚。里尔克说得好："艺术作品始终是所经历的某种危险的产物，是进行到底的，直至人不再可能继续下去之处的体验的产物。"

在阅读国华这本诗集时，还会令人印象深刻的是诗人的故乡意识。伴随着全球化浪潮的波涛汹涌，人们的故乡渐渐变得面目全非。去年，我曾到沈从文的故乡凤凰去过一趟，在拜谒先生的墓园，看到黄永玉题写的："一个士兵，要不战死沙场，便是回到故乡"的墓碑时，我就想其实今天的凤凰已不是沈从文记忆中的凤凰了。嘈杂鼎沸的市声，南腔北调的旅游团队，摩肩接踵的人群，充满垃圾的江水，丑陋的翻新仿古建筑，哪里还找得到一点纯朴与宁静。可是有什么办法呢，谁也抵御不了时代惯性的裹挟，随他去吧。如果说我们还能做点什么的话，恐怕也只能按照杰姆逊指出的方式，“讲述关于一个人和个人经验的故事时最终包括了对整个集体本身的经验的艰难叙述”。以这样的角度来看国华笔下的长白山天池、瀑布、美人松、大峡谷，那些堆积的情感就不再显得过分夸张，那诗句的磕磕绊绊也完全超越了语言的顺畅和唯美倾向。故乡在诗人的创作中，更多的时候是一个有效的载体。“松花江 我梦中的松花江/香格里拉窗外的/一条城市的围巾/温暖我远方游子的心/于是我流连你空蒙烟雨”。眼前这条从哈尔滨城中流过的松花江是发源自诗人故乡的长白山天池，一句“我梦中的松花江”，就迅速接通了由近及远的地理血脉。于是，那围巾的温暖，那烟雨的流连，都和故乡有着千丝万缕的联系。在诗人触摸故乡的一草一木时，个人记忆的碎片就如同一颗颗珍珠妥妥帖帖地串联到一起，闪烁着细微而熟悉的光芒。在风吹草低见牛羊的科尔沁草原，诗人“记忆的白蚁/不分昼夜地倾巢出动”。在一望无际的大连湾，“我用二十载的青春年华/记忆你一片波澜壮阔的海湾/至今/仍然潮湿我心”。在把酒问青天的夜里，“记忆的和没记忆的/都在第二天酒醒时分/被我重新想象”。连看到秋天树上的一片红叶，也宁愿把它追溯成“是去年的约定”，才在大山怀抱，茫茫深处，又悄悄红透。更令人忍俊不禁的是，在写到早春的梅花时，诗人居然会听得到“前朝读书人/咏梅三两声”。面对诗人这样的姿态，或许会感到他是在通过诗的方式筛选和编织着记忆，也是在对应现实缺憾的地方确立一种精神支撑。

柏拉图认为，如果批评家不是一开始就被灵感的磁环所吸引，被诗人心中同样的疯狂所侵扰，那么任何理性的批评都是无效的、空虚的。批评家必须比普通读者更纯洁、更深沉地领悟到诗中所传达的一切，同诗人的创造性直觉相交流。事实上，今天的诗的读者，大多都具有批评家的素质，我相信在阅读国华这本诗集时，达到这样的交流沟通程度不会有任何问题。

2010 年 5 月 17 日

即便那倦游的河流，也要费尽周折向大海回归

孙业文先生给他的新诗集取了一个旧诗集式的书名《蒹葭集》，甚至包括各个部分的篇目，都来自《诗经》，这颇耐人寻味，从诗集后记中或许可以找到他对诗歌创作思考的一些线索。在新诗与旧诗一直处在断裂和分化的状态中，孙业文试图确认从诗三百中的《蒹葭》到朦胧诗之间的某种联系，当然，他的确认不是从诗歌理论研究出发，而是基于对自身所携带的文化基因的分析和解读。他清楚地意识到汉语诗歌古典传统并不会因新诗的诞生而埋进坟墓，作为重要的参照，它始终是在伴随着新诗一路走来。不过在很长一段时间里，新诗总是强调对旧诗束缚的摆脱，总要在白话和口语中实现更多的自由。这给旧诗与新诗之间血脉相连造成了遮蔽，使人觉得仿佛新诗只是欧化的产物。在新诗百年的关口上，人们慢慢开始重新审视新诗与旧诗的关系，努力寻求更为内在的融合，跳出了要么背叛、要么复古二元对立简单化的窠臼。早在 1977 年，美国诗人协会曾在纽约举办了一场以“中国诗歌和美国想象”为题的重要聚会，

参加者为诗人、学者和翻译家。他们在研讨中认为是古典汉语诗歌的注重想象、追求简洁、克制陈述、亲近自然等特征帮助美国诗坛抵抗了浮华做作的维多利亚诗风，并使美国诗歌能够独立于英国诗歌，成为一种崭新的国别文学。这个史料的发掘，恰好可作为古典汉语诗歌仍在滋养着当今文学的有力佐证。

就是在这个“中国诗歌和美国想象”的研讨会上，美国诗人詹姆斯·怀特发言时说：“中国诗人的引人入胜的深度魅力其实靠的是一种更普遍却也更特别的东西。我把它叫作‘感受的能力’：去感受人类的情感，不论这种情感是公共事件，灾难，还是最亲密的隐私事件或者场景。在我们生活的时代想象正受到麻木的威胁，公共事件还有个人腐败所造成的道德沦丧，差不多将人们的德行打个粉碎，于是我们自然地——我认为也是必然地转向诸如汉诗这样的诗歌传统。无论彼此间在时空上距离有多么遥远，汉诗整体闪耀着一种恒久的光辉，温柔地对处所、对人、对众生。他们的灵魂似乎历经劫波而不坏。”他还说：“无论时局多么艰难，人生如何苦难，他们似乎总能保有人类的情感，并借助想象将情感的触角伸向别处。长此以往，这些诗人面对最为普通的情景和场合时也能有所触动，笔下尽是清晰分明的情感和光芒四射的想象。”詹姆斯·怀特通过翻译成英文的中国古典诗歌所总结出他要学习借鉴的东西，也可以说是今天中国诗歌中自然存在的特征。以这样的视角，我们来看看孙业文先生《蒹葭集》中的第一首诗《感觉》：

坐在，密闭的书房里，
脸上，却有屋外来风的感觉。
这种感觉，
有时不请自来。
也许，
是一种错觉。
或者，
只是源于，
坐姿的一种状态。
从风到感觉，
又从感觉到风。
往返于，
时间与空间。
甚或于，
脸与书本之间。
偶尔，
还化作一段文字，
飘落下来。
文字与感觉，
以不同的形式在飞。
感觉，
变得越来越空越来越大。
以至于，
令我难以把握。

感觉，
是一种虚无，
又不是虚无。
是心理效应，
又不全是。
是条件形成的反射，
又不像是条件反射。
似乎脱离实际，
而又不完全脱离实际。
有时，
感觉又成为我自己。
宛若在梦中，
感觉如果受伤，
眼里就会噙有泪水。
感觉如果孤独，
心里就会忧郁。
有时，
感觉到的，
是一丝温暖。
肌肤，
就似乎接触到了热量。
而虚无，
是接触不到的。
假如，

虚无和感觉混在一起。
风把虚无吹走，
而感觉，
还在。

这是孙业文先生写得妙趣横生的一首诗，也是值得反复咀嚼的一首诗。诗人先是简单平常地交代：一个人坐在自己的书房里，而书房是个与外界隔绝独立的所在。可是脸上却感到有风吹来。显然这风并不是从外面吹进来的，而且从它“有时不请自来”看，这情形还不止一次发生过，也就是说，它并不是某种偶然。那这风到底是从何而来呢？接下来诗人的“打岔”从容不迫，不是有成竹在胸的话，是不敢在这么关键的地方故意宕开的。诗人貌似小心翼翼地东拉西扯：是来自错觉？是源于自己坐的姿态？显然不能加以肯定，其实它到底来自于哪儿也许并不重要，或许就是空穴来风呢。也就是说，诗人就是在诱惑你进入亦真亦幻的状态里。然后才进一步让风和感觉、时间和空间、鲜活的脸庞和静止的书本之间顷刻间在无形传递、你来我往，形成令人惊异的动感，直到化作一段文字，飘落下来，把前面那些虚幻所孕育的一切，以一种具象呈现出来。这样的转换大胆、冒险，但诗人不动声色、化险为夷，像一个高超的魔术师一样，越过你的视线，越过明晃晃的种种障碍，把“无”变成了“有”。到此算是第一乐章快要收束了。然而，在上下两个乐章的过渡和衔接之处，作者仍是收放自如，竟是把前面的风、感觉乃至文字不同的几种形式共同送入相同的飞翔境界之中，这也使诗意赢得了上升。正如刘勰所描述的："故寂然凝虑，思接千载，悄焉动容，视通万里；吟咏之间，吐纳珠玉之声，眉睫之前，卷舒风云之色：其思理之致乎？"诗人一边把情境实实在在地推向高峰，一边又把情境不知不觉地带进了空谷。接下来的诗行几乎都交给了语言的悖论来主宰："感觉 / 是一种虚无 / 又不是虚无"，"是条件形成的反射 / 又不像是条件反射 / 似乎脱离实际 / 而又不完全脱离实际"。克林斯·布鲁克斯在《悖论语言》一文里对诗歌中悖论语言的使用，予以了特别的阐释。他认为："悖论正合诗歌的用途，并且是诗歌不可避免的语言。科学家的真理要求其语言清除悖论的一切痕迹；很明显，诗人要表达的真理只能用悖论语言。"那么诗人为什么偏爱这种悖论语言呢？其原因是这种处理方式是使普通事物，以其非寻常状态呈现于头脑中。其方法是把我们思想的注意力从习惯的嗜眠症中唤醒，表明平常之物实际上不平常。《感觉》这一段落一番对感觉的悖论推演，足以刺激起读者对这样平常、普通的感觉的关注和好奇，之后诗人又把感觉交还给内心的波澜起伏，让它受伤，让它孤独，让它温暖，直到最后"偷梁换柱""釜底抽薪"，借那股把感觉送来的神秘之风把虚无吹走，剩下的则是了了分明，如如不动。诗人在如此艰难的语言攀缘中，营造出有效的诗意，这样写诗，对写作者和阅读者无疑都意味着一种巨大的挑战。实事求是地说这一套高难度动作，作者完成得十分漂亮，读者读来也是会相当惊叹。

《蒹葭集》中像《感觉》这样具有完整现代意识的诗篇所占比重并不大，其中大多篇什还是以自己的人生经历和生命体验为载体，赋予那些苦涩、压抑、晦暗的生活以一抹并不耀眼的色彩。即便诗人本意是在原原本本地摹写一段往事或一些零碎的记忆，但由于现实自身所潜在的荒诞性仍会构成诗人对存在的某种质疑。比如《老家》开始是在写老家的往昔，老家的变化，可写着写着，就转向了对一个叫孙中煜的人名字的困惑。这个植根在自己记忆中的名字，在时代的演进中已被篡改，已让人无法接受这种扭曲和戏谑，造成了命名的失语状态，直到今天才能把这个名字和它的所指重新再现。我猜测作者诗中的情境完全是写实的，但正是如此地从写实出发，抵达的目标却已跳出写实之外。也正因为有了对现实这种不经意的超越，才自然诞生出真正的诗意。而另外一些同类的作品往往只是拘泥于写实，就显得平常、一般，乏善可陈。

诗集《蒹葭集》各个部分的取材十分广泛，有作者熟悉的林区题材，有不能忘怀的故乡山川景致，有童年天真无邪的回溯，有家族亲情的真挚咏叹，也有对社会事件的愤懑不平，可以说是不拘一格，色彩缤纷。有的诗清新俊逸，有的诗沉稳老成，也有的参差不齐。尤其是涉及国际政治内容的作品，过于概念化，止步于艺术的门槛之外，这是我感到有缺憾的一类。

总体看来，《蒹葭集》给人带来的惊喜很多，包括在阅读时一会儿就跳出一篇让人眼前一亮的作品，也许有的作品你不一定通篇都喜欢，但在阅读时偶尔冒出一两个令人惊奇的不同凡俗的句子，也会使人会心一笑。可以说，一种对诗歌纯粹境界的追求体现在《蒹葭集》的整体创作之中。最为关键的是，孙业文先生的诗歌创作，触及了当下中国诗歌的一些重要敏感问题，那就是如何在新诗中把古典汉语诗歌的传统与西方诗歌的借鉴合二为一，融会贯通，如何把个人感受、经验与社会、时代的元素交相呼应，如何在干净的语言中呈现丰富的诗性，等等。这些问题，在他的诗歌作品中都进行了有益的探索，留下了值得琢磨的一些个案。这既是多年来孙业文先生孜孜努力的收获，也是关注当下汉语诗歌发展的人们所见证的一种奇迹。

（本文系为孙业文诗集《蒹葭集》所写的序言）

2014 年 8 月 5 日 星期二

《喜连成》——我省长篇小说创作的重要收获

吉林市历来是我省文学创作的重镇，白山松水滋养的一代又一代作家不时会拿出令人刮目相看的作品，使略显沉寂的吉林文坛泛起阵阵涟漪。远的不说，仅在去年，在短篇小说领域，吉林市的龚冰的《致命伤》和江北的《狗肉老徐》两篇作品，一面世就引起了国内文坛的关注，《小说月报》《小说选刊》都予以转载，著名评论家胡平称赞江北的《狗肉老徐》是再也写不出第二篇的绝佳之作。今天我们所研讨的邱苏滨的《喜连成》，则是吉林市的作家在长篇小说领域里的一个重大的突破，也预示着我省长篇小说创作又有了新的货真价实的收获。

一、《喜连成》大气磅礴

长篇小说的主题问题在评价长篇小说时是不容回避的，甚至可以说是关乎作品成败的致命元素。主题不是抽离作品之外的存在，而是与作品的肌理交织在一起的。《喜连成》这部作品的宏大主题即是完全透过艺术展现而使读者感受到的。作品纵横捭阖，将晚清到民初直至“九一八”事变六十年的社会动荡变化从容展现。作品所涉及的主人公牛子厚，既是北方富可敌国、举足轻重的人物，又是京戏史上做出不可磨灭的贡献的功勋卓著的喜连成科班的创办者。作品正是抓住其家族史和科班史这两条主线，来重构这一时期的社会生活史，进而捕捉人物内心世界在时代重压下的困惑与扭曲。小说的冲突既有中华民族与列强侵略者的斗争，也有人性善与恶之间的碰撞。既有朝野的勾连与对峙，也有错综复杂的爱恨情仇相纠结。用鲁迅先生评价萧红《生死场》的话说是：北方人民的对于生的坚强，对于死的挣扎，却往往已经力透纸背。

二、《喜连成》人物形象丰满

这部小说人物众多，上至太后慈禧、军政要员，中到商贾纨绔、皇亲国戚，下到乞丐、土匪，丫环和看门人，每个人物都给人留下深刻的印象。其中最为重要的人物当然是主人公牛子厚了。这个人物的乐善好施、刚直不阿且不必多说，最难把握的是他为什么会对京戏情有独钟，为什么会倾尽全力百折不挠地来办喜连成科班？戴维·洛奇说过：“小说家能找到一条深入人物内心隐曲之处的秘密通道，这是历史学家、传记作家、甚至心理分析家都无法找到的。因此，一部小说或多或少都能为我们提供一些令人信服的范例，以说明人们何以会像他们那样行动。”作者在挖掘牛子厚的心灵奥秘时，可以说达到了这样一种境界。牛子厚是把京戏当作他的终极性的人生寄托，当作是他心灵的宗教式的慰藉。

另一个光彩照人的人物是李婉儿。她心地纯洁、知恩图报、敢爱敢恨、深明大义、足智多谋。每到关键时刻，几乎都是李婉儿在运筹帷幄或赴汤蹈火来化解一个又一个危机。当牛子厚因通匪济匪的罪名被官府打进大狱时，是李婉儿挺身而出，与吉林将军希元一家巧妙周旋，终将牛子厚救出。当牛家的年轻掌门人牛翰章暗倒银票、眼看要给牛家带来重大经济损失时，是李婉儿在身怀六甲的状态下挽狂澜于既倒。在牛家私动了官府的税银被揪住之时，是李婉儿主动担当罪名，入狱服刑。在牛家的公子牛锦章遭人暗算被土匪绑票后，又是李婉儿深入山寨，找到小傻子予以搭救。当破落到牛家大院眼看不保时，还是李婉儿审时度势将女儿许配给熙恰的公子，化解了牛家大院和女儿婚姻面临的双重困境。直到最后为了打赢保住戏班归属的官司，惨遭毒打致死。真可谓是为了牛子厚做到了鞠躬尽瘁。

小说中还有像裴金凤、裴二奶、金玉珊、谭鑫培、七姑娘、陈昌泰、董兆山等个性鲜明，栩栩如生的人物。

三、《喜连成》故事好看

故事安排的好坏是考验作家才气和水平的重要环节，也是长篇小说具不具备吸引力和可读性的试金石。也许正因为如此，毛姆告诫我们：故事其实是小说家为拉住读者而扔出的一根性命攸关的救生绳索。听故事的欲望在人类身上就像对财富的欲望一样根深蒂固。假如山鲁佐德只知道刻画人物性格而不讲那些奇妙的故事的话，她的脑袋早就被砍掉了。看了《喜连成》的读者都知道，这部作品在人们阅读兴趣低下的今天，之所以使人读起来津津有味，就是故事的魅力所致。小说四十二章一百七十九节，几乎节节都有一个故事发生，大故事套着小故事，新故事中藏着旧故事。这些密集的故事都合情合理，引人入胜。其实长篇小说的文学性是依赖故事性来完成的。《白鹿原》的成功也是离不开其丰盈的故事性的。

四、《喜连成》真实和虚构处理得当

凡是以历史人物和事件为原型的小说，都面临着如何处理真实和虚构的关系的问题。小说家必须下功夫熟悉史料，但又不能被史实拘囿。托尔斯泰在创作《哈吉·穆拉特》的过程中，仅为了小说中的一个并不重要的细节，就多次向参加过高加索战役的军官写信咨询。我们在阅读《喜连成》这部作品时都会感觉到作者在史料的准备上是十分充分的，像慈禧太后对京戏的痴迷这方面，在德龄的《御香缥缈录》中曾提到，老佛爷竟在宫中养着十二个专门设计戏装的高级裁缝，颐和园的戏台她居然亲自设计成三层可升降的非常现代的架构。就《喜连成》而言，我相信作者不光是对牛子厚家族的历史了如指掌，就是关于京戏的、宫廷的许多史实作者也是掌握了充分的资料的。而纯虚构的部分也是离不开真实的支撑的。

五、《喜连成》又一次证明写实是一种并不会过时的风格

如果说早在 1987 年邱苏滨的小说《地下河》中，我们看到了她试图将先锋与写实揉为一体的努力，那么今天在《喜连成》中作者已完全沉浸在写实的快乐之中了。不管小说的形式探索走出多远，其写实的根本永远不会动摇。美国的学者彼得·盖伊在《历史学家的三堂小说课》中说："所谓'写实主义'，不管作家、批评家或读者如何定义，他们都会一致同意，一个严肃的小说家必须把自己严格限制在仅描写有可信度的人物生活在有可信度的环境之中，然后参与有可信度（最好也要有趣）的事件之发生。"美国笔会、福克纳小说奖评审团在给哈金的授奖词中称他为"在疏离的后现代时期仍坚持写实派路线的伟大作家之一"。中国当代文学自新世纪以来，重要的作家差不多都回归到写实主义的路线上来了，即便不是纯粹的写实主义，至少也不再狂妄地轻视写实能力了。

讲故事的人、教育家和魔法师

——序赵欣的《丈夫的诺言》

赵欣是个有优秀小说家潜质的作者，我的判断来源于这么几方面：一则他写小说有瘾，说得文气点叫热爱。热爱是最好的老师。那就说明他已经拥有了一个最好的老师。为啥说他有瘾呢？因为他写小说没有文学以外的功利目的，就是觉得写着好玩，不写难受，他自己把这个叫作文学情结。二则是他的小说写得挥洒自如，有如神助。我感觉他写小说特别痛快，也十分流畅。这说明他有这方面的天赋和才气，这个东西不是靠后天练习能获得的。三则是他会讲故事，这得益于平日里他会留意哪里有故事，不完全依赖个人经历，而再丰富的个人经历也是有限的。这样才能保证写小说的人手上常有积累可用。有了这些基础，我相信他很快就会写出来的。这本《丈夫的诺言》是他的第一本小说集，里面所收的作品都是他近几年发表在刊物上的中短篇小说。粗略看来，这些小说关注的无外乎亲情、友情和爱情。这样三类情感一从生活中抽象出来，就显得有些干巴巴的，赵欣的小说执着地把它们还原回生活之中，让这些情感在生活中涌动、期盼、兴奋、纠结、平复——跌宕起伏、一波三折，在不知不觉中读者就会随着人物的欢喜而欢喜、悲伤而悲伤。

《丈夫的诺言》是一篇很有意思的小说，“我”亲眼所目睹的一对老夫妻，在一家餐馆里用一个个细节践行着五十年前许下的诺言，小说写到这种地步，好像已没法再接续下去了，可就这样戛然而止也太不像小说了，看到这里我感到作者写这篇小说是在冒险。就在阅读者以为作者山穷水尽的时候，故事却另辟蹊径，有了柳暗花明。当“我”带着渴望见到这对老人家的妻子来到这家餐馆时，意外的是没有人证实有这样两个老人。连曾历历在目的“我”也开始怀疑自己亦真亦幻时，令人惊奇的事情发生了，“我”在自己妻子的脸上居然看到了那个老人的面貌。故事由实到虚，又由虚到实，经过一个循环，折腾一遍，就把一种非同一般的亲情的味道酿造出来了。

《教堂外的女孩》讲述的是主人公“我”在一座教堂里，与一个情感遇到挫折的女孩雪儿相遇，两人之间建立了友情，“我”成为雪儿的情感倾诉对象。可是雪儿的心情还是没有平静下来，直到采取了过激一点的报复男友的行动，似乎才算找到一个释放的出口。也正是在这样一个雨夜里，他们两个人约定见面，并同处一个房间里，但最后并没有发生欲望的故事。小说中的“我”是有爱美之心的男人，这从“我”在教堂外看到雪儿被吸引住就可表明。而且“我”也是和妻子吵了架，情感正处在波动状态，甚至“我”面对雪儿性感的肉体时也有些难以把持，最终作者没有让故事走向肉体，而是走向了精神。尽管多少处理得有些生硬，但作者对感情的理解还是颇为引人思考的。人生中完满的爱情是不大可能存在的，每个人在爱情方面差不多都必须面对理想和现实间的某种反差。能支撑人解决这种困扰的力量往往来源于宽容理解的信念，雪儿从困境中抽身而返就是因为重新获得了这样的力量。“我”战胜身体中的魔鬼是内心中有一种对人的尊严的敬畏。既然在醉态中的雪儿下意识喊出的男人还是自己的男友，那就等于是雪儿还在爱着这个人，“我”就一定要尊重雪儿的内心要求，克制自己的欲望。正是由于雪儿返回男友身边提醒了“我”也要去接回和自己赌气的妻子，使生活恢复正常的轨道。

《朋友的漂亮妻子》《红叶，你飘落何处》这两篇小说都和作者的职业生活有些联系。透过较为曲折的人生故事、法制故事，让善良、正直、真诚这些宝贵的品质从困境中显现出来。多少有些令人不能满意的是，这两个故事的情节设置过于随意，作者的主观意图痕迹有点太重了。

比较而言，我觉得《歌厅里的小荷》那个单纯的女孩小荷的形象更为可爱，尽管是在一个暧昧污浊的环境中找生计，小荷虽不谙世事，却天然有一种出淤泥而不染的品格。她在为生存而打拼的同时，也在寻找着真挚的情感，渴望着美好爱情的降临。与之成为对照的男人们组成的世界，却除了寻欢作乐，就是小人之心，而混迹其中的“我”内心中没有泯灭的良知，还是感觉到了小荷身上的那种稀缺的纯粹。

纳博科夫在《文学讲稿》中说：“我们可以从三个方面来看待一个作家，他是讲故事的人、教育家和魔法师。一个大作家集三者于一身，但魔法师是其中最重要的因素，他之所以是大作家，得力于此。”纳博科夫接下来进一步阐释说：“艺术的魅力可以存在于故事的骨骼里，思想的骨髓里。因为一个大作家的三相——魔法、故事、教育意义往往会合而为一而大放异彩。”在读赵欣的小说时，我就想起了这段话，其实，一个小说家这三者做到哪一条都不容易。讲故事是小说的基础，离开故事小说就不成其为小说。毛姆说人们听故事的欲望就如同对财富的欲望一样根深蒂固。毛姆还认为故事是作家扔出去拉住读者的一条性命攸关的救生绳索。那么说到教育家，不过是说小说家的小说是有寓意的，是要诲人不倦的。而怎么能把故事和教育的意义结合起来呢?这就要检验魔法师的功夫如何了。换句话说，如何把这三者的关系处理好，也许正是在创作上升期的赵欣必须面临的挑战，愿看到作者在今后的作品中进入一个新的境界。

2013 年 8 月 28 日

小说家的事业

在中国文学中，小说一词从出现开始，就锁定了这两个字的基本内涵。庄子认为小说于“大达”远之又远，班固在《汉书·艺文志》中给小说下的定义是:“小说者,街谈巷语之说也。”由此，小说便沿着鲁迅在《中国小说史略》中总结的“似子而浅薄”,“近史而悠缪”的路数走向了“志怪”和“志人”,走向了“传奇”和“白话”。而“经国之大业”“文以载道”等文学的主要功能概属小说以外的诗歌和散文来承担的。叔本华也认为，小说家的事业不是述说重大事实，而是使小事有趣。当然，小说发展到如今，呈现的面貌是多样的，读赵欣的小说时让我忍不住往回看了看小说的来路。

赵欣的小说写得好像不怎么费力气，潇洒自如，笔走龙蛇，颇让一些写得吃力的作者羡慕。我有时还含蓄地和他说，写得不妨慢一些，多想想，多赋予小说一些内涵。他似乎并没有听得进去。我理解每个写小说的人都有自己的某种习惯，而这种习惯一旦形成是禀性难移的。其实这里未必有对与错、好与坏之分，条条大路通罗马。仔细想来，赵欣小说的要义是牢牢抓住了小说的那个“小”字：小人物、小故事、小情趣、小细节、小主题等等，这样就会使他的小说能够拥抱一个无比宽广的现实世界，他的题材无所不在，取之不尽，用之不竭。甚至会总感觉小说在撵着自己快跑似的。

小说集中的第一篇《回家》，乍一读来，不免有点怀疑，这么小的事不够写成一个短篇吧。主人公讨厌猫，原来家里养过一只猫，让主人公烦得不得了，好在后来这只猫自己失踪了。可是自己的宝贝女儿喜欢猫，那只猫没了却又弄来一只加菲猫。围绕这只新进家门的宠物，发生了无尽无休的小风波，家中几乎天天不得安宁。最后主人公还是下定了决心，不顾女儿的态度，开车把这只讨厌的猫送进了一家宠物店。可小说的结尾却出人意料，夜里，在主人公难得的香甜睡梦中，那只猫自己又跑回来在房门外号叫着。看着猫的两只绿灯泡似的眼睛，主人公的精神差不多就要崩溃了。巧合的是，这期间主人公的生意上也遇到了一些麻烦，即便是正在他把猫送走的途中，听到了官司峰回路转的消息，也并没能完全扭转他的糟糕心情。这样一篇平白的小说，从表面上真是很难让人读得解渴，总觉得它写得太小了，没什么东西吧。但沉淀下来再想想，又会觉得并非那么简单。小说题目为《回家》，人公所回之家，乃生活栖息之所，同时也是精神最可能放松的地方。恰恰是这样的所在带给他的正相反，全都是说不清楚的烦恼。理解到这里，这篇小说在浅白的外表下隐藏着的人生哲学也就看见了一些端倪。

《忠诚》这样的小说题目，有些憨，有些实，不像是个好的小说题目。小说的故事无非是在讲一个有妇之夫，家庭生活有些疲惫，在外面找了个小妹妹，作为感情寄托。一来二去还真走了心，当得知自己的一个熟人也和这个小妹妹有这一层关系，且是为了金钱，心中颇不是滋味。小说中的“我”甚为可怜，苦心经营，认真投入获得的这么一点情感慰藉，到头来却是自欺欺人。小妹妹为的不过是利益交换,和他并没有真情实感。“我”的内心在这种打击下，又是几近崩溃。连这样的一小块情感空间都无从建立，那么谁还敢奢谈爱情呢。爱情在这个世界里是交给了神话掌管了。

如果说《忠诚》写的是一丝真挚情感的失落带来的沮丧，那么《你就是我爸爸》，则写的是发乎于情，止乎于礼的克制。或许在赵欣看来，一种美好的情感拥有远胜于肉体欲望的交易。当然，小说不是在干干巴巴地讲述某种道理，小说是在讲述一个有趣的故事。独居外地、寂寞难耐的“他”，通过网聊结识了一个女孩袁鹤，“他”每当袁鹤需要帮助时都慷慨出手，后来，当袁鹤愿以身体回报之时，“他”却委婉谢绝了。小说中主人公的内心世界始终是矛盾的、纠结的，一方面他渴望祛除孤寂，另一方面他又不愿让袁鹤把他的帮助仅仅理解为是为了得到她的身体。小说真实地贴着人物的心理，不粉饰，不拔高，也就自然而然地完成了一种艰难的叙述。劳伦斯在谈到《小说与情感》问题时曾告诫我们说：“不要听作者高调的说教，小说中的人物在他们命运的阴暗树林徘徊，我们要倾听的就是他们发出的低沉的却又是发自内心的召唤。”《你就是我爸爸》中的这个男人正是在命运的阴暗树林徘徊时，听从了发自内心的召唤，尽管他过后还有点后悔自己的这种听从，总之他还是听从了。

中篇小说《鬼城》显然讲的是一个与鬼有关的故事。“我”大学毕业找不到工作，寄人篱下，迫不得已，只好到一个住宅小区当保安。这期间遇到了小区中唯一的居住者晓雯一家，并与垙雯建立了割舍不断的情感。可事实告诉“我”，小区中并没有这一家人存在，他们的房子是无人居住的库房。因此，“我”被送进精神病院治疗，当我出院后再回到住宅小区时，“我”又见到了晓雯。这篇小说涉及了眼下房地产开发中出现的“鬼城”现象，涉及大学生毕业后就业难的社会问题，还涉及吸毒乃至犯罪。就是在这种种怪诞、困扰和人性弱点无以抗拒的现实裹挟中，一个幻想的真情故事却顽强地显现着，它完全不顾事实的一再证明，就是进了精神病院也痴心不改，这是一个生长在“我”的内心世界里的存在，再强大的现实也不能剥夺这种“美好”的存在。小说越过会被质疑真实性的障碍时，采取的是十分简单、十分直接的方法，那就是不管不顾。就像是余华谈到《一千零一夜》第三百五十一夜那个破产的巴格达人一梦醒来恢复财富的故事时所说的那样：“山鲁佐德让梦中见闻与现实境遇既分又合，也就是说当故事的叙述必须穿越两者相连的边境时，山鲁佐德的故事就会无视边境的存在，仿佛行走在同样的国土上，而当故事离开边境之后，现实的国度和神秘的国度又会立刻以各自独立的方式呈现出来。这几乎是《一千零一夜》中所有故事叙述的准则，它们的高超技巧其实来自于一个简单的行为：当障碍在叙述中出现时，解决它们的最好方式就是对它们视而不见。”赵欣的《鬼城》正是暗合了《一千零一夜》的这个诀窍。

讨论赵欣的小说，我觉得应该看到他作为一个优秀小说家的潜质，应该看到几年来他的飞跃式的进步，应该看到他已经取得的显而易见的成绩，同时也应该看到他的小说还是有些参差不齐，有的想法完成得不错，有的则完成得有些勉强。对小说题材的选择和处理有时过于随意，使人阅读时容易产生一种漂浮感。毛姆在《什么是好小说》一文中认为，好小说的主题应该能引起广泛的兴趣，即不仅能使一群人——不管是批评家、教授、有高度文化修养的人，还是公共汽车售票员或者酒吧侍者——感兴趣，而且具有较普遍的人性，对普通男女都有感染力。主题还应该能引起持久的兴趣。现在看来关于小说主题引起广泛兴趣这一方面，赵欣解决得很好，他的小说有趣、好读。而需要进一步解决的是主题如何引起持久的兴趣，我是满怀信心地期待着他在这方面的新突破早日到来。

2015 年 6 月 13 日

“风物”的价值与意义

李景刚先生的《关东风物祭》是继他的《关东类物祭》之后写作出版的又一部重要作品，也是近些年非虚构文学领域里具有填补空白作用的一部作品。说《关东风物祭》重要，说《关东风物祭》填补了空白，主要是因为《关东风物祭》包含了太多的价值和意义。多年来，在崇尚纯文学写作的文坛，冷眼一看《关东风物祭》这样的作品，很容易被忽略，被轻视。在有些人的眼里，这样的作品似乎是有过乡村经验的人都可随意为之的东西，至多是大家共有的一种“怀旧病”。再则，这些琐细的生活，不登大雅之堂的情趣，离主流文学太远了，因此，只能归之为边缘性写作。实则不然，在我看来，《关东风物祭》绝不可小视，它有带给人们震撼和冲击的力量和光芒，它有习焉不察的洞见和深意。

“人生立言六十始”，《关东风物祭》是景刚先生六十岁之后的著作，尽管他在若干年里一直在写剧本，写新闻，直到很晚的时候才回到他的文学梦中来。也就是回到“老屯”，回到“庄稼院的障子里”。这种返回是一次内心世界的返璞归真，是对多年来疏离文学的补偿和还债。最值得欣喜的是，恰是这种回归使他的写作有了本质上的提升。他几十年来的人生阅历所积累的“散碎银两”，在孤注一掷中梦幻般赢来了一笔巨大的财富。这样漫长曲折的过程，也提示今天年轻的写作者，酒窖存的时间越长会越好。

《关东风物祭》所接续的是中国文学二十世纪三十年代的文脉，在《关东风物祭》和这个文脉之间也在做着同样努力的应该是汪曾祺、贾平凹等大家，这样的作家可谓是寥若晨星。从古老的农业文明向现代的工业文明转型的近百年进程中，中国文人始终面临着一种纠结和困境。这些文人虽已走出了乡村，进入了都市，但在心里仍是愿意自己是个“乡下人”，或者说其精神的皈依仍是在田园，在故乡。茅盾就曾这样解剖自己：“生长在农村，但在都市里长大，并且在城市里饱尝了‘人间味’，我自信我染着若干都市人的气质；我每每感到都市人的气质是一个弱点，总想摆脱，却怎的也摆脱不下；然而到了乡村住下，静思默想，我又觉得自己的血液里原来还保留着乡村的‘泥土气息’。”他的《乡村杂景》的开头就是一句：“人到了乡下便像压紧的弹簧骤然放松了似的”。在叶圣陶的笔下，只有家乡的藕和莼菜才对味，甚至是只有家乡的卖白果的吆喝声才好听。离开绍兴三十年后，周作人仍然念念不忘故乡的石板路。农业文明与工业文明的冲突，在全球化、一体化的今天已经到了不可救药的地步。《关东风物祭》不是《关东风物记》，因为凡是“祭”的人和事物都是已经在现实中不存在的，这样的“祭”，包含着追忆,包含着敬重,也包含着怀念,还包含着思想。《关东风物祭》在承继中国文人的故乡情怀的同时，它还有对已逝去的文明予以拯救的功能。这部作品中所写下的衣食住行也好，吃喝玩乐也好，柴米油盐酱醋茶也好，无处不袒露着人们的淳朴和天真，无处不饱含着人们的坚韧和热情，无处不隐藏着人们对自然与神灵的敬畏和尊重。非常难得的是，景刚先生的每一篇文字都不是抽象的概念和空泛的抒情，而是提供了大量的细节，有不厌其烦的精准描述。这些就是关东地域文化的活化石、信息库，也是后世的人们寻找前人生活史的指南针。《关东风物祭》的写作是大于文学的写作，它也是跨学科的成果。这部书中有文学，有民俗学,还有文化地理学、人类学、文献学等诸多丰富的元素，实在是难能可贵。

《关东风物祭》其写作的难度可想而知，它要还原风物的具体描述，还要融于人的日常真实的生活中、故事中，更为困难的是,这里面还要有精神高度。这种高度是“关东”“风物”“祭”三者的“三位一体”，也是以我们曾经拥有的生活范本来抵御现代社会对人的进一步异化和扭曲。当然，生活在今天的人们，事实上无法回到那种生活之中，但找回初心总比以浑噩为幸福要明智得多。

朋友与诗

王少辛要出诗集了，朋友们争着抢着来分享他的快乐。其实王少辛出不出诗集都不重要，他是诗人——这并不需要署有他的名字的一本诗集来证明。说他像一团火，因为他总有无尽的激情在燃烧。说他像一湾水，因为他内心蕴藏着无穷的智慧。少辛的诗每一首都是一次他无法平抑的情绪记录，他的诗不需要雕琢，更不会做作，有时甚至会让人感到有一种青春年少般的赤裸。表面上看少辛的诗有很大的随意性，遣词造句也没那么多讲究，时不时还夹杂一点民间话语，其实这正是他对他所理解的诗的本质的精心呵护。怎样让诗成为充满生命活力的载体，将鱼养在池中，将鸟囚在笼中，这样的方式只能戕害诗歌。从这个角度进入王少辛营造的诗歌世界，我们仿佛是走进莽莽原始森林，仿佛是遨游在看不到海岸线的大海之中。在少辛的创作中我找寻到一个偌大的诗歌国度多少年来已丢失的传统，为什么中国今天的诗歌天地狭窄，读者稀落？诗歌快要走入死胡同的因素是复杂的，但其中有一点是不容置疑的，即传统诗歌中的可吟诵成分的丧失导致诗歌传播渠道阻塞。“诗歌”两个字原本是一个合成词，“诗”和“歌”两个词素是平等的联合关系，现在它成为一个偏正词，“诗”的词素意义已吞并了“歌”的词素意义。这是一个不争的事实，我们到处都可以看到“诗”把“歌”遗忘和抛弃的景象。把诗歌发表在杂志上或收录在诗集里，少辛都只会像看到长大了的孩子一般露出一丝微笑，他的兴奋点大多爆发在这些诗歌诞生的第一现场——餐桌上。我私下里猜测，少辛每写完一首诗，他顶多认为是完成了一半工作，另一半工作必须是在有一群好听众的场合。在餐桌上少辛朗诵诗歌时，他既全神贯注，板眼分明，抑扬顿挫，同时他又不放过捕捉听者的表情和目光，人们在多大程度上感应到了他的作品的意境，这是他重视的根本所在。

少辛诗歌作品中所承继的古典传统和所融汇的现代潮流是和谐统一的。少辛生长在自古多慷慨悲歌之士的燕赵大地，长年身居世界工业文明的代表作——汽车制造的信息网络密集区。一望无际的华北大平原，赋予了他性格中的豪爽和洒脱；现代化进程中每一次敏感的蜕变，影响着他所追求的创新和开阔。有了这些注脚，我们就不难理解他在几十年人生经历中铸就的辉煌和保留给纯真的诗歌世界的一份执着。

从年龄上说少辛已是年近古稀，而从状态上看他仍是雄姿英发。所谓现代人的标志性活动，他都不是旁观者。电脑上网，他常常会为发现一篇痛快的文章而感到过瘾；学会驾车，他那超越的精神等于又添上了飞翔的翅膀。当然在每一次好朋友聚会的酒桌上，他那略带一点河北口音的绕梁般朗诵都会成为一道诱人的风景。

我和少辛年龄差距很大，由于心的距离很近，让我常常忽略伦理性的礼数，这也许就是所说的那种忘年之交吧。对年轻人的才华，一旦少辛认准了，他便到处不遗余力地推介，而对有些人的世俗表演，他往往要发作一下他的深恶痛绝。

在少辛的诗集快要面世的时候我能为他的诗集写上几句话，这是让我感到很愉快的一件事情。一场好戏，总得有人司幕，真正的观看，请大家从作品开始。

见证历史的伟大时刻

——《摇篮的节日》序

摆在面前的这本《摇篮的节日》，在印刷文化一天比一天落伍的时代里，似乎并不耀眼，但它的确记录了一段共和国重要的历史，记录了一座汽车城的光荣、曲折和复兴，记录了作为民族汽车工业的长子、东北老工业基地的中坚——中国第一汽车集团由计划经济向市场经济转型、由传统工业向现代化工业跨越的艰辛历程。《摇篮的节日》的作者就是一位多年工作在这个巨无霸企业核心部位的亲历者和见证人。

茨威格在《人类群星闪耀时》中说："尽管歌德曾怀着敬意把历史称为'上帝的神秘作坊'，但在这作坊里发生的，却是许多数不胜数无关紧要和习以为常的事。在这里也像在艺术和在生活中到处遇到的情况一样，那些难忘的非常时刻并不多见。""这种充满戏剧性和与命运攸关的时刻，在个人的一生中和历史的进程中都是难得有的；这种时刻往往发生在某一天、某一小时、甚至常常只发生在某一分钟，但它们的决定性影响却是超越时间的。""这一时刻对世世代代做出不可改变的决定，它决定着一个人的生死、一个民族的存亡、甚至整个人类的命运。”我们不敢假设，如果 1987 年在二汽召开的中国轿车发展战略研讨会上，耿昭杰没能发表“一汽快上轿车，挡住进口”，那样有煽动力和说服力的演说；如果当初一汽在选择整车合作伙伴时完全受制于美国的克莱斯勒，没有预备下和德国大众的“另一手”；如果一汽的老解放卡车在奄奄一息时，换型的决定优柔寡断，不能背水一战；如果在铺排中国轿车工业这篇大文章的关键时刻，耿昭杰和他的前任们徐元存、黄兆銮、谢云这些实干家，不能深谋远虑地买下与一汽厂区相毗连的 232 公顷土地，作为预留的发展空间……那么，今天一汽的发展史只能重写，吉林省和长春市的经济构成的蓝图也要进行另一种涂抹，乃至中国汽车工业的进程和在世界上的地位都不得不做出许多重大的调整。当然，历史无法假设，也不能假设。也正是在这样的意义上茨威格得出了“历史是真正的诗人和戏剧家，任何一个作家都甭想去超过它”的结论。

任何一项伟大的工程，在其实施的进程中，往往都会呈现出恢宏和细腻、屈辱和发奋的两面性，甚至多重性。一座宏大建筑的一砖一瓦究竟是怎样完成的契合，一艘巨轮的一钉一铆是如何做到严丝合缝，都还需要有精彩的特写镜头。令人欣喜的是，《摇篮的节日》中这样的细节俯拾即是。看看红旗轿车的历史，有使人羞赧的尴尬时分，也有使人骄傲的一瞬。1958 年第一辆红旗轿车生产出来给中央领导试乘时，车门竟会突然打不开，不得不卸下前风挡玻璃，让作为国务院副总理、外交部部长的陈毅老总从那里狼狈地爬出来。1972 年在尼克松访华提出要自带防弹轿车时，周恩来自信地拒绝说：我们这里给阁下预备好了更保险的红旗轿车。

生命的火炬在一代和一代之间传承，时代的车轮永远不会停歇。耿昭杰富有深意地给自己的两个孙子起名为摇摇和篮篮，这两个叠音名字朗读出来的声音就如同是创业精神的血液在汩汩流淌。2005 年 4 月上海国际车展时，75 岁的程正和 28 岁的常冰，两代红旗的设计者传递接力棒的一瞬间，镁光灯下凝聚的是团结的智慧和无私的力量。人们不会忘记，那块镌刻着毛泽东题字的汉白玉奠基纪念碑，压在年轻的共产党员李岚清等六个人肩上的分量有多么沉重。人们不会忘记，主持过东风和红旗生产的老厂长饶斌，为了实现一汽生产轿车的梦想，留下的深情期盼：愿趴在地上，当座桥，让一汽的轿车从他身上开过去。人们不会忘记，1989 年耿昭杰亲自出马去和德国人谈判时，在北京机场，他说出的话语是多么悲壮：此去，成功了，你们带着鲜花欢迎我；不成功，你们就带着黑纱来接我。人们不会忘记，美国汽车大王雅柯卡从对耿昭杰的牛哄哄避而不见，到亲自上门由衷称赞耿昭杰：血管里流的不是血，而是汽油。人们不会忘记，德国大众的董事长哈恩当年是多么有远见卓识地开启了与中国一汽合作的缘分之门。卡夫卡说："只有把回忆过去当作防卫武器，才能使人免于邪恶，免于急躁，免于无所作为。"德国学者汉斯·迈耶也告诫人们：在一个暴殄天物的消费社会里，必须时刻提醒人们不要健忘。而今天在这块土地上正在发生的一切，依然是壮怀激烈，依然是心无旁骛，依然是惊心动魄。你听一听红旗要打好自主品牌之战的隆隆鼓声，你看一看解放 J6 重型卡车在创新竞争中获得的一张张捷报，还有说也说不尽的一汽 - 大众攀登上的一座座高峰。

在倾听波澜壮阔的经济奏鸣曲的同时，我们还应努力去探寻能够拨动历史琴弦的思想的奥秘。福柯认为，在波德莱尔看来，作为现代人的人不是去发掘自己，发掘自身的秘密和隐藏着的真实，而是要去努力创造自己。这种现代性并不是要“在人本身的存在之中解放他自己”，而是迫使其面对塑造他自己的任务。1985 年的 6 月，耿昭杰接任了第六任厂长，一汽何去何从，兴衰成败，这一切都要由他来回答。耿昭杰说：“一个国家、一个民族、一个企业没有这种新的意识，新的精神就无法走向现代化。换型意识，就是要甩掉 30 年一贯制的旧体制，把老产品改造成新产品，把老企业发展成新型企业，换型意识，把全厂职工的希望凝聚在一起，力量是很大的。”这种“换型意识”的提出，乃至后来派生出来的“轿车意识”，闪烁出来的思想光芒远比一条最现代化的生产线、一种最科学的管理模式、一块最昂贵的土地都重要得多。因为它所留给后来者的启发是历久弥新的。

法国历史学家马克·布洛赫在《历史学家的技艺》一书中，讲过他和比利时历史学家皮雷纳在斯德哥尔摩游览时发生的一件轶事。刚到那里，皮雷纳就对布洛赫说：“我们先参观什么地方呢？好像那里新造了一座市政大厅，我们先去那里吧。”为了打消布洛赫的惊愕，他解释道：“如果我是一个文物收藏家，眼睛就会光盯住那些古老的东西，可我是个历史学家，因此我热爱生活。”布洛赫讲这件事情之前就告诫人们说：各时代的统一性是如此紧密，古今之间的关系是双向的。对现实的曲解必定源于对历史的无知；而对现实一无所知的人，要了解历史也必定是徒劳无功的。《摇篮的节日》作者正是带着这种渴望理解生活的欲望，在昨天和今天之间挖掘出一条通道。这个完成可以说功德无量！

2010 年 5 月 21 日

《四处游荡》跋

汪曾祺先生曾有一个主张，叫作“打通”，他的意思是说写作的人在中外文化、传统、现代文化之间要形成通道，而不是一层一层的阻隔。我们日常中总有一种习惯，自觉不自觉地将某种行当划分成小圈圈，大而言之有文化圈，细而言之有什么影视圈、文学圈。每一个圈圈在集中和强调一种倾向时无形中会对圈外的世界采取忽略的态度。圈内的封闭性久而久之就会生出许多病态来。外间的空气在与内部的空气进行置换时，不能顺畅交流，从生态角度认识，这多少有点像种群的慢性自杀行为。

我在文学圈内待的时间不算短了，快有二十年了，但对文学圈的排异之风并无很早的警觉。记得有一年《作家》在松花湖开笔会，我把一个穿着讲究，手提密码箱的“长春阔少”叫去参加，这个人爱好文学，写过几篇小说，很有些灵气。他一扎进青年作家的堆里，我发现就有点“炸营”，对他的接受是件困难事，他的异类性在与其他人的比较中是隐藏不住的。尽管时间长些的时候，也有几人与他有些来往，但总还是有硌生的地方。今年春天，袁陌开始与身边的文学圈打交道的时候，情境与之大致相似，袁陌代表着令文学圈在一定程度上陌生的东西，这陌生在没有袁陌这类人物提醒的时候，大家可以充夜郎，可以画画饼，也可以为阿 Q，总还自得其乐。有了这种陌生的直接冲击，困窘和不适立即就会浮现出来。这是一种有趣的现象，它牵涉到许多社会进步和人文精神范畴的问题。文人坚守自己的一块净土，从一方面说这是保持着社会的纯洁标识；从另一方面说我们并不应将这种东西与社会的发展对立起来，将之分割孤立出来。而在事实上，也是无法将文学放入真空中的。想想古今中外的不少大作家正因为他们就在五光十色的社会旋涡中挣扎，才留下有切肤之痛的保持长久艺术生命力的作品。过于狭隘地树立樊篱，很容易进入死胡同。实际上人的灵魂到底是高尚还是卑污与任何学科或专业领域都没有必然联系，就个体的人而言，性本善、性本恶，还是一半是天使、一半是魔鬼都不是可以简单下结论的。要直面人生，要改造国民灵魂，写出好的作品，作家必须有复杂的心理经验和丰富的想象能力，然而视野、经历与作家的心理经验、想象能力有着千丝万缕的联系。

看袁陌的小说是一种在广阔的天地间漫游的感觉，他的小说世界是独创的现代神话世界。他写得放松，像长白山的地下温泉，汩汩流淌。这得益于他没受到文学理念的束缚，他不研究小说作法，他信马由缰，倒也浑然天成。在一篇小说的内部时空的架构上，他的自由度大得惊人，以《情人》为例，在这篇小说里，主人公时雨的活动时间主要部分就达二十年，如果再追溯到时雨的父母乃至姥姥差不多就要跨越五十年。在空间上，小说中的场景频繁转换。从北京到巴黎，从南通到杭州，任意驰骋。这样的纵横捭阖使一个古老的爱情故事悬念陡生、变幻莫测。

情感问题在现代社会中充满了危机，在饥寒交迫中人们首先要顾及生存，情感往往是奢侈品。当生存无忧无虑之后，“饱暖思淫欲”，是不是情感问题的碰撞对接就会相濡以沫呢？不断加快的生活节奏，在不断渗漏掉人的生命直感，超负荷的经济压力，正渐渐把人的肉体榨成枯燥的机器。袁陌在他的作品中将在人山钱海里的经济动物的烦闷与无奈描摹得十分准确，性的神秘和饥渴被消除之后，剩下的状态是爱的匮乏。作者在性描写方面笔触细致，尤其在刻画人物性心理活动时，分寸恰切。作品中的“我”常常是一个颇受女人喜爱的白马王子，是一个风流情神，他坦然对待性，也随意纵容性，他在认识女人的同时认识自己，他获得了在性方面抵御扭曲的健康心态，但遭遇爱情比较性关系来说就艰难得多，爱的降临大多并不天遂人愿，所以才有“此事古难全”之慨。

《四处游荡》是袁陌小说集中的一篇在“我”之外，仍是塑造一位男性形象的小说。朋友刘云山是个血肉丰满、光彩照人的角色。他穷困潦倒，常靠“我”来接济；他飘忽不定，行踪诡秘，今天要去登山，明天回家砸门；在女人面前，刘云山不是手足无措，就是疯疯癫癫；他体弱多病，但对生活充满热爱和憧憬。刘云山的生活一团乱麻，但有滋有味，“我”的生活貌似井然有序，实则空虚寂寥。这篇小说可以看出作者通过难以捕捉的细节表现人物个性的艺术功力。像刘云山在恍惚中叫错邻居的姓名，在再去西藏时门上留下“我去西藏喝酥油茶去了”的字条等，都是非常精致的细节。小说是沉闷还是活灵活现关键就在于细节，一个作家写不好细节，那就写不好小说。

小说要能吸引人读下去，但在被各种小说拙劣的实验败坏了读者的胃口之后，这个基本标准，已被模糊了，有多少小说阅读时要忍受折磨，若不是职业性需要，完全听凭自然，恐怕读者就会少得可怜。那么小说的可读性是怎样产生的呢？重要的是要有一个好故事，好的故事人们愿意看，看了会被打动，会有酸楚。《红苹果》讲述的就是一个美丽而忧伤的故事，红苹果的美令人惊叹，红苹果的心地善良无比，红苹果的经历布满伤痕。她为了质朴的情怀牺牲着，坚韧地接受残酷。最后为了埋藏那些痛楚的历史而又远离熟悉的一切。这种在普通人身上蕴藏的真情尽管与那些丑恶的罪行相纠结，但荷花总还是出于淤泥而不染的。作者将我们带入这个故事中的时候，是逐步将美好的事物撕开，使你扼腕叹息，使你心旌摇动。《红苹果》还不是属于纯粹的悲剧故事，但它充满悲剧色彩。

袁陌的小说善于把人生境界推向极处，性爱是一种极致，它是人最赤裸裸的身体和无遮无拦的灵魂的重合瞬间。死亡也是一种极致，面对死亡或者意识到死亡，对人的检验是彻头彻尾的，人活着的意义在这种时刻是最大限度的呈现。通过袁陌的小说，我们窥知那些性爱中的游戏和挚情，我们谛听来自地狱或天堂的呼声，震颤和共鸣产生于字里行间，回荡在四面八方。

袁陌的小说有一种大气象。他并不在结构上过分注重凸凹契合，而主要顺着情绪推动，其叙述有时似行云流水，有时若九曲回廊。这样的小说文体与北方的雄浑粗犷暗合经脉，氤氲在作者周围的雨雪霜雾造就的语言也决不拖泥带水。这种北方的文体以其质朴奔放与南方的文体那种小家碧玉形成明显的对衬。看南方的小说，他们的精雕细刻令人折服；看北人的小说，他们的大开大合给人带来的魅力同样美不胜收。

小说的规范是在不断地建立又不断地打碎的，一成不变的规范就是僵化的桎梏。不论是阅读者还是批评家能否接纳对审美习惯有所冲击的作品，挑战无疑会到来。况且小说发展到今天多元的格局已十分清晰，小说的一定之规是不存在的，而开放求新是必然的。

袁陌的创作正处于激情充盈的阶段，他仿佛有讲不尽的故事，写不完的小说，他与文学的不解之缘，终将生长出为更多读者认同的力作，他的勤奋与执着，也将会恭临到更多灵感的诞生。

值袁陌的第一本小说集出版之际，匆匆写下一些杂感以示祝贺，是为跋。

1998 年 9 月 20 日

寻找自我与自我寻找

我无法断定我们的现实生活究竟都发生了什么样的巨变，但我总是感觉到人的内心世界被许多浮躁、惶恐、纠结占据着，且又找不到解脱的办法。这或许就是今天会有那么多非专业的作者不是为稻粱谋，没有功利目的写作的一个动因。他们试图以文学的方式来对现实发言。尽管他们对驾驭这种方式的技巧没有经历过必要的训练，也没有像样的老师指点，但他们还是抑制不住自己，无师自通地披挂上阵来了。因为他们的内心已被生活的飓风卷来了汹涌的波涛，这掀起的波涛已使处在旋涡中的人不可能再回到平静之中。表达，唯有表达，仿佛才会使这无法遏止的冲动找到一个出口。如果说长篇小说是一个民族的心灵秘史，这样的创作也得算是秘史的一个组成部分吧。当我看到眼前的这部皇皇巨著，真是有点被震惊了。是什么样的力量支撑一个人完成这么恢宏的一座大厦的建构？我想恐怕只能是作者在努力为“我是谁，我从哪里来，要到哪里去”这种终极性的哲学问题寻找答案时，才会把这样一场超级马拉松跑完全程。土耳其作家帕慕克在中国的一次演讲中说：“精神是小说家们一生都在努力揭示的本质。在很大程度上，我们的幸福和不幸并不是来自我们的生活本身，而是来自我们所赋予它的意义。我一生都在试图探索那种意义。换言之，在我的生命中我一直都穿梭在混乱、麻烦、快速运转、嘈杂喧闹的世界中，我被生活的旋涡时而扔在这里，时而甩向那里，试图寻找开端、中途和结尾。在我看来，只有在小说中才能找到这些东西。法国诗人马拉美说得好：‘世上的一切存在都是为了被写进书中。’毫无疑问，小说最能吸收世界上的一切。想象就是把意义揭示给他人的能力，它是人性最大的力量。许多世纪以来，人性最本真的表达，就是在小说之中。”看来作者的创作想法与帕慕克的这一番论述是不谋而合、殊途同归的。

在阅读时我发现一个有趣的细节，《半生冢》或是《天国仕女》的作者直到作品已写到杀青，还在小说的名字上苦苦思索，还在拟定的两个名字间犹豫不决。之所以会出现这种状态，是因为作者总觉得这两个题目虽都贴近作者的想法，但似乎又都没有能够把作品完全覆盖住。作者在将稿子交由出版时仍是无法取舍，可见作者已被自己所写的作品折磨到了什么地步。显然，作者对生活不光是有五光十色的感受，而且有一个自我诠释的强大的理性系统。尽管这个理性系统的知识谱系并不清晰，甚至有些庞杂，但作者沉浸在一个不断的构想、建立、怀疑、推翻、重建的反复无常的过程中。在这样一种创作理念的主导下，作者的小说只能采用全知全能的叙述视角，所有人物的所思所想所作所为均在作者的掌控之中。即便是这样偏于主观化的掌控，作者都仍然觉得不够解渴，还要不断通过每个章节前的引文、序文来加以提示和强调，唯恐读者看不明白作者的意图。说老实话，过于依赖全知全能视角、过于依赖主观化的强调，肯定会挤迫人物的自为空间，也会一定程度上剥夺读者的欣赏快感。这方面我也不必讳言，应该说我是存在疑惑的。当下许多作家对现实生活的理解都持有小说小于现实生活的态度，他们往往认为生活有时会大于作家的想象。好多事实不断在击溃着作家对现实的美好假设。因此，我觉得小说作者不要过于胸有成竹，小说不要写得太满才好。

这部小说通篇是在讲述女主人公古月华的人生故事，也可以说主要是讲述她的爱情故事。古月华的情感遭遇从与第一个男朋友戴天宇相处开始就奠定了充满曲折的基调。那种单纯的梦幻般的初恋，那些海枯石烂式的山盟海誓，都弥补不了现实生活中两人天各一方的阻隔，抵不住家族血缘情愫的牵绊，也经不起假想的第三者的介入。分手、挫败感接踵而至，就犹如一个不谙音乐的人开始唱歌时找不准音调，接下来就总是在忽高忽低的误区中徘徊。后来当古月华在自己的爱情道路上七扭八拐停留在医生林明哲那里时，从受骗的圈套里逃出来的第一任男友戴天宇杀了个回马枪，又想重叙旧好，可古月华已在一种惯性的情感陡坡上，根本就不可能对应上戴天宇的节奏，结果是选择嫁给了老同学李青山。到了小说的下半部，情节更为离奇，古月华在去西安养病期间结识了一位与女儿失散多年的老人刘素珍，为满足老人的愿望遂决定自己来扮演她的女儿李静。后来的故事中真实的古月华就被假扮的李静所取代。到了小说结尾时，李静又还原为古月华，不过她的处境好像也没有多大改观，仍是处于总也踩不上点的情感纠葛之中。当我这样复述这部小说时，一定会和你直接阅读它有非常明显的不同。连我自己都觉得我居然把一部想原原本本摹写生活的小说给复述成了一部荒诞派小说。这种情形的发生，要是完全归咎于我，也是有点冤枉。应该说是我在小说跌宕起伏的故事中不知不觉地感受到了生活的荒诞和残酷。以真名存在的古月华也好，以假名存在的李静也罢，这个女主人公所有的经历，一言以蔽之，不过是在寻找自我而已。这种寻找自我的过程越是坎坎坷坷，越是有某种力量在牵引着她，从一个陷阱爬出来再跌入下一个陷阱。也确有点像那个推石头的西绪弗斯，明知道是不可能推上去的，却只能循环往复地推。哪怕是对自己进行了重新命名，其命运之神仍然是会轻易识破人的故作聪明，照样会置你于水深火热之中。静下来，放下书，我在想这是为什么呢？是不是可以对女主人公的这个“自我”做点剖析呢？我近乎武断地认为这个女主人公的自我是有缺失的，换句话说，她是没有建立起真正的自我世界。细一想我这样说也颇经不住推敲，正因为她没有自我才要去寻找自我，可这样的自我却无法寻找到自我，这句拗口的话就是一种普遍的人生困境，也是一种无法论证的悖论。

细心的读者在这部小说中，不难看出在文体上的一个特征，那就是大量的书信体文字夹杂在叙述文体之中。通常作为一种非书信体的小说而言，不会运用这么多的书信形式。那么作者出于什么动机会这样特殊运用文体形式呢？我猜测书信体能够解决人物的内心独白之需。这部小说中人物之间的感情变化过于猝不及防，过于应接不暇，不得不用内心独白来加以缓释，加以消化。书信体回避了面对面的尴尬，回避了有辩驳的对话式轨道，可以在一个白日梦的幻想中，自圆其说，自我安慰。对于脆弱的人性来说，这也不啻是一种精神胜利法。

动笔写这篇不成样子的序言时，让我感到难以置信的是恍惚间出版社把这篇稿子转给我已过去快八个月了。转稿子之前先是力家总编辑来过电话商量此事，当时没看稿子，我也未敢应允，只是说把稿子发来看看吧。待发来稿子后，负责任的责任编辑杨迪给我打过无数的电话，也发来若干次短信，而我确因种种事情，一直未能看完作品，也就无法完成任务。到了12月初，我不得不对自己采取倒逼式策略，先是答应责任编辑杨迪说这个月20日前一定交卷，然后无论如何都得在这之前完成此事。结果这个办法还算奏效，终于能够交上作业了。至于这么匆忙状态下写出的东西，能得多少分我也是顾不得了。请作者和读者看在我坦诚的面上，多多担待吧。

2013年12月1日

润物细无声

——读《诗词格律简捷入门》所感

近来在铺天盖地的全球化、一体化浪潮中，时而会听到一些呼吁怎样保全民族文化的声音。我觉得这不是杞人忧天，也不是耸人听闻，更不是要倒退到闭关锁国的状态中。相反，它代表着一种清醒和自觉。世界的丰富性是与文化的多样性密不可分的，从某种意义上说是民族特征的最后领地。究竟怎样才能处理好发展经济与弘扬文化以及协调环境的多重关系，这的确不是一个简单的结论可以笼而统之解决的，它需要一系列的摸索探求，这也可以说是中国实现现代化进程中躲不开的一个关口。

与其坐而论道，不如身体力行。或许正因为有这样一个庞大的背景衬托，当你读到张岳琦、张昕二位撰写的一部名为《诗词格律简捷入门》的著作时，不能不感慨良多。

中国是一个诗的国度，但这又很难将现代和当代包含其中，尤其是经过“文革”之后，文化的断裂更为严重。不用说那些粗通文字的普通百姓，即使是所谓的读书人，又有几人能将诗词格律问题说得清，道得明。甚至连最基本的概念都糊里糊涂，比如何谓近体诗，何谓古体诗，这样的问题许多读书人都未必明了。面对文化传承的一片荒漠，如果不从最基本的地方开始，很难获得真正的收效。

令人十分惊奇的是这样深入浅出的工作，其完成者既不是某大学的名教授，也不是某语言研究所的名学者，而是出自两位并不被人熟知的学人之手，这就更为难能可贵。也许正因为作者的非学院身份，才使此书的角度几乎完全是站在更容易为读者理解消化的立场上了。简洁是这本《诗词格律简捷入门》的最突出特征，论述的章节对每一个问题的讲解所使用的语言既准确，又干净，没有丝毫迂腐的病态的自说自话，拖泥带水。考虑到诗词格律的学习掌握，不少人可能会有畏难情绪，作者总是在关键的地方采取给钥匙的方法，让读者放下包袱，轻装前进。从对近体诗的体例把握上，作者一句话“基础是绝句，明白了绝句，其他就好懂了”，这就交代得再清楚不过了。讲到七言诗时，作者注重从你已看过的与五言相联通的途径告诉你：“就是在五言句子前面加上两个字，这两个字的平仄，要与该五言句子的头两个字的平仄相反。”为了让初学的人能够记住变格的规律，作者专门归纳了一个简便的公式，使人一目了然。实用性是这本书的基本目的，为此作者在体例上除了论述七章之外，还将词谱简编、简明诗韵字典附于其后，这种齐备的方式特别方便好学者，恰如作者在前言中所言的“一书在手，资料齐全”。本书作者在深入浅出，化难为易方面所做的努力几乎可以说是达到炉火纯青的境界。只要你没有那种名人崇拜和迷信情结，要学习和掌握诗词格律的知识，有了这本书真的就不必东翻西找了。

题外话萧森

有一段时间接连在《天涯》和《书城》这样的杂志上看到萧森的文章，这多少令我有点吃惊，因为我与萧森相识的时间已经不算短了，但对他的才华居然如此缺乏了解，肯定是我在不知不觉中将别人身上重要的成分忽略掉了。造成这种忽略的情形，多半又与萧森身上另一些更强大的因素有关，比如他的主观，他的激情，他的广泛的爱好，等等。

五六年前，我和萧森还有一位搞美术的朋友一起吃饭，饭后那位朋友先走了，萧森推着自行车和我一同走了一段路，恰好路过一间酒吧，萧森就非拉着我进去坐。其实当时我并没有什么进酒吧的兴趣，但碍于他的面子，不好意思扫他的兴。后来他的一些搞摇滚的朋友在一家战车酒吧有一个演出活动，萧森又十分认真地通知我，邀我去看看。听他在电话里一番天花乱坠的描述，我也是糊里糊涂地应允前去。临出家门还好一阵后悔，我这种对音乐一窍不通的人，去听那么前卫的音乐能听出什么滋味来，这不是纯属瞎凑热闹吗？可答应了人家，总不能失约。到了战车酒吧，萧森正等在门口。进去之后，也不好中途退场，两个小时左右的时间，我这里已是哈欠连片，但不得不偷偷掩饰，我想萧森的性格中有很主观的一面，他认为好的事物，他会认为别人也会认为好，处理这类事情时，他并不会试探一下你的反应再做决定。

在我交往的朋友中萧森的兴趣差不多是最广泛的了。文学他很早就尝试过，音乐、美术、电影、摄影，几乎所有的艺术样式，他都不会放过。有时在一起聊天，他总是海阔天空，依我的狭窄涉猎，常常只能充当一个听众。

萧森有时给人的感觉是精力过剩，他一边在报社承担着一份并不轻松的工作，一边会投入到某一桩吸引他的事情中去，反正他是不会循规蹈矩的，他也不喜欢按部就班。前两年偶尔看电视的时候，在选台时动不动会碰上萧森在一档读书节目中出现。我看屏幕上的他并非如鱼得水，甚至多少有点不够从容自然，可是他喜欢投入到他陌生的具有挑战意味的事情中去，这样的事情会激发出他内心所积蓄的无限力量。

我是一个爱替别人瞎操心的人，萧森应该怎样规划一下自己，我曾和他谈过两三次。我认为他在广博的基础上应当专注些，将注意力相对集中起来，可以更好地显现和发展。我说的时候萧森似乎是认同的，过后我看他仍是一如既往。萧森的方式不像一条人工开凿的水渠，而是像一条季节性河流，散漫而具有冲击力。

格局·气魄·才情

看到这部书稿之前，与陈秋旭接触不多，了解非常有限。在省作协与时代文艺出版社共同组织的一个丛书首发活动筹办时，临要开会的头一天下午，忽然想起还需要有一块覆盖在新书上面的红色金丝绒布，以便让领导完成“掀盖头”的程序。记得正愁这个活不知交给谁来办的时候，陈秋旭打来电话，说是陈琛社长让她找我，问问有没有什么需要做的会务工作，我就顺着这个茬把难题交给她了。不知她费了多少周折，最后在布置会场结束的时候，一块漂亮的红色金丝绒布从天而降，总算是让我们心里的石头落了地。按说这不是什么大事，可给我留下了深刻的印象。其实有时就是这样的小事,才更检验人的能力。我多年来形成一种谬见，总认为一个人若是小事办不好，大事更难办好，以此衡量，陈秋旭给我的第一个印象是当属能把小事办得妥帖的一类。后来又得知她是诗歌评论家罗振亚先生的高足，几年前，我与罗先生在诗歌活动上相识，也读过他的不少文章，对他的为人为文很是敬佩，因之，对罗先生的学生似乎也多了些好感。或许这些就是陈琛嘱我为陈秋旭即将付梓的此书写点文字时应承下来的原因。

看到这部书稿的目录，起初还真有点发晕。这部书的第一部分，即主体部分是关于儿童文学的一篇论文，我对儿童文学关注较少，也没有研究，恐怕是看了也不知说什么。这其中还有一个因素是，我在东北师大文学院兼职带学生，每年答辩的学生中都有几个人的论文是儿童文学方面的。其中有的学生会选择儿童文学的作家论来写，而通常这类论文的致命问题就是写得比较局促，受视野和能力所限难以展开。对这样的论文，我既提不出什么有价值的建议，又不好全盘否定，这个过程颇有受折磨之感。所以，一见陈秋旭的书稿开篇即是儿童文学的评论，就有点后悔答应这件事的草率。接下来再往下看，第二部分则是电影评论、小说评论和几篇书评。这样的一本著作，老实说让人表面看来会觉得有些驳杂，换一个说法那就叫作跨界。这样一本书对一个提前阅读者想说点什么，考验无疑是肯定的。沉下来想想，我又纠正了一下自己起初的感觉，实际上这种“杂”不正是和“博”联系在一块儿的吗？大家都会记得恩格斯之所以认为巴尔扎克是真正的文学大师，不正是因为巴尔扎克的驳杂吗？恩格斯针对巴尔扎克的《人间喜剧》不无夸张地说：“我从这里，甚至在经济细节方面（如革命以后动产和不动产的重新分配）所学到的东西，也要比从当时所有职业的历史学家、经济学家和统计学家那里学到的全部东西还要多。”反思我们国家这些年的教育问题，培养出来的学生大多知识面狭窄，缺乏通识素养，在所谓的细分化的学科领域内也难有什么作为。

回顾现代文学史上20世纪30年代的那些大家，哪个不是学贯中西，跨越多个领域的。郭沫若是诗人、剧作家，还是历史学家、考古学家；郑振铎既是作家、理论家，也是大编辑家、收藏家、训诂家。鲁迅谈到怎样读书时就主张读文科的要偏看看理科的书，读理科的要偏看看文学的书，连文理的界都跨越了。1949年以后，沈从文在无法写作的情况下，花了17年的心血，完成了一部被汪曾祺称之为“能把诗人气质和科学条理完美结合起来”的“抒情考古学”著作《中国古代服饰研究》，结果完成的水平比专家还专家。话扯远了，其实我的意思就是想说，年轻的学者有比较宽阔的知识背景是值得肯定的。

本书中关于儿童文学的评论，主要是探讨20世纪中国儿童文学的转型问题。在对“五四”以来儿童文学的曲折发展历程中所遭遇的时空变换、文化生态环境状况进行一番梳理后，作者将笔触聚焦在20世纪90年代这个中国儿童文学史上最为重要的一个分界点上，条分缕析地将这次转型的形态、动因及价值娓娓道来，有板有眼，字里行间透出一种思辨的力量和胸有成竹的自信。在对意识形态、文学思潮是如何释放或制约作家创作能量的复杂性方面表达出了自己的见解。文章论述的观点及论文的价值，无须我在这里赘述。我只是非常惊叹，这样老道成熟的文字，竟出自这么年轻的作者之手。这样的文章摆在面前，有充分的说服力，可以用来纠正我们对年轻人的偏见。难能可贵的是，作者对待传统的态度，她始终在探寻一种不是保守的，也不是偏激的“中庸之道”，使自己的研究先是有机地加入到传统的长河之中，接下来才是去掀起打上个人印迹的朵朵浪花。显然这样的路径、方式,都是超越她的阅历和积累常规的,我们可以看出作者是属于稀有的“守正纳新”的一脉。细心的读者还会发现一个秘密，那就是这篇论文的架构恢宏开阔，格局很有气势。这篇论文从宏观到微观充分显现出作者的学术驾驭能力，也标志着作者在学术研究方面是有巨大的潜力和无限可能的。

《1937：集体记忆与个体讲述》是一篇有深度的而又晓畅的电影评论，作者的阐释轨迹一直与作品创作者的意图并行不悖，但又结合自身的感受和思考加以发挥。它不追求“语不惊人死不休”的“片面深刻”，也不失去“我所批评的就是我”的个人立场，还在对主题、人物、故事的细致分析中，不时给人带来茅塞顿开之感。像《南京！南京！》这样题材的一部电影拍出导演的独特想法来并不容易，如何穿越重重障碍，给予这部电影最恰当的艺术评判更为困难。当然，作者不是仅仅简单生硬地给出某种结论，而是从头至尾都充盈着饱满的感染力，使理性分析与情绪的推动有机地叠加在一起，自然而然会赢得更多的认同。

本书中的几篇书评也是各具亮点，无论是对锐气逼人的青年作家的作品剖析，还是对文坛宿将的作品追踪点击，无一不透露出作者对多种类型文学样式的把握能力，评论者所找到的与作者的契合点往往都是独具慧眼。如对徐则臣的沧桑感、张悦然的神秘感和李师江的自我解嘲等几位青年作家作品特征的描述，虽言简意赅，但都抓住了他们作品的精髓，概括得十分精彩。在谈到《岁月留痕话沉浮》的阅读感想时，捕捉到的几个关键词准确、到位，以此为线索来解读作品，就能够找到作品中隐含的文学与人生的双重意蕴。在对《新世纪获奖小说精品大系》所收作品的评论中，作者力图将作品还原到具体的文学现场之中，使作品产生的思潮背景与作品文本之间巧妙地形成互文关系，带给人多维的思考。

从文体角度说，《冲出情感困惑的“围城”》，应该算是一篇纯粹的文学作品评论。文章围绕社会伦理与个人欲望之间的冲突和角力，触摸到了“文学是人学”的深层本质问题。令人叹服的是，就是在一部并不为文学界熟知的作品中，评论者所推衍出来的一些观点却能形成一种独特的冲击力。这也说明文学作品的意义是需要评论家进行合理阐释的。

读罢这本《旭言絮语》，至少对作者视野的开阔、文学感受力的敏锐和理性思维的睿智，大家会得出一致的看法。我相信随着作者这些宝贵品质的进一步提升，一定会达到更高的境界。谢冕先生曾说过：“我不崇拜青年，但我崇拜青春的热火。”是的，我们今天的文学界最需要的就是这种熊熊燃烧的青春的热火。

横看成岭侧成峰

——《税苑沙龙文集》序

马年春节前正弥漫着浓郁的过年气氛时，鲁平来找我，说给我派个写序的活，我晕头晕脑地就接了下来。心想假日有许多时间，这个活好干。春节后一上班，鲁平又来我的办公室，笑嘻嘻地说：“不是来催稿。”我才恍然想起答应的“序”，连一个字都没写呢，更不可原谅的是居然过年越过越懒，把这个茬给忘得一干二净。鲁平说：“不急，不急。”我心里明白其实恰恰相反，是急着呢。挨到十五一过，把周六周日都用上，赶紧看作品，好把作业写完。

一

打开电子文件，先看杂文部分。第一篇《脸厚心黑要有度》从李宗吾的《厚黑学》谈起，选材上说这是篇好杂文的材料，作者范阜新对《厚黑学》这本书的理解比较清晰，经过言简意赅的评价之后，对年轻人予以劝告。文章的最后虽未完全否定，但基本上还是指出“厚黑学”不应作为社会的主流思想，至多是“脸厚心黑要有度”。这篇杂文可以见出作者是个厚道心善之人，其厚道心善的程度到了对脸厚心黑之辈非零容忍的程度。当然我们知道“厚黑学”这类东西在我们这块土壤上很难绝迹，但要是从写杂文的角度说，还是不能“温良恭俭让”为好。第二篇闫相友的《感悟成功》观点鲜明，说理充分，古今中外，旁征博引，可见其有一定的知识储备，并运用自如。稍显不足的是这样的题目和论述的角度都有点不够新鲜，容易被当作老生常谈，“文贵出新”这是不变的法则。第三篇李若鸿的《用雷锋精神诠释人生价值》透过雷锋精神来探讨人生价值，论题宏大，正气浩然。文章最后两节联系税务干部的实际，有针对性地指向具体的价值目标选择取舍，用心良苦。但我还是有点吃不准这样的文字能不能有深入人心的效果，担心被当作说教的东西而抵触它。第四篇李佳璇的《精神使命及其他》结合税务稽查工作的实际，言说的是怎样维护税法尊严的问题，意欲使“专业、进取、法制、和谐”的“吉林国税稽查精神”渗透到工作的每时每刻。文章立意纯正，态度真诚，尤其是字里行间体现出的敬业精神令人敬佩。如果再想从文学的角度提出什么意见，似乎都无处置喙。终于到了该说说第五篇于淑杰的《杂谈〈道德经〉》，其实我在杂文中最想赞赏的就是这篇文章。看到这篇文章真是让人眼前一亮，我还是为在税务系统有这样的文化人才感到震惊。文章的题目平实、自信、内敛，一个“杂”字，给文章的结构也带来了纵横捭阖、挥洒自如之感。题记引用昆德拉的话与文章的论述形成一种有趣的互文效果，这也是不容易做到的。这样的形式虽属常见，但运用得恰到好处的并不多，往往是适得其反，弄巧成拙。关键是要在题记和文章意图之间建立起巧妙的呼应关系。谈老子的《道德经》是有挑战性的，倘若流于知识的介绍就没有什么价值了，因为有不少更权威的普及读物能够读到。难的是要有作者真正的理解、体会，并将这种无以言传的感悟传达出来。于淑杰做到了，而且做得很漂亮。在文章中，我欣喜地看到作者的知识修养非常深厚，平时的阅读积累都是十分下功夫的。谈老子不是就老子谈老子，要谈老子必然要谈孔子。谈道家也不能止于道家，也必然要谈儒家，要谈佛家。谈东方的经典也还要涉及西方经典。这些东西都是相关联的，哪块有缺项都说不明白。文章的开头作者从中学课本接触《道德经》曾被误导入题，然后自然层层深入，从容不迫。结尾处又以在茅山所见的迷信行为来为道家、佛家进行正本清源。通篇文章正面说理说得明明白白,修正谬误也是一语中的,切中要害。难得难得!

该说第六篇赵明惠的《做一个优秀的人》了,这是一篇励志文章,作者以自己的亲身经历现身说法，入情入理，会让人提升自信。感觉有点不够顺畅的是段落层次间的转换，衔接得略嫌生硬。第七篇曲国庆的《过》，能够从生活中提炼出“活着，只是生命的一种长度，而‘过’却是生命的密度”的精辟格言，显现出作者对庸常生活有独到的见解，且给人以启迪。第八篇吴刚的《酒的闲话》将酒中的三种境界总结出来，颇有些发人深省。作者积二十余年饮酒之经验与教训，能有这样的体会，也算是那些酒没白喝,那些醉(罪)没白受。第九篇梁继申的《生命的救赎》涉及的是人与动物的一个纠结的问题,也是在生态保护领域有争议的一个话题。我在电视节目中看到过国外的动物保护者也曾有类似的行动,一只母花豹染上了疥螨病,几个动物保护者为了持不干预的态度,眼睁睁地看着它死去。然而当这几个人看到另一只母花豹和它的两个孩子也染上了疥螨时,就果断采取了麻醉和注射抗生素的救治措施,使它们得救了。美国的黄石国家公园,在20世纪70年代由于人类的捕杀灰狼已经灭绝,这使公园的动物生态平衡出现危机,于是人们采取了再引入灰狼的计划,现在看认为成功的评价居多。包括秦岭的朱鹮人工繁殖、新疆的野马放归、大丰的麋鹿引回等也都是一些无奈之举。面对这样的情形,我们评判起来的确是很困难。但有一点人们应该毫不犹豫地决断,那就是再也不能让任何破坏生态环境的事情恣意妄为了,因为即使从自私的角度讲,破坏生态就是人类的自我戕害。第十篇卞茉的《从春天的瞬间说起》,与其说这是篇杂文,倒不如把它看作是一篇艺术随笔,或者当作一篇美文。这篇文章对美术、摄影的理解都有独到之处,不是人云亦云,不愿浅尝辄止。尤其是对童心和创造、想象关系的理解,颇有“另一种内涵”。第十一篇也是杂文的最后一篇是姜何的《幸福的人不远行》,探讨的是普通的家庭伦理问题,想法简单朴实,可贵的是作者在书写这种与父母的情感时,字里行间充盈着某种天然的幸福感。按说这也是无需强调的人之常情,但如今世风日下,人心不古,强调一下基本的世序良俗也是必要的。

二

接下来再说说诗歌。赵明惠的几首诗先是抒发对事业或者说职业的一种热爱敬畏的情怀，这样的题材想写好是十分困难的，一般来讲诗人是不太碰这类题材的。《写在秋叶上的思绪》是一组诗，前面的部分也无非是借景抒情，无非是“万里悲秋常做客，百年多病独登台”，但到了最后的《秋天的情绪》才有了些接近个人的表达，才有了点味道。诗句的意蕴也回到个人的内心边缘，不是在旷野上游走的状态。所以才有了“寂寞的时候我想你 / 想你的时候我更寂寞”这样的好句子冒出来。董晓宇的五首诗写得很令人惊艳，像“而我要转述的，是大地伤口处 / 绿色诗意的集结，执着的修复 / 转述烟雨的江南，怎样助生双翼 / 投奔北国湿润的爱情。转述我的前生 / 怎样盼望，你终于到来”这样描摹北湖的诗句，是韵味十足的。作者一下子就找到了北湖的诗意所在，把北湖的前世今生和南北方的地理差异以及与人对美好景观期冀的心态揉成了绝妙的意境，真是才情巨佳，非同凡响。《北湖之心》是我所看到的写北湖写得最好的一首诗。《草本之心》能够从草本之心进入世界的原初，把世俗的花哨和诱惑都抛得干干净净。这种来自于敬畏自然，充满大地意识的声音真是一片天籁。《春之禅》采撷繁华于安寂，以内心的感应来与大自然构成互动，达到了用朴素的哲思祛除世俗遮蔽的境界。《你来吧，来这个叫净月的地方》是一首用心写的诗，我看到过不少到净月采风写下的诗作，真正用心写的不多，很少会使读到的人有所触动。董晓宇这一首确有一种情切意真的感染力，让人读了不能无动于衷。如果仅仅为了某种应景之需，是难以对净月有这样美妙的发现的。毫不夸张地说，董晓宇的诗歌创作已达到了较高的水准，而且还蕴藏着无限的潜力，相信这位作者会越写越好的。韩洪奎的《爱蓝》、丁渝山的《回望聚财路》、于跃的《一曲和谐的税收颂歌》、李鹏飞的《税缘》等都是认真写下的爱岗敬业之歌，作者所写下的内容都是完全正确的，而且也是紧密联系工作实际的。但光是这样对工作加以记录，还不能就算是完成了诗。遗憾的是，它们更像是对分行的诗歌形式的一次借用，因为它们没有以独特的个性激活日常经验，没有艺术地发现生活中的诗意所在。闫相友的《用脚书写生命的奇迹》歌颂创造奇迹的刘伟，《新绿》写的是对春天的憧憬，《泰山挑夫》赞美吃苦耐劳精神，这几首诗作者都写得非常真挚，问题是对生活的理解流于表层，所写出来的东西让人觉得似曾相识，没能使人眼前一亮。梁继申的《让梦想自由飞翔》是一首致青春之诗，不足之处是写得有些空泛，对那些貌似诗意盎然的大词用得太多，而失去了可以捕捉到的身边的细微感觉。《我用水的方式表达爱情》就好了一些，给“我”的爱情找到了某种表达载体。这样的路径是接近于诗的，只是写得还有些不够自然。马磊的《秋兴》八首内容丰富，有对老师的讴歌，有对徒步行走的感悟，有对佳节的咏叹，还有对历史的反思，对友人的回顾。倘若放弃习惯的挑剔目光，我想这样的诗其实可能会使生活本身发生微妙的变化，让人对生活多了些体会和玩味，这对摆脱粗鄙化的现实未尝不是有益的。李树葆的四首诗，除《羽之恋》是对打羽毛球体验的呈现外，《浮华》《梦》《一场风花雪月的梦》都有点像是书写情感的无题诗。虽有些缥缈、伤感，但也显现出了作者对自我情绪的把握、传达能力。段恒军的《距离》意在找寻到人生的哲理，并通过可感知的形象让人有所体会，目的已经实现，但稍显直露，不是在似与不似之间。王四海的《我是农民的儿子》中对农民心理的理解很不一般，在现代化、城镇化疾驰的道路上，农民对土地和故乡的心痛太轻易地被忽略和湮没了。这首诗的可贵之处就在于它顽强地把这种困境言说出来。温丽君的两首诗《以心为名》和《莲生》之间的跨度很大，前者是关于民族、国家、政党的激情澎湃的宏大叙事，后者则是关于风花雪月的浅吟低唱的个人抒发，或许这表明作者正是在多种尝试中找寻适合于自己心灵表达的方式。

三

田平的两篇散文《听涛悟海》《呼伦贝尔大草原游记》均属纪游性的作品，作者知识积累丰厚，驾驭语言能力较强，有一定的文学功力。面对山川湖海的自然景观和可发思古之幽情的历史遗存，娓娓道来，把人带入到文字构建的现场之中，生发出某种共鸣，已是难能可贵了。要说还有些不够解渴的地方，那就是随机的成分多了些，构思的功夫下得还不到位。尤其读来有些别扭的地方是那些有关国际政治的感想，并没能很好地融合进文章的意境之中，显得牵强。董晓宇的《秋日随想》我仍是要忍不住大加赞赏。这样的文字生动、有趣，是得散文真谛的创作。也足可看出写作者的心灵世界是纯净而感性的，没有被各种无孔不入的毒素所侵蚀。《人在红尘鱼在水》记录生活中的平常事，但也能把自己的别样理解融到文字之中，使人们读了这样的文章有所思、有所悟。《梦里依稀故乡雪》《我的道路你的脚步》两篇是写对童年故乡的追忆，对几位儿时老师的感念，这两篇文章都是有故事、有细节、有真情，看似随意的搜寻，实则具有拨动心弦的力量。作者不矫情、不伪饰、不做作的文字，总能让你读来感到亲切自然，入情入理。《幽兰寂寞自流水》也可算是纪游文章，作者还是抓住了作品的魂灵，没有满足于外在的描摹。范阜新的《我心中最可爱的人》《我是厨师你是菜》取材于军营生活和家庭生活，内容都很扎实，有生活的质感。前一篇把吃苦的细节再现得非常传神，后一篇把夫妻关系的微妙琢磨得达到能编写教科书的程度。赵明惠的《税月如歌》把自己早年工作中印象深刻的几个故事写出来，记忆转化为文字，内心的种种纠缠也得以舒缓。《藏在时光褶皱里的岁月》谈读书，谈文学，在勾勒出时代变迁的同时，也涂抹上个人思考的些许痕迹。《凝眸落叶 秋心成愁》《年华在匆匆中成为往事》晾晒骨子里的文人情怀，令人唏嘘慨叹。梁继申的《关于父亲的乡村记忆》如实写下了自己与父亲之间的情感经历，不仅揭示出往昔岁月中的种种困窘和无奈，也为社会学角度考察家庭内部的心理状态提供一种标本。《川行记事》《丽江行纪》都是游记，无外乎写下些风土人情，地域特色，个性化元素不多。赵彦文的《手电失宠记》《管天的日子》《大姐与美》三篇作品中，我认为最有意思的是《管天的日子》，这段知青生活中的往事真实中透出某种荒诞，甚至可以成为小说的素材。丁渝山的《回故乡》写的是诗歌之乡——农安县巴吉垒镇还乡之行，同窗老乡间的情谊溢于言表，顺口溜的对白略显滑稽可笑。吴菲的四篇散文《万波顷中得自由》《我爱宋词》《又逢端午怀屈子》《秋日遐思》带我们在古典文学诗词曲赋的殿堂中徜徉，文字中散发着浓郁的墨香，古典诗词的滋养使作者达到了“腹有诗书气自华”的境界。李若鸿的三篇《我再也回不去的年代》《一块石头被自己硬死掉》《爱是恒久忍耐，又有恩慈》，一篇写故乡村头的一棵见证一切的老树，一篇以寓言的方式写一块冥顽不化的石头，还有一篇是写母亲和女儿之间的感情的，作者的笔触独特，构思奇崛，不落窠臼。闫相友的《选择了她是我今生的幸福》写自己的妻子节俭、贤惠，集多种优秀品质于一身，文章写得老实，也可视为大巧若拙。《神农溪飞出欢乐的歌》也是游记散文，文章中规中矩，未有多少可圈可点之处。于淑杰的《从山到海 穿越百年沧桑》记叙一次略有些冒险的旅途生活，文字简约，多少有点像日记体。《雕刻时光》和《流年》选取几个不同时段的片刻凝视岁月，是一种诗意的栖居。《西行札记》是对青藏高原游历的一些所见所闻所感，作者并不是一般地像旅游手册似的介绍一些景观，而是力求穿透表象勘探出一丝丝自然和人文的存在秘密。任忻怡的四篇作品《撞色青岛》《寻梦横店》《人在国税》《又是中秋》，有的从城市建筑切入，有的从文化景观着笔；有的写工作经历，有的写家族亲情，文风质朴，不求高深。于跃的《站在秋天的门口》《留一点时间给自己》《翰墨飘香》三篇从文体上说更靠近散文诗，语言凝练，营造的氛围、格调脱离了世俗气息。王儒的《对父亲的误会》《遗憾的心事》

《深秋印象》，前两篇写父亲和姥姥，笔墨含情，温暖如春。后一篇写长假游历蛟河红叶谷和拉法山的感受，借景寓意，言之有物。孙健君的《渐渐剥落的幸福》正如文章写在前面的话所言，写的是一些情绪的碎片。看得出青春燃烧的灰烬，看得出内心挣扎的苦痛，不求圆熟，但愿执着。王四海的《过程》是不分行的抒情诗，立意清新，凝神聚气。《记忆中的马莲花》写一种几近消失的植物构成的记忆，使人平添伤感与惋惜。李佳璇的四篇作品，应以《时间就如指间沙》和《生命的轨迹》两篇更有韵味，一篇写对时间的体悟，一篇写对生命的理解，既有不能承受之重，也有不能承受之轻。《感恩税月》和《不负厨房不负卿》写得有点失之于简单。卞茉的《纯真年代之昆虫记》思路不错，但是框架大，内容有些单薄，描写童年记忆和描写昆虫都不够充分。王静的《知青情缘》写下的是一个乡村少年对知青生活的观察，读起来感觉“料”还是人们熟知的较多，个人的发现不够。《税月征途》太像工作经验总结了，恕不评价。《真实的谎言》写得好，姐姐的表丢了以后的处理有力量，胜过千言万语。《母子过招记》也不能说写得不好，只是没能把母子间的那些事按文学的章法加以剪裁、组织，太信马由缰了。《你那里的迎春花开了吗》是个漂亮的散文题目，可作者是蜻蜓点水，未能慢慢展开，没有满足阅读的期待。尤锦波的《雨的回忆》多少有些鲁迅《雪》的味道，喜欢一个地方总会找到一些自己的理由，这样挖掘肯定会把这种对故乡的情感写透。《走近蠡湖》写得飘了，没有真正走近，尽管人在湖边走了，可对这个湖的了解还缺不少项呢。当然，光是获得了蠡湖的历史文化知识也还无法表明你能写出一篇好文章来，还得看看你对蠡湖有什么样的个人体会，这是有挑战性的尺度。陈阳的《北京有个 798》以一个非专业人士的视角来看先锋艺术，有自己的看法和评价，我想搞专业的人反倒会产生读一读的好奇心。《秋田的遐想》《登泰山的启示》写到这个程度很难引起人关注，太浅了些。孙宁的《西藏印象》题目起得太大了，即使叫“拉萨印象”都嫌大。文章的题目要合适，大或小了都不好。这篇文章中提及的从贡嘎机场到拉萨市中心的途中，看到的雅鲁藏布江，准确地说应该是拉萨河，它是雅鲁藏布江的支流。写文章类似这些小地方都要严谨。《点亮一盏心灵的灯》就是以小见大，朴实无华，也让人心生温暖。李长海的《台湾印象》有点像是旅行攻略，其中比较有趣的是大陆和宝岛的语言差异，光就这方面写篇文章没准会很精彩呢。曹继东的《踏秋偶拾》写一种莫名的孤独感，耐人寻味。《用誓言书写忠诚》《我的税宣我的歌》联系工作过于具体，难以按文学作品的标准衡量。金丽曼的《小镇杂想》表达出对小镇的一片深情，引用许巍的歌词恰到好处（看来这又是一个许巍的粉丝）。《香港行》就和前面提到的一些游记类文章遇到的问题都相似，此处不再啰嗦。温丽君的《云水谣》语言优美，情景空灵，出神入化，但细加咀嚼，又觉有点云里雾里。而《高跟鞋》就显得踏实多了，文章虽短，可已把女性的感觉表达得惟妙惟肖，且还能合理地运用一些资料，不简单！任丽莎的《逆境人生》是篇励志的随笔，用意一看就懂，至于功效多大也不必较真。《我的父亲》通过几件具体的事情来写父亲，文章如作者在后记中所言：“没有使用任何华丽的辞藻，也并无任何精心设计的美句，情感是写下这些文字唯一用得上的装饰，大概这就是对父亲的感觉吧。”段恒军的《刁蛮小公主》刻画调皮的女儿容容，故事鲜活，贴近童心。《男人四十不是花》过于琐碎，那些杂七杂八的事不写也罢。吴刚的《本事》表达出来的追求平实而崇高，在母亲住院时连三万元费用都拿不出来，这看起来好像是个没本事的人，却在事业上赢得赞誉。有时精神上的富有是需要能咬牙坚守的，都那么容易做到就不像是“精神”了。《巨变》就是写乡村的发展变化，的确巨大，别的就看不出太多的意味了。最后一篇是韩洪奎的《平安是福》，作者讲述了自己住房的变化给生活带来的幸福感，文中着重写下了母亲的一番叮咛，语重心长。这番话对每个人都有提示意义。

序言写到这里已经不短了，虽然一个作品说上三言两语，但不知不觉累积起来文字量也好几千字了。还有古体诗词和曲艺、小说两个部分，因为马上要外出开会，没有时间拜读了，这两部分的评点只好空缺，请各位多多包涵。

此文写得匆匆忙忙，一定会有不少大家不认同的地方，也请文友们多多批评指正。

2014 年 2 月 25 日

文学的痕迹

作为一个职业的文学编辑，接触一个陌生作者时，往往会依凭经验进行判断，要么认为这个人有潜力、有前景，要么认为这个人是心气大于才气，很少有模糊的时候。判断归判断，对于生活在身边的人，看到人家充满热情地投身于文学，即便感到不大合适，也总是不忍心兜头泼上一盆冷水。最初张钧将小说拿给我看时，我便是这样一个感觉。那是一部厚厚的手写的复印稿，作品中有不少他个人生活经历的记录，为谈意见，我和他约在他家附近的一家酒店的茶吧。我很委婉地表达了我对这部作品的否定意见，他并不是很能听得进去，这让我看到了他的固执。后来他有一个短篇小说发表在《天涯》上，也许是为了对周围一些不大看好他写小说的人有所回答，他自己从书店里买了十几本杂志分送给长春与他有交往的文友。

张钧在东北师大中文系教书，我倒是赞成他与教学相结合搞搞批评或研究，与张钧相识了一段时间后，有一次饭桌上我较为直率地跟他讲，你应该集中些精力投放到批评和研究上，他的表情仍是不大情愿割舍自己的小说创作。1997 年《作家》开“联网四重奏”年会时，邀请了余华、格非、徐坤来长春，张钧在与他们见面时还是忍不住把自己的长篇拿给他们看，这种不大理智的举动非常不被长春的文友理解，甚至有人不得不设法加以阻止。

1998 年张钧要启程进行新生代访谈之前，曾几次到我这儿商谈，一大部分采访对象的电话是我给他提供的，我认为这次行动是有价值的。当时我头脑中还有一个想法，如果张钧能完成的话，《作家》可以以采访日记的形式，将这批新生代作家的生存状态呈现出来，作为他所进行的严肃话题的补充，或许这部分内容更加鲜活。张钧一路上多次打电话给我。看到他的采访日记我并不满意，我觉得表象的东西多，深入的观察少，只好把原定的连载的计划变成节选，在《作家》1998 年第 12 期上刊出。

张钧的文学行为除了执着还是执着，这就导致了他与人接触时缺少讨人喜欢的沟通和幽默感，但他能赢得最容易怀疑搞批评的新生代作家们的信任，其中重要的优势在于他对每个采访对象作品的精细阅读，这一方面他所做的努力没有人能够相比。

如今张钧已不在人世，面对这一大本命名为《小说的立场》的新生代作家访谈录，人们往往会多看到它的意义，这是张钧留下来的浸透心血的成果，大家赋予它一些情感因素也不为过。我还知道为使张钧的文学活动留下这个神圣的痕迹，陈思和、张燕玲、施战军等人的锲而不舍，这又让我体会到了文学的温暖。

沧桑之余剩下了什么

今天的阅读疲惫，太容易让人错过许多值得一读的好书。尤其是当你面对一本貌不惊人的、甚至你会误以为幻觉中是自己所写的作品时,你翻开它时得需要多么强大的推动力啊。《唉，我的沧桑 50 年》差不多就是这样一本书。

把八爪夜叉的《唉，我的沧桑 50 年》看作是一本自传体小说应该没什么问题，要是看作是 50 年中国社会的纪实文学似也没什么不妥。当然，这些都不重要，重要的是这样一部作品所传达的要害之处是什么。就生活经历或经验而言，我和作者几乎是同样经历了这样 50 年。从三年困难时期、“文革”下乡到改革开放进入市场经济社会。在相同的宏大背景下，相似的生活状况中，个人性的差异并不会被左右一切的意识形态所销蚀得一干二净。主人公赵超美从一出生就颇具另类气象，因为未足月仅有三斤多一点的他，差一点被饥饿中的父母给下锅煮汤。这就奠定了赵超美的悲剧性人生基调，他注定要在曲折坎坷并带有传奇色彩的境况中走过几十年。小时候他上房梁偷母亲藏起来的油茶面，青年时期他在云南西双版纳下乡时养成了吃蚊子的绝技，乃至后来为姐姐打抱不平，在严打中被判刑入狱，直到再就业、又下岗，这之中既有强大的社会洪流的裹挟，也无处不闪现出个体生命的反抗和挣扎。由童稚时目睹父亲的情人于小丽的壮烈之死，到武斗时姐姐赵解放无谓的死，以至下乡时罗晓娟在自然灾害中丧命，还有老勒刀的愤懑之死，小黛农被病魔夺去生命，等等，这些死亡的情形给赵超美的心灵中烙印下的只能是消极、灰暗和暴烈，这便是一个精神缺失的非正常时代存留的馈赠。尽管如此，在赵超美和流浪狗三花、老勒刀、小黛农，包括后来的初恋对象苗苗之间，仍可窥见不可磨灭的人性的光辉。这是在浩劫中人之所以还要作为人的最后的支撑。阿多尼斯写下过这样的诗句：世界让我遍体鳞伤，但伤口长出的却是翅膀。向我袭来的黑暗，让我更加灿亮。人是无法选择何时何地降临到人间的，这也就为所有的荒诞埋下了伏笔。舞台是历史的预设和捉弄，故有人生如戏，戏如人生之说。但西绪弗斯的努力绝不会因为已知的徒劳而放弃，希望就残存在绝望之中。

安德烈·莫罗亚在评价普鲁斯特的《追忆似水年华》时认为这部作品有两个主题，即毁坏一切的时间和拯救一切的记忆对峙着。同样，在《唉，我的沧桑50年》中，在记忆中所复活的时间，呈现的便是生命被磨灭的粗粝和残酷，以及那一缕忽隐忽现的风中烛光。或许本是淹没在岁月和人海里的普通人生，由此而在文学中重获永存。

吉林：诗歌的星辰依然闪烁

翻开吉林诗歌的史册，不乏辉煌和耀眼的篇章，从公木的《人类万岁》到胡昭的《军帽底下的眼睛》，从丁耶的《鸭绿江上的木帮》到王肯的《鄂伦春小曲》，有数不清的诗人都曾以饱满的情怀在这片黑土地上不停地吟唱。

进入新时期以后，吉林的诗人以其敏感的创作和新锐的理论，引发了全国诗坛长时间大范围的争鸣，几经曲折，廓清了当代诗歌的一些基本而又关键的问题。

20 世纪 90 年代以来，有人把吉林的诗歌描述为“散在的写作”（王小妮语），并认为这是一种提前的“还原”。也就是说吉林的诗人们，与纷乱的思潮、热闹的流派的某种疏离，倒使他们更多地投入到诗歌的内部进行个人自觉的探索。其最显著的成果应首推曲有源的白话诗。诗人创作诗歌的过程，其实也是诗歌在塑造人的过程。作为当代诗歌史上不能遗漏的人物，曲有源的遭遇所付出的代价，既是他个人心灵的磨难，也是诗歌个性的一次涅槃。白话诗无疑是试图从源头上重新接续“五四”

时期开创的诗歌脉络，激活诗歌语言中的共鸣成分，形成一种具有文化传承性和创新性双重质地的诗歌文体。《曲有源白话诗选》荣获鲁迅文学奖，可算是对他这种努力的有效性的肯定。朝鲜族诗人南永前，曾多次获得全国少数民族文学奖，他的呼唤世界圆融的图腾诗，力求对人类民族文化的原在性予以恢复和辨认，因此被诗评界称为“当代中国的第一个民族寻根诗人”。有多篇作品被收入学生课本的诗人薛卫民，并不局限于儿童诗的写作，他的轻灵的短诗，将理性的指向和感性的触摸高难度地结合起来，显露出内敛的效果。被“一种复杂的大都市的忧郁”所笼罩的诗人张洪波，早已完成了由“石油诗人”向“诗人”的转型，对细微的捕捉、叙事的不动声色，一步一步正在逼近更纯粹的创作。人到中年的当年的大学生诗人于耀江，一直视诗歌写作为终生的冒险，他的脚步已不再是当年的洗练、轻盈，而是呈现出多向度的繁复和重心缓慢垂落的悬置。他的实验便是他的结果。

除了锁定这些带有象征性意味的目标仔细观察之外，我们必须充分注意到吉林诗歌的一股或多股更隐蔽的力量。他们活动于诗歌之中，又不屑于功利评判；他们立足在吉林大地，又不囿于地域的局限；他们偶尔显出锋芒和精彩，更多的时候则选择蛰伏和蓄势待发。这之中包括邵揶，包括孙慧峰，包括李磊，包括姜佐，包括辛欣，包括沈德全以及一大批更加陌生的名字。

可以说多样性——像丰富的吉林生态一样的多样性，是吉林诗歌的有趣的对应形态。从东南部的雄浑、神奇的长白山莽莽原始森林，到中部腹地一望无际的松辽大平原，延伸到西北部的风吹草低见牛羊的草原和湿地，吉林的诗人和吉林的地理一样，既有鲜明的个性特征，又自然地相互滋养，以多样性的组合构成并不刻意的一体性。

一盘散沙

这是从松花江和东辽河畔顺手撮起的一盘散沙，那潮湿里的洇迹一旦脱离流水的冲刷，在燥热的风中很快就将无影无踪。倘若你想追溯它们的过去和经历，需要你有足够的耐心和兴趣，或许不难发现，那微小而坚硬的颗粒中，隐藏着活火山的熔岩，保存着地下温泉的记录。它们的组合是自然的力量和偶然的选择，因此它们团而不结，合而不同，以接近标识距离，以摩擦证明沟通。

曲有源：诗歌注我，我注诗歌

诗人创作诗歌的过程，其实也是诗歌在塑造人的过程，种种双向渗透相互重构的关系，从人们对诗人与小说家（作家）的命名区分上便可明了。记得在一次省里召开的文学颁奖会上，曲有源在代表获奖者致辞的时候，在诸多感谢之后，他特别提出“感谢自己”。此时的他仿佛置身于自己之外，这也恰好证明大多时候那个“自己”是归属于诗歌的，而非其他。从一定意义上说，曲有源的诗歌成就得益于他的某种局限，正是这局限形成了他要构建的目标的明晰性，他的强大的自信心便有了着落和依托。大概这也可以算作他能有旺盛持久的艺术创造力的一个谜底。

一个有趣的现象是，一些人出书时慕曲有源之名前来求序，得到应允者拿到的文字均是“以诗代序”，并不夸张地说，曲有源除了写分行的诗歌，几乎不再习惯用散文体表达。作为一个中国当代诗歌演进史上不能遗漏的人物，曲有源的遭遇所付出的代价，既是他个人生命的损耗，也是诗歌逼近本质的磨难。套用一句“国家不幸诗家幸”来说，则是“诗家不幸诗歌幸”。近些年曲有源一直在进行“白话诗”写作，人们或许对此并未有足够的重视，但“白话诗”的今日操刀者无疑是有深谋远虑的。无论是从接续“五四”文化传统，葆有民族文化的活力角度讲，还是从应对开放的诗歌环境的挑战，确立不被淹没和混淆的印记方面说，“白话诗”这种“诗体”的自觉，都是大有文章可做的。

兰亚明：内心的时间与节奏的世界

兰亚明的名字最初出现在我的视野是在一张多少有些发旧的黑白照片上，那是20世纪80年代吉大学生诗社成员的合影。这是具有象征意味的存在，不管外面的世界20年来发生了怎样的精彩和无奈，兰亚明守住了自我循环的一份内心时间表，在这份时间表中，停留着会让更年轻的一代人不易理解的一些概念，他对爱情、友谊、敬仰者的诠释，所使用的方式几近于呼喊，这高亢中隐含着某种不合时宜，也暴露出他的执着和孤寂。叙写这类作品的一切快感来自那明快的节奏，让语言神秘莫测地发出有旋律的波动，这景象使作者产生沉醉和迷恋。

邵揶：生活幕后的窥视者

人生梦幻的诱人之处在于你被它麻醉之后，已不再把它当成梦幻，生活的表演性都是在本色的状态中实现的。在这貌似真实得天衣无缝的舞台背后，总有一双眼睛，它盯住了这种本质的虚假，它总要泄露秘密和默契。邵揶的姿态永远是在打断你，不管这种打断多么令你感到不适。作为诗人中的一种另类，他在重新图解生活时，更像一个高明的谈判对手，轻而易举就找到了压低合同“标的”的路径。

于耀江：利用细节的密度颠覆

于耀江早年扬名诗坛时还是读大学的青春小伙儿，如今他已人到中年。20世纪80年代他所留下的那些洗练、隽永的短诗已成为创作的历史档案，近些年于耀江由一个试图融入经典的方向悄然撤退，甚至已在不知不觉中组织了另一场更加周密的进攻。在他的一系列战利品面前，若要说感受，能想到的怕都是“各色”之类的词。不是说诗要留白嘛，我偏要塞满；不是说诗要跳跃嘛，我偏要一步拆成十个碎步迈；不是说诗要凝练嘛，我偏要不厌其烦地铺排。于耀江的实验即是破釜沉舟的冒险，在人们非常缺乏耐心缺少感觉而崇尚实利和目的的境况下，他正承受着生命不能承受之重。

张洪波：精致的完美主义

很长一段时间里，与其说张洪波像一个诗人，不如说他更像一个诗歌活动家，这从他所参与的各类诗歌工作中不难确证，不管是在河北，还是在北京，包括返回吉林，为了他所热爱的诗歌，他耗费了许多宝贵的精力。在文化公益的功劳簿上怎样给他记功，不是此处要评判的事情。我主要是想说，近来的张洪波与以往颇有不同，他有点更像一个诗人了，而且是一个不错的诗人，尽管他仍在前不久不顾非典之危，跑到北京、廊坊去参加一系列诗歌活动。虽然我无法划定张洪波创作变化的一条界线，但我认为他现在的诗越来越深入诗歌的内部了。对内心感觉的发现与表达成为他写作意识的发动机，从他的呈现结果看，那种刻意的意义的成分自然被灵气和天籁取而代之。“它们响着、动着／同时也一点一点地凝结着／不是一掠而过的”（《沙子的声音》）。

薛卫民：摸着石头过河

对岸已展现在他的眼前，比对岸更远的地方，诱惑在释放着气息，已开始涉水的诗人，步履中起初的镇定自如，渐渐在漩涡面前显出犹疑和茫然。这样的描摹有些等于是替一个早年就成名的诗人谦虚，事实上我慢慢地在体会着薛卫民拓展诗歌空间的艰辛努力。他放弃了他可以驾轻就熟的那些“过去的”方式，哪怕这种放弃还不能说十分彻底。他引入了种种破坏的力量，像蚕蛹在蜕变前去噬开坚硬的茧壳，当然这需要耐心和时间。观察薛卫民的创作轨迹，不由让人感慨，当一个好的诗人是多么不容易啊。

任林举：美丽的忧伤

谁也想不到在一个乱云飞渡的时代里，任林举还在做抒情诗人。他的诗温情脉脉，愁肠百结，让人联想到古典情怀。我们有太多的无情状态，也有太多的滥情状态，缺乏的是真情状态。人的美好的情感，曾经被政治因素粗暴地遮蔽，现在又被功利因素按价贩卖。诗人们大多遇情则避，唯恐在这等场合失手露怯，没有了熙熙攘攘，没有了吵吵闹闹，正好成就了他“风景这边独好”。

马季：窝藏草原的人

有谁见过这样大胆的狂想，把一望无际，有“一万匹脱缰野马／在那里／狂奔不息”的草原窝藏在心里，马季居然就是这样一个“在黑暗中我才会飞翔”的不寻常之人。他的中规中矩，他的谨小慎微，似乎都在为内心中的滚滚雷声和瓢泼大雨进行着掩护。人类生存中的诸多疑点和漏洞，他总能设法将其廓清并弥补，对外在生活的忍辱负重、卧薪尝胆，意味着对内心宇宙的隔离与呵护。在假想的逃逸中，离开所谓的核心，去一点点逼近真正的核心。

王立：晃动的镜头

他的诗似乎应该算作乡土诗，然而如今的乡土，已不是“棒打山鸡瓢舀鱼”的蛮荒原在，乡土在包围城市的同时也陷入城市对它的反包围。这还仅仅是表象，更深层次的冲击，来自那无影无踪的市场之手，玉米的“烂贱”不管对我们的情感接受是多么残酷，它确是无法回避的现实。王立的还乡，在找寻记忆采撷往事的举止中，所展示的证明都是外来者的。说到底还乡不过是一种愿望，在摄取影像镜头的晃动中流露出的是极不踏实的感觉。

文欢：错过露珠的玫瑰

文欢在诗中给人们展示的是一幅幅绝望的风景，那诱人的玫瑰在她的笔下变成了“风干的玫瑰”，“初春刚刚开始/而爱情已无迹可寻”。这还远远不够，最使人惊奇的是她把冰写成“冰冷中的冰”，而且“冰冷中的冰”，还要“肆无忌惮地凉”，读到这样的句子，你该明白什么是“寒彻骨”了，你也该明白女人的感情刻度两端都会比男人各延长一段出来。

沈德全：面对“飞逝”的无奈

“一切不再重来”，“一切逐渐远去”，“连马都已忘记”，“最后的消息虚幻而至”。这些无奈的情绪笼罩着20世纪70年代出生的沈德全，在对日常景象的叩问中，他也掉进了虚无的陷阱。

孙慧峰：永恒的荒诞

“人类一思考，上帝就发笑”，可荒诞的是人类不能不思考。这种思考在哲学家那里偏于抽象，而到了诗人这里则是把握具象。在孙慧峰的诗里，荒诞感有时呈现在两个对象之间，比如“有了灯火阑珊，但没了凝望的双眼”；有时呈现在时间的对比关系之中，比如下午的快慢；也有时呈现为空间的模糊不清，“一些

过去的因为等待 / 都有可能成为未来”。

朱传圣：终于看见了一点幽默

诗中的幽默不是噱头，不是调侃，而是从容不迫地捕捉到语言和情境的微妙，且这微妙只可意会不可言传。《我忍不住大叫一声》便是令人忍俊不禁的不装模作样的一首好诗。大凡好诗都不会繁复芜杂，也不会使人感到作者是在搜肠刮肚，好诗的降临有极大的偶然性，可遇而不可求。

姜佐：打断城市的午夜梦境

城市是人群躯体活动的一场盛宴，可它并不是精神的最佳庇护所。在喧嚣繁华的背后，隐藏着多少龌龊和污垢，盛开着多少“恶之花”，诗人在酒醉之后反倒像一个独醒者，在空旷的街巷、寂静的马路上，高声呼喊，罪恶啊，请停留一下。

辛欣：虚拟的徒劳

有些人的聪明和经验是通过支付吃亏与教训获得的，有些人的积累是通过皱纹换取的，像辛欣这般年龄和阅历的人，居然这么早就产生了沧桑感，不知该给予怎样的解释才合情理。于是让我想到了近几年使用频率非常高的这个词：虚拟。

1993年吉林青年小说琐议

刘纪众　宗仁发

宗：现在我们的目光集中到吉林的青年小说创作方面来，在这里，我们把长篇搁置在话题之外，比如洪峰的长篇《和平时代》以及畅销书《苦界》。中短篇小说是主要关注的目标。在过去的一年里，中短篇小说集中性的展示大概有两次，一次是《漓江》季刊春季号搞了一个“东北作家群作品小辑”，有我省的洪峰、王小克、述平、李不空四个青年作家的中短篇，另一次是惯例性的《作家》9月号。

小说创作的数量虽然不能等同于质量，但一般来说，质量与数量之间也有着密不可分的关系。大凡观察一个区域内或某一个作家的创作，繁荣和活跃的标准之一就是有足够的作品不断出现，当然人为地粗制滥造，骗取虚名不在此列。我们省创作的薄弱，除了缺少有影响力的扛鼎之作外，不能不说也缺少足够的数量。有的青年小说家是写不出来，有的则是由于勤奋不够，懒散有余。文学创作也是紧张的竞争，尽管是各自为战，但不等于看不见敌手就不是战场。你的敌手既有已经身躯不再，而精神尚存的大师，也包括你的同代精神亢奋，焚膏继晷的一群发烧友。吉林青年小说家应从一种“小满足”中尽早走出来，“写点发点”太小家子气，要有高点大点的抱负。取法乎上，可得其中，若取法乎下，可得就太可怜了。

刘：1993 年的吉林小说我读的不多，印象最深的，大概也就是洪峰的《天空的翅膀》与述平的《晚报新闻》了。洪峰和述平看来一直保持着很好的创作势头，这两篇作品都写得很潇洒，可以说基本是进入了一种自由境界。

所谓“自由境界”还不是指驾驭对象的得心应手。小说这东西是与社会思潮密切相关的。形式问题、风格问题，我觉得那都是其次的，能不能进入小说的深刻、深远的文化意境，主要就在于能否感悟和把握有关文化史的各种时代问题及其前景。

洪峰与述平所以每每成功，我看着先就应归于他们的文史家的眼光，他们不但能敏锐地感觉到社会心理，而且还能编出故事去解释它。

宗：洪峰和述平的创作势头的确不错，洪峰似乎已找到了一种界限，他不再被界限的阻隔困扰，在一定的界限之内施展和表达使他显露出自如和成熟，关于人类的终极必追问仍是他的小说母题。述平的《凸凹》1992 年末刊发在《收获》上，然后 1993 年的《作品与争鸣》9、10 两期配发了争鸣文章予以转载，这个中篇可以说是述平小说创作的一个高峰，也标志着我省青年小说创作继洪峰之后将会出现第二个在全国范围内有影响力的小说家。《晚报新闻》是他刊发在《作家》上的一篇新作。这篇小说的结构具有一种随机性，或者说具有一种颠覆性，这是近期述平小说创作的新突破。

刘：《天空的翅膀》，一如既往，仍是洪峰的模式，他仍在苦苦地追索着“生命之流”。不过，我倒觉得这篇作品比起先前的创作，在主题意蕴上是更深厚了。“你觉得是什么原因使他堕落呢？是社会吗？”作品中的青年作家宋学玮回答：“不是”。他认为“一切品格都是个人的”，“完全取决于个人”。洪峰不是宋学玮。他比宋学玮高明。尽管很显然洪峰也在强调“个人品格”“个人意志”，但他看到了与社会的因果关系，不仅这样提出问题，而且在作品中也的确是认真地思考了这个问题。雕塑家搞了15个女人，这15个女人都可谓他生命的“杰作”，如果不是由于社会的原因，他的“情”大概不至于都“纵”到女人身上。如果从一开始就允许他把全部情感都投注到艺术，他也很可能创造出15件艺术作品，而不是创造出15个情人。

宗：事实上，完全的个人行为是不会出现的，个人所能真正决定的一切是非常非常有限的，除却某些先烈背景和原因之外，文化对个人的预制作用就足以使个人难以个人化了。人甚至无法找到还原回个人的起点，只能在被预制中挣扎。

在《天空的翅膀》中，作家描绘的是非常状态的刺激导致人性能力的丧失，然后在变态的性行为中获得修复，但再也不会返归到理想境界之中。与性相关的两个方面是战争和艺术。不论是哪个方面，作家笔下的人物都在试图对社会行为做出反抗，尽管这种反抗终将是徒劳的，但作家必须以这种姿态来说话。这样说来性爱已不是简单的性爱问题，在性爱问题中蕴藏着丰富而复杂的内容。

刘：《晚报新闻》同样也是注意到了社会品格对个人品格的影响。陈云辉在人们眼里不过是个小流氓、市井无赖、小痞子，可他的这些品性，不能不说也是一种社会的折射。陈云辉握住安红那只纤纤素手时，一股电流“唤醒了他心里沉睡了多年的最温柔的那部分感情。”当初，陈云辉的心里骤然萌发了这种“最温柔的感情”时，他并没有想到由此便酿成了他的人生悲剧。他也没有理由这样想。他毕竟还是个孩子。那么，是谁扼杀了这“最温柔的情感”，并将它导向悲剧呢？他自己当然负有责任，出身贫困，家境贫困，长相贫困，智能也贫困，这制造了他卑琐的心理，我们姑且将这看作他自己所负有的责任，可是安红呢？还有德蒙、刘大明，他们就不负有责任？更何况安红也好，德蒙也好，刘大明也好，他们并不是作为孤立的人偶然地发生作用。他们每个人都是被他们的社会关系所决定，代表一种社会意识。

宗：《晚报新闻》所展开的故事带有纪实性，好像不是作家在写这个故事，而是故事有了开头就自己自然下去了。那些不断插在里面的晚报新闻总在提醒读者，作家笔下的故事和这些晚报新闻中的真实事件没有什么区别，完全可能就是他们之中的一个。小说写得信马由缰，突然或者偶然因素左右着故事进行的端向。作家试图在故事中不介入主观因素，不介入必然因素。但这只不过是一种文体风格而已，其实作家是在十分严肃地探讨着性爱问题。在这篇小说里性和爱可以说是无法融合在一起的，性是性，爱是爱，性是男女两个性别就可以解决的，而爱是男人和女人不好完成的。光有性而没有爱，人觉得不满足，为寻找爱，而实际上走向罪，这又是命运。换句话说，在世俗社会层面里只存在着性与罪，而不存在完美的性爱统一体。

刘：生命是个过程。生命跟生命没什么不同，不同的是生命过程。艺术总是通过个别反映一般，艺术中的个别，无非也就是生命过程的个别，除此不可能再有别的什么。雕塑家与陈云辉的生命过程，在两篇作品中都分别表现为道德堕落的过程，都是由偶然的非道德行为转向经常的、系统的反社会行为，只是由于受个人所承载的文化制约，非道德的行为方式才有所不同。雕塑家是激情转化为情欲，陈云辉则是由情欲来制造激情。两篇作品都很准确地捕捉到了这个“堕落过程”中的个别性，如果要探讨道德堕落的根源，这两个人物的遭遇不能不说是很有些“文献”性的。

恩格斯在《英国工人阶级状况》一书中列举了大量经验标准来说明道德堕落的原因，其中有：如果不把人当作人，像对待动物一样用皮鞭来对待人，那么，那些被当作牲口看待的人，不是真的逐渐变得像牲口一样，就是只得靠着烈火般的憎恨，靠着不可熄灭的激愤才能保持住人类应有的意识和感情。《天空的翅膀》中的雕塑家也好，《晚报新闻》中的陈云辉也好，我们在作品中看到，他们实际已不再是人，他们在“皮鞭”下不断地“培养”了自己怕成为牲口的品性，以致最后终于变成了活生生的牲口。陈云辉或许稍好些，他还有憎恨和激愤，但在他的憎恨与激愤中，属于人的成分未免太弱了。

宗：雕塑家的艺术创造力始终处于被压抑状态，他只好借性渠道来泄去激情。而陈云辉和安红之间是错位关系，当陈云辉心里默默地守望着爱安红的情感时，在安红的心里陈云辉不过是个路人而已，当在陈云辉的追迫下，安红否定了与德蒙的游戏爱情关系之后，已对陈云辉产生爱情之时，陈云辉却已让罪恶攫住，不能再抽身回到爱中来。雕塑家的反抗是企图获得什么，是构筑在假设某种前提存在，人是有可能达到预想的目的的，可以说是社会悲剧。而陈云辉和安红所陷入的是无法把握的现代人的命运悲剧。

刘：文学对性爱的热衷和偏私是十分自然的事，对此无须大惊小怪。性爱作为人类基本的心理需求，与自我价值的信念密切相关，是社会生活的重要机制之一，因而不在于性描写、性表现本身，而在于如何表现，在于是否传达出了一定文化背景的必然性，也即它的文化本质。心理学和医学从科学的角度探讨和考察了性爱的发生、性爱在生命过程中的位置，人类学和社会学也分别基于文化背景、文化结构及性爱与社会经济生活的因果联系等方面论说了性爱的意义和作用，但是很显然，却很难将全部真实性呈现在人们的认识之中，而这又恐怕不能不说是性爱在人们实际生活中更具实质性的问题。为此，文学以其独特的方式和手段去探索性爱，在某种意义上，实际就是弥补了这个空白。

当然，当小说家从道德与审美相交织的角度和层面去提示性爱、表现性爱时，他不能没有自己的道德态度和审美倾向。没有态度，其实也就是一种态度；没有倾向，其实也就是一种倾向。文学是社会的良心，小说家描写任何事物，崇高的或卑劣的，要我看，就应该体现出这种“良心”。而且，这并不是站在艺术之外的社会要求，而是艺术本身，是艺术获得价值和魅力的内在要求。看来洪峰的艺术态度要多少强于述平的艺术态度。

宗：性爱是人天性的德行的结合，是自然属性与社会属性的统一，随着不同的历史背景转换，性爱的悲喜剧故事必然会不断地变幻莫测。近年来小说家较为集中地表现人性爱由此可看出当代文学发展的深度。尽管目前的人性爱仅仅是作家们在探求着的问题。对性爱问题表现的程度可以说代表着当代文学发展的尺度。性爱在世界现代小说创作中所受到的青睐是其他主题不可比拟的，海明威、昆德拉和日本的渡边淳一，都是通过性爱来表达人类恒久的探求的高手。

在性爱描写（指广义的性爱描写）的把握上，差不多可以见出一个作家创作水平的高低，对人类处境意识的程度，个人感觉和体验的多寡，趣味和品位的雅俗。过去曾经流传一种说法叫“爱必是永恒的主题”如果从合适的角度理解这句话，那么它的确是道出一个创作要旨。说爱情是永恒的主题，并不是意味着为了把爱情当作一种表达主题的手段。它应该是一种丰富的统一，具有深刻意味的统一。说得更高些，它是作家艺术生命力的检测。

刘：爱是历史进程中的产物。原始文化中的人大约不懂什么是爱。友爱、情爱、性爱、博爱、自爱等等，实际都深深植根于一定的历史文化土壤中，因此必然地带有历史的特点和社会的烙印。马克思和恩格斯也多次论及过爱，认为爱关系到物质基础和社会关系，是物质基础和社会关系决定了爱的性质和爱的方式。这样，据此我们就可以得出一个结论：爱是人类文明程度的标志，依据爱的性质和方式，就可以看出人在何种程度上成为并把自己理解为人。

大概正是基于此，爱，才得以成为文艺作品中最受关注和偏私的领域，才得以成为永恒的主题。哲学家论及爱，尽管也是那么投入，迄今为止还鲜见有人把爱当作范畴来研究、描述，但在文艺作品中就大不一样，文艺作品中的爱，不仅有逻辑的起点和归宿，而且在这个起点和归宿中，历来都深刻地蕴涵着文艺家对人类命运的关心及对未来的憧憬和期待。《罗密欧与朱丽叶》《红与黑》《巴黎圣母院》《包法利夫人》《复活》《查太莱夫人的情人》，以及我国的《红楼梦》等等，都莫不是以对情爱、性爱的睿智思索和生动而深刻的解释、描述，赢得了文化史中卓越的声名地位，促进、深化了人们对爱的认知，培育和发展了爱的文明。

宗：在小说创作中，作家的思索是多方面的。主题、情节、人物、结构，甚至把故事放在何种背景上，都显示着作家的睿智程度。我们前面提到过的几个人物形象，不管作家对其是批判，还是褒奖，未尝不就是这种思索的产物，或者说未尝不体现着这种思索。

刘：《天空的翅膀》中的宋学玮自然也是个写得很成功的人物。这个人物的成功很大程度上是取决于他所扮演的角色。他与雕塑家看来是处于一个问题的两极。首先是"生存权"，然后是"发展权"。有了"生存"，才能说"发展"，从弗洛伊德到马斯洛、阿德勒都是这样讲的。

宗:洪峰的《天空的翅膀》从结构上看，是纸牌被洗开式的，而《晚报新闻》则是链条式的。前者的松散、错乱及至人物情感衔接的断档使人感到作家是在使用一种和读者故意过不去的文体，阅读的障碍究竟是带来兴趣还是破坏恐怕会因人而异；而后者紧密、细致、顺畅，会使不大愿意吃苦的读者很轻松地阅读下去，至于阅读之后是否还觉得轻松，那就要看阅读者的素质如何了。

话题说到这里不能不提到一种新现象，即阅读的疲惫。似乎前些年也有人提过类似的看法，那时主要是指那些形式上花样翻新的无休无止，指责归指责，但这种指责起码还是阅读之后的指责，或者叫作因阅读得太累而产生的抱怨。现在人们已不再有那么多的耐心，一部作品拿到手里看上十行八行，翻它五六面，就可以因不耐读，而弃之一边，然后就可以说三道四，这种人可以说还不是一般读者，大多是职业性文坛读者。阅读的疲惫会导致两种创作走向，一种是作家调整自己的叙述方式，在不丧失自己创作意图的前提下适应读者的阅读心理变化，尊重读者的阅读要求；另一种是仍然我行我素，对读者怎样阅读，是否阅读不予理睬。究竟哪一种走向会伴随大作品产生还无法武断地下定论，也许是各有千秋，也未可知。

刘:省内新人作也看了几篇。还没发现有太出类拔萃的。《作家》9月号上的《春天的夜晚你要想着我》还可以，但无非是唱歌喝酒，怨天尤人，各方面都嫌嫩。写小说得饱经沧桑，得有生活积累,要不怎么一再强调“深入生活”呢！光凭浪漫和想象，写诗还可以，写小说就未免困难太大。

宗：总之，1993 年吉林青年小说创作宏而观之，较为平淡。青年小说家从纯文学园地旁逸斜出愈加严重，佛心难收。一些曾以贴近现实或注重风情为长处的青年小说家差不多都是寂然无声。一些青年陌生面孔稚气难脱，表演也难免常常失手露怯。按此状态看来，1994 年的前景似乎也难以乐观。可热闹的省份和区域不断在大刊物上叫阵。不必说那些早为人熟知的江苏的苏童、叶兆言、沈乔生，北京的刘恒、刘震云、刘庆邦，还有正在移巢的余华、格非也将加入京城队伍之中，湖北的方方、池莉，仅 1993 年新冒出的名字就够让我们头疼了。江苏有鲁羊、毕飞宇以及韩东、朱文、罗望子，上海有须兰，广西的东西，等等都是不可小觑的人物。

这样讲并不是要长他人威风，灭自家的志气，而是强调我们应该有危机感、紧迫感。省内文学界对洪峰、述平以外的青年作家向来是抱有厚望的，无时无刻不在期待着他们有上乘表现，有力作频频问世。尤其是对近年崭露头角的几位青年作者如朱日亮、刘庆、赵中月、任白、何方等，关心省内青年小说创作的人都在不遗余力地为他们创造有利于提高的环境和气氛。在这种环境和气氛中还包含着一种必须十分珍惜的真诚，那就是对他们的作品有好说好，有不足说不足，不是虚伪的一片哈哈声。

2004年10月阅读札记

一、《青年文学》·宣儿《迷失西城》

《迷失西城》这部中篇小说可以说是宣儿的一次自我挑战，是她从单纯依赖个人内心经验写作到广泛使用社会资源写作的重要转变。如果说此前她的作品留给人们的印象大多是与一己情绪相关的，那么《迷失西城》则会让你大开眼界，你不能不惊叹，宣儿也会讲故事，而且是讲别人的故事。

农民宋祥生受本村在城里一家酒店当保安的周荣的影响，跑到城里打工。在一个建筑工地卖了一个月的苦力，却拿不到钱。一天晚上，周荣请他去看二人转。夜里回工地的时候，他迷了路，由于没带身份证，被巡逻的民警带到了派出所。在派出所与另外几个待处理的人同处一室时，他听到了一个人讲述自己抢劫的过程。三个月下来，宋祥生仍未领到工资，他便去找老乡周荣，想找点别的活干。在酒店的门口，宋祥生遇到了与他在派出所听到的抢劫情景相似的一幕，一个名叫付庆枢的教授，手提装有十万元现金的密码箱到酒店来付一笔仪器款。宋祥生跟踪付庆枢教授进了电梯，在实施抢劫时，付教授冷静地制止了他，并从犯罪的边缘上将他挽救回来。后来不仅帮他找到了新的工作，还与他交上了朋友。真是绝处逢生，坏事变好事，宋祥生在新的工作岗位干了一个月活，高高兴兴地领到了五百元钱工资，似乎生活有意在对宋祥生加以补偿。然而命运的捉弄并不会那么轻易放弃一个被它抓住的对象。宋祥生为答谢付教授，买了两瓶古井贡酒送到付教授家里，无意中在酒后说出了他与付教授之间的秘密，恰巧被付教授女儿的同学——一家报社的记者沈小梅捕捉到，由此宋祥生的触媒便成了倒霉。先是由于被沈小梅写的采访稿在报纸上曝光后丢了付教授给找的工作。后又由于做了电视台的“真情实感”栏目的节目，再一次被老板炒掉。而这一切都发生在宋祥生的大恩人付教授去香港期间。孤立无援的宋祥生只好又去找周荣，此时周荣也丢了工作，只是偶尔靠给出租车司机押车赚点工钱。一天晚上，周荣将宋祥生带上一辆出租车，在实施抢劫的时候，宋祥生却被蒙在鼓里，当周荣已把抢到手的出租车开走后，宋祥生反去帮助被抢的司机，而司机出于自卫将宋祥生当作周荣的同伙打死。这一事件又一次引起了报纸和电视的关注，付教授正是从电视报道中看到了宋祥生作为罪犯死去的一幕。

我不敢说这个故事宣儿编织得天衣无缝，滴水不漏，但它的基本框架还是结实的，经得住推敲的。更加耐人寻味的是，《迷失西城》将小说的多重意义较为妥帖地融入日常化的事件之中。至少可以从三个层面分析《迷失西城》。第一，我们可以先把它当作是一个关注弱势群体命运的小说来读，一方面是中国发展加快城市化进程的历史中，城市对劳务需求保有极大的吞吐量，另一方面是广大的农村有非常多的剩余劳动力需要向城市转移。本来这是一组平衡的供求关系，然而由于社会机制的漏洞和缺失，也由于农民工的素质偏低，许多社会问题便由此衍生。发生在宋祥生、周荣身上的故事，不过是千百万农民工的缩影。第二，我们可以把它当作一个人与社会存在之间具有比较复杂关系的小说来读。本来宋祥生穷途末路时虽偶生邪念，但在付教授的感化中，已迷途知返。可媒体的介入，又一步一步将他推到深渊之中。传媒业界的残酷竞争将压力由记者传输到社会各个角落，平面媒体的沈小梅也好，电视台的李小彤也好，他们在千方百计寻找采访线索的同时，也在参与对宋祥生的“谋害”。从文学角度说，对媒体的质疑和追问的作品尚不多见。第三，我们可以把它当作一篇充满荒诞意味的小说来读。宋祥生在想犯罪的时候却转化成好人，而在当好人的时候，却被当作罪犯。媒体在弘扬付教授救人于水火的事迹，同时，又将它的采访对象丢进水火之中。就连周荣的变化也颇有戏剧性，他由一个保安、一个和警察差不多的人，一个帮出租车押车的人最终成为一个抢劫犯，社会的异化、人与人之间的隔绝、人对世界的陌生感等等观念都能通过《迷失西城》中的人物形象得以体会。无论如何，我们都有充分的理由给宣儿的《迷失西城》打个高分。

二、《人民文学》·金仁顺《霰雪》

就体裁特征而言，短篇小说为作家展现艺术个性提供了宽阔的舞台。不用说不同作家之间的风格差异，就是同一作家的不同作品，作家在每一次打造时，不仅注重新的材料使用，而且力求实现某一方面的艺术突破。《霰雪》是一篇讲究意境的小说，它有点像诗，也有点像留了很大空白的画，但它又不是诗化小说。其实这样的小说无疑等于是难度系数提高了许多。当然，从纯粹小说角度分析，它也有故事，有情节，可它似乎又不是把重心放在故事情节方面。小说的开头和结尾大胆地使用最直接的呼应法，奇迹般地将廉建军和江秀茹的关系写出来了，而中间的段落几乎完全宕开，写的是另外一组人物，即廉建军与他的同学周晓南及周的女友关盈的一次聚餐。围绕着这一餐饭，作者的苦心差不多都花在氛围二字上了。一方面是周晓南在滔滔不绝地夸张地描述他与关盈一起旅游的经历，另一方面是关盈的置身事外和漠然，唯一的听众廉建军的内心感受则是一言难尽。除了些许的注意照顾和观察一下关盈之外，廉建军更多地沉浸在他与周晓南之间历史纠葛的回忆之中。正是这个周晓南，当年使用卑劣的手段，取廉建军的位置而代之，进入了美院。如今，周又将同学也是关大师的女儿关盈定位成了女友。周所实现的一切从一定意义上讲都是属于廉建军的，正所谓鹊巢鸠占。最无法让人接受的是周居然无耻地把这些摆在受到严重伤害的廉建军面前炫耀。从这样一个痛苦的饭局解脱出来的廉建军，半路上恰巧与江秀茹相遇，两个人开始了新的约会。从小说的结构关系看，表面上首尾与中部之间的游离，正是作者有意为之的，这种游离更像是一种提示，让人多想一下，造成强调性效果。三部分之间的内在结构实际上是连得很紧的。作者在这篇小说中构筑了两种互相牵扯互相对立的人生境界。一种是得筌忘鱼式的钻营，另一种则是单纯得有些幼稚。与其说廉建军是从异性角度接近江秀茹，不如说是他在被周晓南折磨得疲惫不堪之后，太需要一种简单的心灵默契了。遗憾的是，小说中的关盈有点像摆设了，她的模糊不清的原因实际上暴露出作者的把握失据。

关于“70年代人”的对话

宗仁发 施战军 李敬泽

1997年冬，仁发、战军和我在北京香山饭店谈起“70年代人”。窗外有一棵不知名的老树，枝丫清疏。三人的交谈有时很散漫，有时激烈，是一种兴奋、密谋的气氛。我们都是编辑，我们认为有新的声音出现，我们企图让广大的人群听到这些声音。

现在，已是1998年晚秋，《作家》在这一年的7月号推出了“70年代人”专辑，这批新人喧闹地进入各种报刊的版面，引起震惊、晕眩、疑惑、恼怒。在此期间，仁发把他的话寄给了战军，战军又把他和仁发的话寄给了我，经过时间和空间的漫长旅程，两个人的话都已是说于此时的深思熟虑的自言自语，我们无法回到去年冬天的那个“现场”。

按照约定，我应该在仁发和战军之后加上自己的话，把话和话拼贴起来，制造出一种现场感，但我觉得他们两位已说得足够充分，我并没有多少新话可说，所以，最终形成的文本实际上是仁发和战军的对话，我宁可偷懒，当一个闲散的评注者。

——李敬泽

施战军：将“70 年代人”的写作单独列为研讨的话题，肯定是一种缩略、勉强或不得已而为之的事情，这跟把文学的演变史早为“19 世纪”“20 世纪”的性质差不多，这也许又会引起史家们对于近前文学追踪者的不屑甚至愤怒，但事实上，“史料”与“新生”都有它整体上的认识规律。面对变来变去的文学史，当下的创作却获得更加放松的心态。越少顾及史家各种形而上学的筛选，越能体现创生新的历史留痕的努力。

李敬泽：战军这段话有一种辩解的味道，他肯定是想到了围绕“70 年代人”的批评和非议。“70 年代人”之类的提法无疑粗糙简陋，它的好处就是方便，而且如战军所说，也没打算往文学史里写，所以如果人家否定这个提法，我没意见，这批作家也不会因此蒸发掉。

但是我非常厌恶有些批评中那股子道学气，有些人似乎就是因为无趣才干文学的，而且最会在无权者身上施展他们的无趣，比如不能还嘴的死人，比如尚未获得市场准入的年轻人。

宗仁发：20 世纪 70 年代以后出生的作家是一群感性动物，他们以一种撕去修饰的真实击倒那些条分缕析的虚弱的理性，他们站在生活舞台的背后，大声喧哗，用一个又一个谁也无法抵赖的细节，戳穿所有自欺欺人的童话。

施战军：成长的快乐、伤感、孤单、酸涩、困惑、危险，一切都切近鼻尖，在“70 年代人”的嗅觉、视觉和味蕾组织上，绝对的甜与绝对的苦、绝对的香与绝对的臭、绝对的干净与绝对的肮脏、绝对的美丽与绝对的丑陋等等，都丧失了存在的理由，关于社会生活的观察，都写在他们冷暖自知的肌肤上。人生以一种混合或过渡的形态呈现出来，连同所遇所想，都处在感性的旋涡之中。感觉的发达稠密或对日常感觉的好奇和迷恋，在崇尚理性和引领良知的文坛医生眼里，肯定是要开若干方疗救神经病的药了。

李敬泽：“感性”和“感觉”，这两个词有所不同，感觉是即时的、片段的、混乱驳杂的，感性则是内在的丰富、澄明。在迪厅里你会感到晕眩，在商场中目迷五色，这不是感性而是感觉。我总以为真正好的小说终究是感性的，不是感觉的，就像同样写旧时沪上，张爱玲是感性的，新感觉派的小说现在看就没什么意思。

宗仁发：在试图对 70 年代以后出生的作家进行定位时，我和几个朋友曾找出了有关他们的 5 个关键词。

【背景】生在红旗下，长在物欲中。

【风格】“雅皮士”的面孔、“嬉皮士”的精神。

【性爱】有经历，无感受。

【立场】以享乐为原则，以个性为准绳。

【作品】向世纪末集体逼近的突围表演。

以背景方面考察，这一代作家是生长在社会转型的断裂处，旧有状态土崩瓦解，新的秩序却姗姗来迟，他们在悬置中失重。幼儿园中有关艰苦朴素的歌谣还没忘掉，他们已经一不留神成为都市的泡吧一族。从家庭中剥离出来之后，以不断更换居住地点的漂泊培养出他们对环境的麻木能力。在与红旗挥手的同时，他们与物欲也仅仅是擦肩，低收入高消费造就了他们贵族和流浪儿兼备的品格。他们的面孔飘移多变，构成识别障碍。

温文尔雅和放荡不羁这两种相互冲突的性情居然在他们身上获得高度的统一。

性爱在他们这一代人身上已毫无神秘可言，在他们的作品中，性和爱都是合理的存在，融于一体也好，独立出现也好，都无所谓，他们不像60年代出生的作家那样，善于将性爱复杂化，使之成为“深水区”，他们是以一览无余的方式让性爱清澈见底。缠绵悱恻和痛苦不堪的性爱心理格式很少能在他们笔下驻足。

享乐不仅是他们的过程，也是他们的目的。他们的生活哲学是：“简简单单的物质消费，无拘无束的精神游戏，任何时候都相信内心冲动，服从灵魂深处的燃烧，对即兴的疯狂不作抵抗，对各种欲望顶礼膜拜，尽情地交流各种生命狂喜包括性高潮的奥秘，同时对媚俗肤浅、小市民、地痞作风敬而远之。如果说对物质享受的过分追求有时让人倍觉彷徨，那么生活中简简单单的快乐却又是无处不在的，这种轻松就是实在、自足、可取的。即使有一天它不幸膨胀成昆德拉式的不能承受之轻，那也比暮气沉沉、教条的沉重的东西要棒。”（卫慧《像卫慧一样疯狂》）这段话等于在提示我们还不能从排斥享乐的理念来看待享乐，享乐也具有批判功能，享乐也是对人的一种解放。

施战军：“70年代人”大都在城市出生和成长，几乎没有“革命”记忆，与他们对应的人群大都是“统一思想”意识浓重的父母们，前辈的“斗争”经历给他们的子女的心灵和想象世界形成了一股逆反的力量。因此“70年代人”的“城市感”中除了物质的意象群，还有长辈意象群，有时他们对此做一种极端的处理。比如卫慧，在《艾夏》《黑夜温柔》《爱人的房间》《水中的处女》诸篇作品中干脆让主人公的父母早亡或与自己毫无相干，祖辈的形象也带着不讨人喜欢的晦暗，残留着的只是一些“昨夜的味道昨夜的阴影”。他们着力叙写作细腻察揣的多是“同辈”，他们之间的同情、相惜和纠葛、嫉妒等等，这在女性作家笔下常常最见才情。这一点周洁茹虽年龄偏小，却更显老到成熟，她的《长袖善舞》《熄灯作伴》《我们干点什么吧》，虽然语言和结构方式不免讨巧因而更使选家青睐，内里却揭示出同辈人盲目陶醉于个性飞扬的某种悲剧指向，个性无限膨胀过程中个体之间的互相磨耗和损伤，是聪明人世界的真相，更是“破灭”的一个来由。

李敬泽：“70年代人”的根本特点中，历史似乎已经终结。小说中的父母大多是怯弱的，或者索性缺席，被放到海外去，这里没有“弑父”的冲动，因为弑父冲动中包含着对历史的承担。

历史的终结反映到自我意识中，性爱也好，生活也好，都缺乏自我的历史感，爱是“现在”，不具有历史价值，当然不会“缠绵悱恻，痛苦不堪”。

虽然这一切与他们的具体境遇有关，但他们恐怕很难回避可能招致的严峻责难。对此我的看法是，在历史之外漂浮也许是“轻松”的，如果一个人恰好感到了这种轻松，他或她当然有权利把它写成好的小说。但历史肯定并未终结，“轻松”有一天会“膨胀成昆德拉式的不能承受之轻”，一个人或一个小说家必须面对它，这与“暮气沉沉，教条的沉重的东西”无关。

宗仁发：这一代作家仿佛都有与其年龄不相称的沧桑感，也许是由于他们的心理超负荷接收而又无法全面整理所致，一方面他们以“新人类”的姿态无所顾忌，让人瞠目；另一方面他们又饱经心事，将近距离的经验推向远距离的追忆。他们既有率性而为的稚气，又有世事如烟的慨叹。

施战军：成长中年轻生命的死于非命让我们读出在快乐原则中也不免存在的世故与沧桑，有时这些组成他们小说的叙事支架。死，在“70 年代人”的生存尺度里，不是坍塌的废墟，比如在卫慧的小说中体现为“有毒的宁静”，她有一搭没一搭地在小说中藏着一句答词：

不是死亡，只是破灭。(《爱人的房间》)

丁天的《幼儿园》、金仁顺的《五月六月》中的死，更明确了“致死”的可怜和随遇。这些事故或像“自找”或像“他杀”，我们都无法埋怨到具体的对象上，一切都像生长在“失误”之中。稀里糊涂的“失误”与明白无误的“破灭”之间，灌注着“70 年代人”对人生的体察与对情境的印证。

如果我们非要硬性地归结他们对于生命终极的理解与兄姊们的不同，那么，我看，洪峰、余华们是持“死亡”观的，而“70 年代人”是持“破灭”观的；前者面对“死亡”写“活着”的险情，后者面对“破灭”写“成长”的可能。人生的情境影响着各自的感觉系统，呈现出来，正是人生哲学的分野。

李敬泽：“沧桑”与“破灭”，这就是“轻松”的时代，就像喝醉酒要头疼倦怠一样。坦率地说，对此我抱有很大疑虑，沧桑和破灭有一种内心真实，但也是自我消解的，也就是说，如果你感到“轻松”的限度，你只需要沧桑或破灭一把就行，这是对真正的生存问题给出情调化的解决。

这就又说到了历史，当历史终结时，意义归于沉默，沧桑或破灭就成了意义的代用品。60年代西方的文化英雄们有乌托邦激情，有关于历史和自我的宏伟叙事，他们为此进入一种锋刃体验。相比之下，在所谓现代语境中作先锋很容易，有的是自我消费的欣快。

施战军：现代都市商业社会必然的“恶之花”时代，造就了以毒攻毒的写作美学。都市奇异的影像事实上已经在“新生代”的视野中好久了，但都市的语言奇观却一直没有得到充分的展现，大都会上海的卫慧、棉棉等“70年代人”像它的占领者。卫慧的《像卫慧那样疯狂》《蝴蝶的尖叫》等是一次次的扫荡，与此同时，她还要以《甜蜜蜜》等做一些优雅的打扫战场用以平衡那些语言的硝烟。相比之下，棉棉则更富冒险的勇气，喋喋不休的快意、神经质般的青春骄傲，形成一脉带电的美感之流，并酿成自我的氛围之场。棉棉是都市万花筒上的一个扬声器：小说，即是我要说，除此之外，行尸走肉的动静，任其沸沸扬扬吧，反正“在矫揉造作的晚上”人们对自己的下场一无所知（这又是“破灭”的来由之一）。棉棉给“都市”这个大名词以小说的方式赋予了丰满又陡峭的形容词阐释系统，“都市”就有了向“动词”转换的躁乱实质，这种“形容词”小说构成语句自身的魔幻效果，使如胶似漆的世相与貌合神离的梦影繁复交错。

宗仁发：在他们的作品中常常会奔涌而来的是令人震撼的场面、描写、议论，那是些具有颠覆力量的文字，这种文字对技巧性雕虫小技予以了极度的蔑视，对刻意制造的小说深度进行了轻而易举的瓦解。他们的作品重新恢复了定状语的基本功能，定状语是为主谓语而存在的，主谓语是枝干，定状语是树叶，对各类语言成分绝对意义上的一视同仁，可以说是对小说创作陷入的某种歧途的重要修正。

棉棉的小说是“乐感小说”，她的叙述是说唱式的，令人惊异的是，这种说唱体所能够完成的艺术使命一点也不低于过去习惯意义上的文本。在讲一个什么样的故事和怎样讲一个故事这两个问题上这一代作家似乎并不需要挖空心思，殚精竭虑，大多是顺手牵来，随意为之，以往有些大师的“小说就是讲好一个故事”的经典之谈在这一代人的小说面前不再能够指手画脚了。“话本”的最原初的意义被这一代作家找寻回来，“话本”即“说话的文本”，而不是讲故事的脚本。

卫慧的小说乍一看题目时总会感觉有某种不适，比如《像卫慧那样疯狂》《蝴蝶的尖叫》，似乎有些故作惊人，但读完卫慧的小说时，那种对题目的不适感则会不知不觉消失掉，取而代之的则是对她拥有的古典情怀的认同。卫慧的选择是不加选择，这是铺天盖地的呈现，这样的呈现虽然不易收束，但那种植被的潮湿和柔软触手可及。任何可能给人带来污秽感的语言和行为在卫慧的笔下受到“负负得正”式的净化。卫慧的健康是与病菌群相安无事的健康，她用病菌军团战胜一股股病菌游击队。

李敬泽：“语言”是“70年代人”最基本的力量，当她们中的有些人把小说变成不同程度的“我要说”时，她们是本能地采取了精明有效的策略。实际上，“70年代人”中在很短的时间里给人留下深刻印象的恰恰是擅“说”的写作者，比如棉棉、卫慧、周洁茹，她们个人化的同时是边缘性的语言带入文学。在60年代出生的写作者中，我们较少看到具有丰富的个人表情的语言，盛行的是书面的“普通话”，棉棉、卫慧、周洁茹是反“普通话”的，令人羡慕的是，她们只要“说”就行。

宗仁发：人们在谈及“70年代以后出生的作家”这一话题时，语气中难以克服掉戏谑的成分，这种戏谑是不经意的、潜意识的，这种情形与从甲地乘飞机飞向乙地，人站在乙地的地面上，可甲地的氛围还未散去时的瞬间恍惚相类似。他们的到来让人猝不及防，不少人刚刚平心静气地以接受60年代出生的作家为开明和宽容，怎么这么迅速地又冒出70年代来了呢？不过，相对于上几个年代出生的作家，70年代作家遭受到的拒绝和折磨是最短暂的，过于顺利地抢滩成功，也隐含着前行的危机。自我保持克制程度如何影响着对自我重复的警觉意识。

施战军：“70年代人”给中国文坛带来的初步成果是呈现的勇气，我们惊骇于如此有勇无谋的“行为艺术”。他们不顾策略的程度，增加了20世纪末叶文学呈现的繁复性，这不仅仅是表面上的“多样化”所能解释得了的，繁复性呈现的存在，是文学的健康的福音，在此基础上，才能保持对厚重、真实、震撼等杰作理想的期许。

李敬泽：谁都知道“70年代人”前景难料，“60年代人”同样前景难料。在很大程度上，这是同一批人，“70年代人”的成功是在90年代取得充分合法性的一整套文学观念的最后一次狂欢。他们的优势属于他们，他们面临的限度也属于我们——这些“60年代人”，如果说我们有时为他们感到忧虑，那是因为我们看到了自己的限度。

被遮蔽的“70年代人”

宗仁发《作家》杂志主编
李敬泽《人民文学》杂志编辑部主任
施战军 山东大学文学院副教授

“70年代人”开始浮出海面，开始言说。他们是告别革命的一代，他们跳跃着长大，不可一世，没心没肺……

我们该如何解读他们，如果只跟着书商，我们一定会大叫上当，如果只跟着某某、某某我们一定会误解他们。还好，我们还有机会，在他们尚在“遮蔽”中时，再来一次“除魅”式的清醒对话。

1997年冬天，仁发、战军和我在北京谈论“70年代人”，交谈的成果就是《关于“70年代人”的对话》。现在，1997年的那次对话已是上个世纪了。很多事发生了，很多事始料不及，于是就有了这次新的对话……

——李敬泽按

推销“幻觉”与“遮蔽”

宗仁发：说到70年代出生作家被遮蔽的问题，应该从两个角度看，一个是大众传媒的商业炒作达到了无以复加的程度，严重扰乱了文学视听。另一个是 70 年代出生作家的作品确实存在许多不可忽略的问题。

李敬泽：仁发所说的第一点我特别同意，就是炒作问题。但我还想追问：为什么要炒作？为什么不炒别的年轻作家、别的文学现象，偏要炒这个？书商媒体中人都有一流的敏感，他们想必是看出了什么东西，他们意识到这能够激发和迎合大众趣味，事实证明了他们的判断并未出错，果然炒得热火朝天。

1997 年我们曾经谈论过“70 年代人”，现在我觉得我们看问题真是不准确呀，赶不上书商，他们一眼就从某些作家、某些作品中看出并抽出了某些东西，比如“全球化”的文化想象、消费主义的诗学和哲学、一种“特立独行”而骨子里志得意满的“个性”姿态，等等，他们把这些作为材料，包装出银光闪闪的符号，叫“另类”“新新人类”什么的。他们推销的其实不是那几个作家，是一整套“幻觉”。

施战军：敬泽所说的“幻觉”是生产和推销很有意思，这里包藏的是什么？我看是新型的大众生活形象与商机的暗合，它所提供的“标准像”肯定不会是面目繁多的，要尽可能缩略，便于复制。

李敬泽：“幻觉”就是一种意识形态，“遮蔽”正是由此发生的。这是多重的遮蔽，首先，对那些被炒作的作家来说，市场的粗暴指认妨碍了对他们的写作比较认真、客观的认识，当然，这也可能是两相情愿；其次，这是对这一代人中的其他写作者的遮蔽。现在的逻辑是，你是一个年轻的、生于 70 年代的作家，你就是“新新人类”，否则你就什么都不是。当然，更重要的遮蔽是对这一代人的生活、对我们共同的生活的遮蔽，比如把一种“白领”世界观强加给大众。

宗仁发：是的，“70 年代人”不等于媒体上经常出现的一群名字，更不等于这一年代内出生的女作家，更加不等于某某、某某，不要以偏概全。

施战军：当初我们开始关注“70 年代人”，很大程度上是缘于他们新锐而尖细的声音处在被遮蔽的处境，因而敬泽曾戏称这样的工作有“密谋的气氛”。如今，他们中的一部分已迅速走红文坛，更有几位在图书市场上拥有了可观的“现在时”份额。于是新的遮蔽便产生了，大致情形是男作家似乎弱于女作家，作品散见于杂志的女作家似乎弱于出作品集的女作家，出作品集的女作家似乎弱于出长篇的女作家。这种现象是书商与媒体的合谋，是“好卖原则”的制导。

宗仁发：这可能就是文学与市场接轨的利弊所在，一方面通过市场会建立文学与读者、与社会的正常关系，避免文学的圈子化倾向；另一方面，市场的商业利益追求会带来过度使用资源、超前开发等干扰作家自然生长的问题。

李敬泽：问题不止于此。市场改变和塑造着文学趣味和阅读习惯，他们在文学中实行“明星制”，直接把文学作品和作家的生活经验等同起来，似乎小说就是自传。这完全不讲常识，但居然大行其道，甚至一些文学专业人士也照此分析和判断作品。

施战军：显然一些文学专业人士对媒体与市场的非文学、

甚至是反文学指向并未有多少警觉，抑或这种人恰恰是在扮演“掮客”，因此讲不讲常识对他们并不重要。

宗仁发：所以就有了“美女作家”这样一个荒谬的媒体话题。美女和作家没关系这是个简单的常识，硬扯在一起就是给男权社会受众的一个噱头。即便女作家希望自己有形象魅力，那也帮不了她的作品什么忙。由这个话题而起的一系列波澜像一个媒体阴谋，这个过程中受害者是被命名为“美女作家”的人。70年代出生的一些作家成名的方式与其作品的联系太少，而与其生活状态的联系太多。

为什么作家50岁就垮了

宗仁发：“70 年代人”中的一些女作家对现代都市中带有病态特征的生活的书写，不能不说具有事实的依托。问题不在于她们写的真实程度如何，而在于她们所持的态度。应该说 1998 年前后她们的作品是有精神指向的，并不是简单地认同和沉迷，或者说是有某种批判立场的。她们尽管抛弃了烦琐沉重，但描摹出的是“不能承受之轻”。后来由于商业性引导她们更多地夸张、渲染物质、畸形、病态的生活本身，这是对文学本质的背离。

李敬泽：也不全是商业性引导，这与大的社会文化背景有关。翻一翻现在的小报、杂志，你就会发现，很难把这种生活截然剥离出物质畸形、病态的成分，它是空气，是非常复杂、相互联系而矛盾的无穷无尽的文化片断，它在这两三年间非常迅速地滋生开来，有一种狂欢气氛，它本身就有一大套合法性说辞，自命“另类”实际上非常主流，比如都坚信“未来”、热爱互联网而且与国际接轨。所以，一个作家很容易就意气风发，觉得自己在表达一种方兴未艾的世界观。

还有一点，我可能是不合时宜，我觉得现在普遍缺乏作家的职业态度。这造成了小说界的特有现象，作家早熟而早衰，不仅 70 年代如此。为什么我们的作家垮得很快，很多人到 50 岁就完了，连基本水平都保持不了？不是他脑子不灵了，他还聪明着呢，问题在于他根本没有自我训练。最近有人问我，王安忆为什么写那些短篇？我看过一些之后觉得她是在有意识地自我训练，从小说的各个基本层面做习题、练手艺，所以这个人 10 年 20 年后都不会写得差。

施战军：你们说得很有道理。其实“时宜”是写作者最应该怀疑的东西，1998 年前后，“70 年代人”的写作的确精神指向尚在，相对于父兄辈一些代表性作家过于鲜明的精神指向，他们另辟蹊径，采取的是更符合年轻人审美取向和现实生态的路数。如今这种路数已被人们熟悉甚至俗化，需要更深入地确立和展开，尤其是探索艺术方式的多种可能性。

“集体幻想”与“合伙压制”

宗仁发：“70 年代人”的事情闹到这个地步，我认为反省应该在更大范围、更深的层面上进行。他们的问题既是一个集体幻想问题，也是一个合伙压制的问题。所谓集体幻想就是受进化论影响，总认为到了一定阶段就会冒出一批新人；所谓合伙压制是作家生存空间的逼仄造成的。上几代作家经历过“反右”“文革”“知青”等失去青春和自由的漫长生活，他们要把失去的一切补回来，从他们自身来说这无可厚非。但客观上自然会挤占下代人的空间，本应让下代人崭露头角的舞台大多被上几代人占据，这是生态畸形导致的问题。

施战军：一种刻意构造的生态肯定是要扭曲符合文学本质的艺术生产规则。“集体幻想”“合伙压制”是客观事实，不能不正视它的存在。我相信，“70 年代人”在代际中的群体个性会在一个个相对独立的个体艺术诉求中得到越来越稳定的显示，那时遮蔽将不再成为问题。

李敬泽：我倒觉得“合伙压制”不是什么大问题，大狗小狗各叫各的，况且作家们常常也根本不认为对方的所在应是自己的舞台。

倒是在文学上，“一代更比一代强”确实需要检讨。问题倒不是真的强还是不强，问题在于，在这种逻辑支配下，我们的文学始终处于一种恨不能时时刻刻从头开始的状态，每一代人都有“创世”情结，一上来就要“清场”。实际上，就中国现代以来的文学和文化而言，并没有多少宏伟的建筑压着我们，“清场”与其说真的清掉了什么不如说是一种空洞的姿态，是自我戏剧化。我倒觉得，应该看看地基挖到哪儿了，墙垒到哪儿了，然后设法接着盖，也就是需要一种比较正常的文化精神，比较富于建设性，比较珍惜传统。

当然这其实也不仅是文学的事。昨天有个朋友来电话，说起他那个城市，最近把老房子都拆了，街上的树全砍了，唏嘘不已。我想这就是福柯所说的“文本序列”吧，城建部门和作家们是在按着同一种逻辑办事。

宗仁发：“70 年代人”有点“生不逢时”，在各种文学观念粉墨登场、轮番轰炸 20 年以后，他们的出场面临着双重疲惫，一重是模仿的疲惫，现在谁再模仿卡夫卡、马尔克斯、加缪、博尔赫斯，谁就会被喝倒彩，但 80 年代这类模仿是被人们夸赞的。连卡尔维诺、巴塞尔姆也模仿不得，前面也有人模仿过了；70 年代作家已丧失了“第一模仿权”。另一重疲惫是他们也不能紧跟与他们年龄相近的那些作家。为什么 70 年代作家会阴盛阳衰？其中一条原因是女作家的直觉经验优于男性作家，而直觉经验不用模仿，所谓“身体写作”，说的也是这个意思。但这不过是权宜之计。

李敬泽：是的，正常情况下，一个作家总是从经验开始写作，童年经验啊、“身体”啊等等，但一个有足够专业精神的作家总会走得更远。我们现在却把“经验”当成了写作的唯一合法依据，这恰恰说明很多作家是被卡在这个瓶颈里了。

所以谈到“遮蔽”，对“70 年代人”的粗暴指认也遮蔽了写作的多种多样的可能性，它把其中一种包装成了煽惑人心的“时尚”、某种类似于“时代精神”的东西。

“70年代人”

施战军：文学由此遭到了漠视。女性“70 年代人”中大部分处于半遮蔽状态，甚至被粗暴地归一，像朱文颖、金仁顺、戴来、魏微等在文本质地上各有优异之处，在大众阅读层面暂时被忽视也在情理之中；最受遮蔽的是“70年代人”中的男性作家：丁天的状况还好些，像李修文激情洋溢的颠覆性写作本来就与大众阅读口味有距离，很难达到“轰动效应”；陈家桥虽然量大，但风格怪异，其他人如刘玉栋、巴乔、李浩、夏泽奎等，或温柔敦厚，或细腻精微。在文本经营上显然不是他们所长，在病态的猎奇阅读情境中只好等待时机。我不信人们永远只对刺激有兴致，总会有用心来读作品的读者。

李敬泽：我想我们现在面临的文化环境，这一两年已初露端倪，事实证明，“市场”对文学的扭曲可能更精致了，但骨子里也更骄横，其结果是更不可抗拒。这种情况会一直持续下去，坚持独立的、相对客观的立场是一件难事。

就“70年代人”来说，朱文颖有专业精神，戴来的气质比较强悍，小说中看不出什么性别特征，这可以不那么“女性主义”，但“女性主义”现在差不多也是一种意识形态，有一大套规则、惯例、行话、切口，它对女性作家也构成了规范和限制。另外最近看到侯蓓的小说，绚烂奇幻，富于张力，这个人有才情。

男性作家的写作都比较规矩，缺乏一种表面光辉，他们可能还需要一段时间。除了刚才战军提到的，还有一个金瓯，我倒是愿意在他身上押宝，他有一种锐利、疏野的气质。

宗仁发：这些忍受寂寞的作家仍处于困境中，鲜花和美酒还不会早早馈赠给他们。但我相信他们是把文学作为一种神圣的选择。这一点既证明文学的永恒魅力，也见出他们的难能可贵。在今天若想通过文学获得功利那将是最冒险的投资，可以说是“拿青春赌明天”，我看大多数 70 年代作家投入文学是在追寻生命的精神价值。尽管与文学有关的热闹不断，这并不说明文学是当今时代的宠儿，只说明世俗社会的“看客”心理总要寻找宣泄的渠道。

施战军：文学的弱势在社会生活层面上是显而易见的，从事文学写作本身就是艰难的选择。他们个人内心对于处境的敏感都很发达，所以这种投入还要有“顶得住”的勇气。让这敏感融入写作的细心照料中，并且，练就一种粗粝的抗同化、抗异化的双重能力，该理会的就直面，不该理会的就若无其事。这说来容易，但“什么都想拥有”的幻想总会左右一些人的，这样的幻想是更可怕的自我遮蔽。

李敬泽：对每个写作者来说，写作就是反抗各种各样的遮蔽，这种反抗成功的概率本来就不高。其实“70 年代人”之类的说法本身也是一种遮蔽，以群体覆盖个人。

宗仁发：这说到底是作家个性欠缺所造成的，也不光是“70 年代人”，曾经喊了一段的“60 年代人”也有同样的问题。其实余华、苏童、格非都是 60 年代出生的作家，但他们不包括在“60 年代”那种说法之内，因为他们已成为公认的优秀作家，而那些被称为“60 年代人”的作家还没有被更高标准认可，只好在群体中被指称。“70 年代人”也同样，如果说遮蔽，所有他们之前的好作家都构成对他们的遮蔽，脱颖而出的唯一办法就是用作品说话，用作品完成个性的超越。